Rostock
Greifswald
Mölln
urg
WOUD VAN DE GRIFFIOEN
STER VAN KENNIS

Relikwie van het Kwaad

Siebe Huizinga

Relikwie van het kwaad

De Fontein

Voor Iris
Mijn engel van licht

www.siebehuizinga.nl
www.defonteinkinderboeken.nl

Afbeeldingen: Fotolia/Wil Immink Design
Omslagontwerp: Wil Immink
Kaartje schutblad: Joël Vegt
Grafische verzorging: Elgraphic bv, Schiedam

ISBN 978 90 261 2782 3
NUR 283, 284

De Dood heeft duizend dienaren,
en ze rijden op de rug van de rat.

DEEL 1

—

RELIKWIE

– Voorjaar 1350 –

DE GEUR VAN BLOED

'Ik ben de grote jager,
ik vang alles op mijn pad.
En wat ik daarvan opeet,
dat komt weer uit mijn gat.'

Zingend trekt Raaf het pluizige nekje uit de strik. De ogen van het konijn staan glazig, maar het lijfje is nog warm. Hij legt het diertje naast zich neer en met zijn mes markeert hij de boom. Zeven kerven voor net zoveel gevangen dieren. Ja, hij heeft een goede plek gekozen. Zijn broer Job zal verrast zijn.

Raaf zet de val weer klaar. Hij wrijft aarde en konijnenpoep op zijn handen om zijn geur te verbergen. Dan buigt hij de punt van de tak naar de grond en klemt het houten haakje achter de boomwortel. De strik die aan het haakje vastzit, dekt hij af met wat zand en bladeren. Zijn vader noemde het 'de vliegende val'. *Wanneer je sterk genoeg bent om een jonge boom om te buigen, dan kun je er een kerel mee de lucht in slingeren,* zei hij. Tevreden kijkt Raaf naar het resultaat.

Raaf pakt het konijn, knijpt in de vacht en knoopt het bij de achterpoten aan zijn gordel. Dit is wel de dikste van de drie die hij vanochtend heeft gevangen. Het gewicht van de konijnen trekt zijn gordel omlaag. Met twee handen schuift hij het touw hoger, waarna hij het strakker rond zijn middel knoopt.

Hij hoort een ijl gehuil. Het komt van ver, uit de richting van het ven.

Raaf staat op, zijn voet stoot tegen de val. De tak zwiept omhoog en knalt de lege strik de lucht in. 'Sackerm...' Hij verslikt zich in de vloek. Wat moeten die rotbeesten in zijn bos?

Verontrust kijkt hij in de richting waar het gehuil en geblaf vandaan komen. Het klinkt luider. Komen de honden zo snel dichterbij of draagt de wind de geluiden naar hem toe? Te horen aan het opgewonden gejank zijn de beesten op jacht. Van wie ze ook zijn, als ze hem zo ver van Sandkop tegenkomen, is hij zijn konijnen kwijt en misschien zelfs zijn hand of zijn leven. De halsbreker weet wel raad met stropers.

Zonder zich nog om de val te bekommeren, draait Raaf zich om en begint te lopen. Hij snuift de lucht op en grimast. Bij dit weer ruiken de honden beter dan wanneer het droog is, weet hij. De wind houdt hij in de rug.

Onder de wind loopt Raaf in de richting van het moerasbos, waar de paden drassig zijn. De *ijsheiligen* zijn maar net voorbij en het bruine water staat nog op het lagergelegen land. Het verbergt zijn geur niet, maar houdt wel de mannen tegen. Honden jagen immers nooit alleen.

Het gehuil klinkt alweer luider. Hij zou durven zweren dat de beesten hém achternazitten. 'Lieve Maagd, stop mosterd in hun neus en maak ze kreupel,' mompelt hij. Hij versnelt zijn pas.

Plotseling, naast hem, beweegt er iets in het bos.

In een geraas van takken en bladeren glijdt een monnik op zijn kont de helling af. Hij houdt een arm tegen zijn borst geklemd, een pijl steekt uit zijn schouder. Zijn knieën zijn opgetrokken en met zijn hielen probeert hij af te remmen. Hij rolt om en slaakt een kreet als de schacht van de pijl de grond raakt en afbreekt. '*Domine! Quid me vis facere?*'[1] smeekt hij. Hijgend kijkt hij op. Zijn ge-

---

1. 'Heer, hoe moet ik handelen?'

zicht zit onder de schrammen en is besmeurd met modder en zand. Dan ziet hij Raaf. Zijn ogen beginnen te stralen.

Kreunend komt de monnik overeind. Hij struikelt naar voren en duwt een bundel tegen Raafs borst. 'Neem dit,' hijgt hij. 'Bescherm het... met je leven. In naam van God, ren!'

Het geblaf en gehuil van de honden klinkt ineens oorverdovend dichtbij.

'Ren dan, jongen, ren!' schreeuwt de monnik.

En Raaf rent. De schrik valt van hem af en hij rent zo hard hij kan. Eenmaal op veiliger afstand stopt hij en kijkt hij om. Bij wat hij ziet, balt zijn hart zich samen als een vuist.

Een grijs hellebeest duikt op tussen de bomen. Hij is hoog als een kalf en heeft de kaken van een wolf. Hij snuift het bloed uit de lucht en grauwt. Speeksel glanst op zijn tanden. Achter hem verschijnt een tweede hond, dan nog een. Boven op de lage heuvel wachten ze met holle rug.

Raaf houdt zijn adem in en de bladeren ruisen niet langer. Dan werpt het dier zijn grijze kop in de nek. Een jammerklacht snijdt door het bos.

De monnik spreidt zijn armen. Even lijkt hij op het kruisbeeld in de kerk van Sandkop. Hij wankelt op de beesten af. '*Deus vult!*'[2] roept hij.

De honden springen naar voren, de monnik verdwijnt tussen hun kaken en klauwen. Het janken en blaffen verandert in een hongerig gegrom.

En Raaf rent voor zijn leven.

---

2. 'God wil het!'

HET VISIOEN

RAAF VOLGT HET BRUINE WATER tot het kleine moeras. Hij vermijdt de kolken en de verborgen greppels, die soms mansdiep zijn. In het moeras kunnen de mannen hem onmogelijk volgen, maar de monsters die de monnik verscheurden, zouden zijn ziel nog kunnen vinden.

Na een uur ziet hij de stenen op de zandrug. Ze zijn elk zo'n twee man hoog, hebben vlekken van ouderdom en dragen baarden van mos. Samen vormen ze een enorme tafel: de Tafel van de Reuzen. De monniken noemen het een heidense tempel.

Raaf knoopt de konijnen van zijn gordel en zakt op de droge grond. Met zijn hoofd leunt hij tegen een van de grote stenen. Zijn *beenlingen* zijn nat tot zijn knieën, maar hij weet nu tenminste zeker dat de honden hem niet vinden. Het leek wel of die monnik de beesten zelf zijn kant op lokte. Arme kerel. Raaf is blij dat hij het niet was.

De Tafel van de Reuzen is voor Raaf een vertrouwde plek. Als klein kind al verstopte hij zich tussen de stenen en verzon hij dat de reuzen aan tafel zaten. Dan moest hij wegduiken voor de reuzenkruimels die ze lieten vallen. Of hij klom op de tafel en vocht met de reuzen, tot zijn vader hem naar beneden riep. Dan gingen ze de vallen en fuiken langs en daarna liepen ze terug naar Sandkop, waar zijn broer Job en hun moeder wachtten. Ergens onder het mos staat zijn naam gekerfd, de enige letters die hij kan lezen.

Voor zijn voeten ligt de teenafdruk van een reus. Het is een stenen holte waarin bijna altijd regenwater staat. Als door een wonder is het nooit troebel. Raaf buigt voorover en kijkt in het water. Twee grijze ogen loeren terug. Een donkere haarlok glijdt voor zijn gezicht. Het gezicht van zijn vader, zegt zijn oom Bertram: stil als water, hard als steen. Maar het litteken op zijn voorhoofd is van hemzelf. Dat liep hij op toen hij achter een konijn aan rende en viel. Het bos heeft hem gemerkt, zoals hijzelf kerven zet in de bomen. Sinds hij het litteken heeft, is het alsof de bladeren en de wind hem influisteren waar hij zijn vallen moet zetten om klein wild te vangen. Hij steekt zijn vinger in het water en het beeld drijft uiteen.

Raafs blik gaat naar de geheimzinnige bundel op zijn schoot. Het leer is dun van ouderdom en zit om iets hards gewikkeld. Iets wat bijna zo lang is als zijn arm en zeker net zo dik. Een klein zwaard? Maar wie gaat er nou dood voor een zwaard? Dóór een zwaard, dat valt nog te snappen. Plotseling brandt hij van nieuwsgierigheid.

Het leer is met een koord samengebonden. Snel schuift Raaf het los. Hij begint de vellen af te wikkelen, slag na slag. De bovenste laag is vochtig, maar het leer eronder knispert tussen zijn vingers. Het is bros van ouderdom. Met een ongeduldige ruk trekt hij het laatste vel opzij.

Vol ongeloof houdt Raaf zijn adem in.

Nooit eerder heeft hij zoiets gezien, zoiets moois en geheimzinnigs... Het glanst en het schittert, het leeft en beweegt in het licht.

Op zijn schoot ligt een hoorn. Hij is niet krom als van een geit of een koe, maar recht en zilvergrijs. Aan de ene kant is hij breder dan de palm van zijn hand, aan de andere eindigt hij in een punt. Over de lengte en aan het brede uiteinde is de hoorn bekrast met een onbegrijpelijke heksentaal van krullen, golven en streepjes. Raafs ogen trekken als vanzelf verder naar iets anders, een schittering die zijn blik betovert. Sidderend ontsnapt zijn adem.

Gouden draden wikkelen zich als een glinsterende draaikolk omhoog naar de punt. Ook de onderkant van de hoorn is met goud versierd. Op de rand staat een afbeelding van een jager die met honden een paard achtervolgt. Daarnaast is eenzelfde paard afgebeeld, knielend voor een meisje.

Met bevende handen tilt hij de hoorn op. De onderkant: ook van goud! Heeft dat paard zelf een hoorn op zijn hoofd? Wat maakt het uit, wat hij hier heeft is van goud, puur goud, meer goud dan hij ooit heeft gezien. Hoe weet hij dat? Hij heeft nog nooit goud gezien! Raaf lacht. Goud, daarom zaten de honden achter de monnik aan. Hij zal het tot kleine klompjes moeten smelten, zodat niemand weet waar het vandaan komt. En dan verkopen, ergens ver weg waar niemand hem kent. Mooie kleren, veel eten, eindelijk... Hij gaat weg uit Sandkop en Job gaat mee. Ze gaan naar Utrecht en...

Verward schudt Raaf zijn hoofd. Goud, wat moet hij met goud? Het is gevaarlijk. Hij moet het verbergen, want anders pakken ze het van hem af. Ja, hij moet voorzichtig zijn. Afgunstig zijn ze, allemaal!

Zijn hoofd tolt, het gouddraad schittert. De gedachten die hij heeft zijn afschuwelijk en niet van hem, beseft hij. Wat doen ze dan in zijn hoofd? Hij is misselijk en sluit zijn ogen.

Heel even is alles donker en stil. Zo donker en stil alsof de wereld nooit heeft bestaan. Maar dan overvalt hem een visioen, zó helder en scherp dat elke droom of werkelijkheid verbleekt:

> Vier hengsten breken briesend door de struiken. Hun gestrekte voorbenen zweven door de lucht, gevolgd door hun machtige hoofden. Met het geluid van de bulderende donder raken ze de grond. De dieren dragen zwarte kappen, alleen hun rollende

ogen zijn te zien. Hun stomende ademhaling doet het doek wapperen. Vanaf hun schoft hangen donkere dekkleden tot op hun hoeven. Damp slaat als rook van hun lijven en vermengt zich met de mist. Het eerste dier is wit, het tweede is rood, het derde zwart en het vierde vaal. Hun ruiters dragen grauwe pijen. Lange zwaarden hangen aan hun zijde, kruisbogen op de rug. De voorste ruiter wijst, de andere knikken zwijgend. Ze trekken hun zwaarden, de avondzon blikkert als bloed op de kling. In een vliegende galop stormen ze op hem af...

Raaf spert zijn ogen wijd open. Verschrikt kijkt hij naar de hoorn. Heilige Maria, dit ding is behekst!

DE STROPERSHUT

WANNEER RAAF EINDELIJK BIJ de stropershut komt, is de schemering al gevallen. De geheimzinnige hoorn gloeit in zijn handen, zelfs nu hij de vellen leer er weer strak om heeft gewikkeld. Na zijn vreemde droom en angstige gedachten kijkt hij wel uit om dat beheksteding aan te raken.

Tussen de beschutting van de bomen loopt hij naar de tuin achter de hut. De hut, gemaakt van stenen en stammen, staat op een zandhoogte omringd door bos en drassig land, dat 's winters verandert in water. De tuin loopt af naar de bosrand. De perkjes mosterdzaad, karwij en dille zijn overwoekerd met netels. Aan de andere kant van de hut hoort hij Job vals neuriën. Hij vertelt zijn broer later wel van de monnik en het goud. Hij houdt van zijn broer, want Job is de enige nog die hij heeft. Maar hem vertrouwen, nee, dat niet meer. Eerst moet hij bedenken wat hij met de vreemde hoorn en het goud doet, dan vertelt hij hem alles.

Raaf loopt naar het slachtblok in het midden van de tuin. Hij knielt en rolt het blok opzij. Hij tilt het doek op dat het deksel verbergt en schudt de aarde eraf. De hoorn past precies in het vaatje, zijn geheime bergplaats. Zorgvuldig dekt Raaf het gat weer toe en zet het blok terug. Met zijn hand veegt hij de grond rond het slachtblok aan, zodat zelfs Job niet weet dat hij er was en er iets heeft verborgen.

Vanuit het struikgewas houden twee ogen hem nauwlettend in de gaten.

'Waar was je? Wat heb je te eten? Je hebt toch wel wat gevangen? Of vreten we boomschors?' klaagt Job als Raaf van achter de hut verschijnt. De woorden struikelen als vluchtende dieren uit zijn mond, alsof ze daar te lang opgesloten hebben gezeten.

Zijn broer zit met gekruiste benen op de grond. Met zijn mes trekt hij lijnen door het zand. Woest gooit hij het mes vlak voor Raafs voeten. Trillend blijft het staan. Job springt overeind. 'Vang eens een rat. Dat moet je toch lukken? Een rat, het stikt ervan, zo veel als mieren!' Boos schopt hij de berg wilgentenen opzij die ze voor het vlechten van de fuiken gebruiken en die zo netjes lagen opgestapeld.

'Drie konijnen en een dooie eekhoorn heb ik,' zegt Raaf. 'Kijk, voorbij het ven gevangen.' Hij klopt op de langoren aan zijn gordel. Raaf probeert vriendelijk te klinken. Op weg naar huis vond hij een van Jobs fuiken, leeg. In de strik ernaast zat het aangevreten kadavertje van een eekhoorn. In de boom stond maar één kerf en dat was een oude. Zijn broer heeft al een paar dagen niet meer naar zijn vallen omgekeken. Een waardeloze *dunnevangher*. Waarom schreeuwt hij dan zo tegen hem?

Job bukt, trekt het mes uit de grond en veegt het af aan de wollen mantel die hij zelfs bij het warmste weer omslaat. 'Weet je dan niet,' zegt hij op fluisterende toon, 'dat er honden waren? Ze kwamen zo dichtbij dat ik ze hoorde janken en blaffen. Ze jagen op de duivel zelf!'

'De duivel?' De monnik in het bos leek in niks op de duivel, denkt Raaf. De beesten kwamen uit de hel!

'Hij heeft een meisje gevild met zijn lange, kromme nagels en toen haar huid opgegeten.'

Raafs mondhoeken krullen.

'Lach me niet uit!' roept Job. 'Ze hebben haar gevonden. Haar huid was weg, zo van haar vlees getrokken. Heb je dan niemand gezien? De honden niet gehoord?'

'Niemand,' liegt Raaf. 'Wie was het meisje? Was ze van hier?'

'Weet ik niet. Nee. Laat me de konijnen zien die je hebt gevangen.'

Raaf knoopt de dieren van zijn gordel. Job knikt goedkeurend. Even stralen zijn ogen weer als vroeger. Dat is zo raar bij Job. In de tijd die het kost om een kip de nek om te draaien, kan hij bezorgd, boos, verdrietig en vrolijk zijn.

'Schoonmaken en in de pot ermee,' zegt Job. 'De vacht wil ik hebben. Morgen ruil ik ze met de rest, maar niet in Ywehorst, in Coevorden. Het is verder weg, maar Blinde Bertram zegt dat ik er daar meer voor krijg.'

Even later zit het eerste konijn in de aardewerken pot. De ingewanden liggen aan de kant. Raaf trekt zijn buidel open en pakt de in blad gevouwen boomhars. Hij legt het onder de takjes en strootjes. Een verkoold lapje en droog mos erbij en hij neemt de *vuurslag* en het steentje. Na een paar slagen springen de vonken als vlooien in de rondte en beginnen de *tondellap* en het mos te smeulen. Wanneer het vuur brandt, gooit hij het stinkende zakje dat onder het staartje van het konijn zat in de vlammen. Het sist en walmt. Dan gaat de pot op het vuur.

Zodra ze hebben gegeten, laat Job een boer die de vogels opschrikt. 'Zeg op, wat is er vandaag gebeurd?' vraagt hij.

'Niks,' liegt Raaf.

'Niks? Je bent vies en je schoenen zijn nat. Er is wat gebeurd...' Zenuwachtig bijt Job op de kapot gekloven nagel van zijn pink. 'Geen honden gehoord? Ook niet gehoord van de ridder zonder hoofd? Zijn kop is eraf geslagen, in het moeras gerold en gezonken. Nu zwerft hij rond. Iedereen die hij tegenkomt vraagt hij naar zijn hoofd. En als je dat niet bij je hebt, dan *krrrst*, gaat je eigen kop eraf! Het is écht waar.'

Raaf lacht. 'Mij maak je niet meer bang met je verhalen.' Hij komt overeind en spuugt een botje in het vuur. 'Ik ben moe,' zegt hij met een geeuw. 'Ik ga slapen.' Hij gaat op zijn tenen staan en rekt zich uit.

'Raaf? Morgen zeg je me wat er vandaag is gebeurd. Beloofd?' zegt Job.

'Beloofd,' antwoordt Raaf.

Het geeft hem een nacht om te bedenken wat hij met de hoorn en het goud zal doen.

Maar Raaf kan niet slapen. De vreemde hoorn en de rare gedachten houden hem wakker. Gedachten over afgunst en mooie kleren. *Met denken verjaag je de dieren,* zei zijn vader, *ze voelen je onrust.* De onrust die hij voelt is niet alleen van hemzelf, weet hij. Dat is zo merkwaardig. Alsof de hoorn vol met andermans gedachten zat die de zijne hebben losgewoeld. Het zijn niet de fijnste gedachten, en welke zijn nou precies van hem?

In elk geval deze, die hem nooit verlaten heeft. Die hem achtervolgt als een kwade droom.

In het jaar van de kleine zondvloed, drie winters geleden, ging hun vader op maanjacht. Hij en oom Bertram waren net twee jongens op avontuur. Als je ze mocht geloven, zouden ze meer hazen en fazanten strikken dan je met z'n vieren kon dragen. En ze zouden met een ree thuiskomen. Want ergens liep een kreupel dier rond, dat hadden ze dagen daarvoor al gezien aan de hoefafdrukken in het bos. Raaf voelde hun opwinding. Bij volle maan drijft het bos immers in een geheimzinnig licht, ritselt en roert zich allerlei leven tussen de struiken. Dan zijn de vallen en fuiken betoverd en vullen ze zich als vanzelf.

Raaf weet nog hoe bezorgd hun moeder die dag van de maanjacht was. Het was alsof ze voelde dat er iets ergs ging gebeuren. Hij besteedde er toen nauwelijks aandacht aan. De dood van zijn zusje kort daarvoor had zijn moeder immers een beetje raar gemaakt. Zijn zusje had niet langer dan drie dagen geleefd, maar dat was lang genoeg om het leven van hun moeder – en uiteindelijk het zijne ook – voor altijd te veranderen. Zo was ze overal bezorgd over en werd ze van alles zenuwachtig.

Twee nachten bleef hun vader weg. Toen hij en oom Bertram terugkwamen, slopen ze als dieven Sandkop binnen. Stil en bezorgd waren ze. Er was niks gebeurd, zeiden ze en verder zeiden ze niets. De volgende dag gingen ze het hooiland op, de dag daarna waren ze verdwenen.

Zijn vader vonden ze terug, dood. Het was alsof hij met tien wilde zwijnen had gevochten. De mannen die hem naar het dorp droegen, vertelden dat een van zijn handen tot een vuist was gebald en dat er een woedende blik in zijn dode ogen had gelegen. De vingers van zijn andere hand waren gebroken. Zijn mes, het mes met de 'R' in het lemmet, was weg. Boven zijn toegetakelde hoofd tinkelden kale vogelschedeltjes zachtjes op de wind.

Oom Bertram lag naast hem op de grond. Het mos rond zijn hoofd was nat en donker en zijn gezicht was onherkenbaar door het bloed. Hij leefde, maar het licht zou hij nooit meer zien. Voortaan heette hij Blinde Bertram.

Het was zo treurig, denkt Raaf, liggend op zijn stromatras. Hun vader werd naar de kerk gedragen en Job en hij konden elkaar niet omhelzen. De een was te boos, de ander te verdrietig.

Het was het ergste, maar niet het vreemdste van alles.

Want het graf op het kleine kerkhof van Sandkop was nog niet dicht, of de monden waren net zo gesloten. Zijn moeder smeekte oom Bertram te zeggen wie hij had gezien en wat er was gebeurd. Maar zelfs zijn oom hield zijn mond. Pas na heel veel dagen kwam ze er door kleine woordjes en versprekingen achter dat de pastoor niet wilde dat erover werd gepraat. Zijn moeder zocht hem op in het kerkje en vroeg waarom. De pastoor weigerde het te zeggen; ze schold hem uit en vervloekte hem. Als de andere Sandkoppers op dat moment op het hooiland waren geweest, was alles misschien nog anders gelopen. Dan had de pastoor kunnen doen alsof hij niets had gehoord en hun moeder alsof ze niets had gezegd. Er zou voor haar zijn gezorgd en dat had ze goedgevonden. Raaf was misschien wel bij iemand in de leer gekomen en Job was naar de parochieschool in Ywehorst gegaan.

Misschien.

In plaats daarvan verlieten ze Sandkop, om voortaan in de stropershut te leven. Hun moeder weigerde alles wat vanuit het dorp naar hen toe werd gebracht. Een keer stuurde ze zelfs een geitje terug.

De kleine zondvloed die het land helemaal vanaf het klooster tot bij de heidense graven onder water zette en de lichamen op het kerkhof van de *vlecke* Rottehorst uit hun graven tilde, maakte ze niet meer mee.

Laat op een middag liep ze naar het kleine moeras. De dwaallichtjes daar zijn de zieltjes van ongedoopte kinderen en ze ging ernaartoe om Raafs zusje te roepen.

Ze kwam niet terug.

De vogels wekken hem met honderd schrille kelen. Raaf stapt uit bed, trekt zijn schoenen aan en slaat zijn deken als een mantel om zijn schouders. Bukkend onder de strengen gedroogd vlees aan de stammetjes van het dak loopt hij naar de deur.

De adem van het bos hangt laag over de grond. Tussen de bomen zweven de *witte wieven*. Als kind was hij bang voor ze, nu weet hij dat de meeste witte wieven niet meer zijn dan nevelflarden. De wilgentenen liggen weer netjes op een stapel. Daarnaast liggen de groene takken, waar de jonge bast vanaf getrokken is. In de koude as binnen de kring van stenen ziet Raaf de botjes van hun avondmaal. De lege kookpot ligt ernaast.

Raaf gaapt, draait zich om en gaat de hut weer in. Hij werpt de deken af en trekt zijn *tuniek* aan.

Wat er gisteren is gebeurd lijkt wel een droom, denkt hij. En de droom die hij had, was dat een visioen? Nee, visioenen zijn voor heiligen of mensen die daarop lijken, niet voor hem. Zou hij de droom weer krijgen als hij de vreemde hoorn aanraakt? Zou hij de paarden weer zien en de mannen op hun rug? Wat maakt het uit. Het goud op de hoorn is meer waard dan alles wat hij ooit in zijn leven heeft gezien. Hij moet een hoog vuur maken om het te smelten. En hij moet het Job vertellen. Maar als hij het zegt van de monnik en zo, zal zijn broer het goud dan wel durven houden? Of zal hij zeggen dat ze het naar de pastoor in Sandkop moeten brengen? Waar ís Job eigenlijk? Plotseling is hij ongerust.

Waar is zijn broer?

Snel loopt Raaf naar buiten. Het schrille geluid van de vogels is veranderd in een hoog en hels kabaal, alsof ze hem uitlachen met hun kreten. Nog voor hij het ziet, weet hij dat er iets mis is...

Raaf rent om de hut heen de tuin in. Voetsporen leiden naar het slachtblok. Het slachtblok is weggerold. Hij holt naar voren en valt op zijn knieën. Hij steekt zijn armen tot zijn ellebogen in het gat. Wild tasten zijn vingers rond. Het enige wat hij voelt, zijn de ribben van het lege vat. Op de bodem liggen de leren vellen waarin zijn kostbare schat was gewikkeld.

Raaf staart omlaag. Het is alsof hij in de donkere binnenkant van zijn eigen hoofd kijkt, waaruit heel even alle gedachten zijn verdwenen. Een stuk leer waarin de hoorn was gewikkeld houdt hij in zijn vuist geklemd. Job heeft zijn goud gepakt! Hij ademt diep door zijn neus. Het klinkt als het blazen van een kat.

In een poging kalm te blijven, gooit hij de vellen leer in het gat. Met bevende hand legt hij het deksel terug. Hij dekt het af met het stuk stof en schuift het slachtblok op zijn plek. Gehurkt blijft hij zitten. Dauwdruppels parelen rond zijn voeten. Dauw, dat betekent dat Job nog voor de ochtend het goud heeft gevonden. Zíjn goud!

Raaf springt op en rent terug naar de hut. Jobs deken is koud. Hij gaat weer naar buiten, hurkt en bekijkt de voetstappen. Ze zijn al uren oud. Hij moet nadenken, niet boos zijn. Boosheid maakt dom en blind. Job is er niet, dus waar is hij naartoe? Naar Sandkop om wat-het-ook-is aan de pastoor te geven? Waarom heeft Job hem niet gewekt zodra hij het goud zag? Waarom was hij niet gewoon kwaad dat Raaf zoiets voor hem verborgen hield en sleurde hij hem er niet voor uit bed? Dan hadden ze tenminste nog samen kunnen bedenken wat ze met het goud konden doen. Nee, wacht... Coevorden, gisteren zei hij het nog. Job wilde naar Coevorden. Rijc God!

Raafs woede slaat om in angst. Wat Job ook van plan is, hij weet niets van de monnik en de honden in het bos. Hij weet ook niet dat de hoorn behekst is. Raaf moet zijn broer vinden, voordat er iets vreselijks gebeurt.

Zijn leven is in gevaar!

I

Jerevan[3], 952 na Christus

De jonge dokter Abdelghani Ibn Mahfoudi veegde het speeksel van zijn mond. De rug van zijn hand kleurde rood van het bloed. Hij lachte. De ziekte nam nu niet alleen zijn lichaam, maar ook zijn verhitte geest over.
'Izaak!'
Zijn Joodse vriend snelde de kamer binnen. Hij deinsde terug voor de stank die uit de lemen muren droop.
'Abdel, je moet rusten,' riep hij. 'Je bent te ziek!'
'Izaak, mijn vriend, neem de hoorn en breng hem naar Qurtubat,' antwoordde de jonge dokter. 'Wat ik over de ziekte heb ontdekt, is ook in de hoorn geschreven.'
'Maar Abdel, de reis naar Al-Andalus duurt weken of zelfs maanden! Laat me naar de Stad van de Vrede[4] gaan. Naar Bayt al-Hikma, het Huis der Wijsheid. Of beter, laat me bij je blijven. Misschien draag ik de ziekte ook al bij me.'
'Nee, mijn vriend. We moeten de wereld waarschuwen. En de grote *kalief* Al-Hakam zou ons straffen. Vanuit Qurtubat kan de kennis zich sneller verspreiden dan de zwarte bulten. Ook onder de ongelovigen. Ze geloven niet in het woord, maar wel in de mythe van de hoorn. Het kan geen toeval zijn dat we hem juist bij deze heilige plek hebben gevonden. Ooit, lang na ons, komt de ziekte terug. Dan zal de hoorn haar verdrijven. Ga, lieve vriend, en laat me sterven.'

Uit: *Het Boek van de Hoorn*, Eerste Deel

3. Stad bij de berg Ararat, waar na de Zondvloed de Ark van Noach strandde.
4. Bagdad

SANDKOP

RAAF MOET JOB INHALEN.
Net voorbij het *derde uur* bereikt hij de vlecke Sandkop. Bij het kapelletje mompelt hij een Weesgegroetje. Aan de voet van de Heilige Maagd staat een kruikje bier. Blaffend en kwispelend komen twee honden op hem af gelopen. Ze springen naar voren, rennen terug en trippelen vervolgens naast hem. Het zijn de honden van Volkert en Betten, de tweeling. De dieren kennen hem dus nog...

Direct na het kapelletje verbreedt het pad zich tot de *brink* met de hinkelbaan. Als Raaf erlangs loopt, wil hij de steen een schop geven. Volgens de pastoor is die steen de ziel die naar de hemel moet worden gebracht. Het liefst was hij met een grote boog om de vlecke heen gelopen. Maar zolang Job de vreemde hoorn met het goud heeft, zíjn goud, is hij in gevaar, net zoals de monnik in het bos. Met een boog om Sandkop heen betekent een flinke omweg, waardoor hij nooit op tijd in Coevorden is.

Achter de brink staan de eerste huisjes. Ze zijn klein en donker en hebben een gat in het dak voor de rook. Raaf loopt langs de open schuur met de enige os van Sandkop en een omheining van stammetjes waarachter een harig varken de slachtmaand afwacht. Het dier trekt zich niets aan van de blaffende honden. Raaf weet nog dat het een biggetje was: klein en roze. Het varken zal in zout water worden gelegd en zijn nekstuk en rugdelen komen in kleine vaatjes die zijn gevuld met honing en azijn. Ze gaan samen met de eieren, kippen, eenden, ganzen, soms een geit en een zak vol gerstekoek naar het klooster bij de Reest. Als *tijns*, belasting.

Bij het kerkje loopt Raaf wat sneller. De vierkante vensteropeningen zijn net ogen die naar hem loeren. Het zou hem niet verbazen als de pastoor vanuit het donker iedereen in de gaten houdt. Binnen, weet hij, ruikt het naar modder en zuur zweet en naar de rook van dennenhars en berkenschors die in de spleten tussen de stenen is geblazen. Van de geur alleen al ga je hoesten en prikken je ogen.

De begraafplaats achter de kerk is nauwelijks groter dan de plek waar het varken ligt. Op zomeravonden dansen de Sandkoppers rond de graven en drinken ze bier. Zijn vader ligt er, alleen. Zelfs al was zijn moeder in het moeras gevonden, dan was ze er nooit begraven. Zelfmoordenaars mogen immers niet in heilige grond. Raaf wendt zijn hoofd af.

Plotseling staan de honden naast hem stil. Hun rugharen komen overeind en ze beginnen te grommen. Raaf houdt zijn adem in en luistert. Hij hoort paardenhoeven en een ver, donker geblaf. De honden draaien zich om en rennen weg. Aan het andere eind van het pad, voorbij de laatste huisjes, rijdt een soldaat de zandhoogte op.

Raaf herkent het geblaf onmiddellijk. Het zijn de beesten uit het bos. Hij proeft de lucht. De wind staat zijn kant op, de beesten kunnen hem niet ruiken. Maar misschien hebben ze zijn spoor gevonden en herkennen ze hem.

Raaf draait zich om. Juist op dat moment komt de pastoor gebukt het kerkje uit.

Hij kijkt opzij. Kinderen hollen vanaf het groenland naar de huisjes. Wegrennen heeft geen zin. Iedereen kan hem zien en de honden halen hem in voor hij Sandkop uit is. Verstoppen lukt ook niet. Wat moet hij doen?

'Psst, hierheen. Snel, voor ze er zijn.'

Blinde Bertram heeft de deur van zijn huisje wijd open gezet. Terwijl de pastoor zijn ogen nog laat wennen aan het daglicht, glipt Raaf langs zijn oom naar binnen.

Blinde Bertram schuifelt achter hem aan, haalt de haak los die beide gammele deurhelften verbindt en sluit de onderste. 'Niemand heeft je gezien,' zegt hij geruststellend. 'Dat zou ik hebben gehoord.'

Zijn oom glimlacht. Over zijn schouders hangt de lange mantel van eekhoornbont die Raaf eens voor hem heeft gemaakt. Zijn grijze haren vallen tot halverwege zijn rug en zijn baard hangt tot op zijn borst. De *baertscherre* heeft hij in zijn leven niet bezocht. Over zijn ogen zit een vuile doek die achter zijn hoofd is vastgeknoopt.

'Dank... u,' hijgt Raaf. 'Hoe wist u dat ik het was?'

Blinde Bertram grijnst. 'Als ik mijn buik tegen de grond druk, hoor ik de wormen ademen, dat weet je toch? Ik hoor de bladeren vallen en de rupsen knagen. Dacht je dan dat ik niet merkte dat je eraan kwam? Bovendien was Job hier vannacht, dus ik verwachtte je al.'

Hij slaat een arm rond Raafs schouder. 'Ik ben blij dat je er bent,' zegt hij vol warmte. Zijn oom ruikt naar de kruiden die vroeger achter de stropershut stonden, vindt Raaf.

Blinde Bertram klinkt plotseling ernstig. 'Wees mijn ogen en zeg me wat je ziet.'

Raaf ziet de ruggen en de mutsen van de Sandkoppers die vanaf het groenland terug naar de vlecke zijn gelopen. Zelfs van achteren herkent hij ze. Volkert en Betten, de tweeling met de honden. Willem de Waterman die-zelf-niet-plassen-kan. Reindert en Meindert, en Gerbrand van het Hooiland. Ze staan allemaal bij de kerk, de pastoor voorop.

Boven de hoofden van de Sandkoppers torent de soldaat op het paard. Hij draagt een dofmetalen helm met rondom een brede rand. Daaronder glinstert één oog. Op de plek waar het andere zou moeten zijn, zit een leren lap. Een litteken snijdt zijn baard schuin doormidden.

'Soldaten van heer Van Ruynen,' begint de pastoor, 'wees welkom in Sandkop en...'

'Luister!' brult Eenoog vanaf zijn paard. 'We zoeken een *relikwie* dat van onze heer is gestolen. Het is heilig en kostbaar. De dief vluchtte ermee deze kant op. Wie iets weet of heeft gezien, moet het zeggen. En *bilo*, wie wat verzwijgt...' Dreigend trekt hij zijn zwaard een stuk uit de schede. De Sandkoppers deinzen naar achteren.

'Het is een relikwie...' fluistert Raaf zonder zich er bewust van te zijn.

'Wat is er?' vraagt Blinde Bertram. 'Waarom tril je zo?'

De Sandkoppers stappen opzij en Raaf ziet de soldaten. Vijf grijze honden rukken aan hun touwen. Ze sleuren de mannen aan het andere eind mee naar voren. De grootste van de vijf, het hellebeest, verroert zich niet. Een jongen houdt hem in bedwang. Hij is zo mager als de beesten zelf.

Dan gebeurt er iets vreemds. Het beest steekt zijn kop in de lucht. Hij snuift, draait zijn snuit in de richting van Raaf en trekt zijn lip op. De lucht trilt van zijn donkere gegrom.

De haartjes op Raafs arm komen overeind. Over een onmogelijke afstand kijkt hij vanuit de schemer van het huisje over de hoofden van de Sandkoppers recht in de valse ogen van het beest.

Blinde Bertram trekt hem naar achteren, weg van de deur. 'Ik voel het, Ouwe Kwaai heeft je geroken,' fluistert hij. 'Dat beest is zo slecht als de Bastaard. Als zij je heeft geroken, laat ze je niet meer los. Wat is er gebeurd?'

'Ik zag de honden in het bos,' antwoordt Raaf ontwijkend. 'De Bastaard, wie is dat?' vraagt hij.

'Onze pastoor noemt hem heer Van Ruynen, maar hij is een bastaard, een onecht kind,' antwoordt zijn oom. 'Zijn vader is de echte heer Van Ruynen, maar zijn moeder een boerenmeid uit een van de dorpen. Je hebt toch geen problemen met zijn *soldeniers*?'

'Nee, ik niet,' antwoordt Raaf. 'Maar Job is in gevaar.'

'Je broer was hier vannacht,' zegt Blinde Bertram. 'Hij praatte met een rare stem en was in de war. Hij leek zichzelf niet en zei dat hij naar Coevorden ging. Raaf, luister, ik ben blij dat je er bent, maar je moet gaan. Als Ouwe Kwaai je heeft geroken...'

Raaf knikt. 'Ik moet Job vinden,' zegt hij, 'zo snel mogelijk.'

'Leg me later alles maar uit. Kom mee,' zegt Blinde Bertram.

Zijn oom duwt hem voor zich uit de schemerige ruimte door. Hij gebruikt de kruiden aan de balken om zijn weg te vinden langs een kist en een strozak. Bij de achtermuur hurkt hij.

'Ik moest vroeger wel eens vaker ongemerkt weg. Soms met je vader, bij volle maan,' zegt Blinde Bertram. Zoekend glijden zijn vingers langs het leem. 'Schop hier tegenaan,' zegt hij.

Zodra Raaf een trap geeft, verbrokkelt de wand tot een hoop korrelige klei aan zijn voeten. Al na twee trappen valt het daglicht naar binnen.

'Als je gebukt door de greppel rent, zien ze je niet. Je kunt achter ze langs het drasland in,' zegt zijn oom. 'Pas op, de wind kan je verraden, maar dat weet je.'

Raaf knikt.

Blinde Bertram geeft hem een klop op zijn hoofd. 'Vooruit, schiet op, voordat ze ontdekken dat Ouwe Kwaai je in de gaten heeft.'

Gehaast wurmt Raaf zich door het gat naar buiten.

'Raaf?'

'Ja?' Hij draait zich om. Op zijn knieën kijkt hij in het donkere gat.

'Eenoog is een *soldenier* van de Bastaard, een huurling,' klinkt de stem van zijn oom vanaf de andere kant. 'Ik bid dat wat Job bij zich heeft niets heeft te maken met dat ding dat ze zoeken. Want voor Eenoog en zijn beesten moet je uitkijken. De duivel alleen weet waar die hondenkop toe in staat is. En zorg voor je broer. Hij is niet meer dezelfde sinds wat er met je vader en je moeder is gebeurd.'

'Ja,' antwoordt Raaf zacht. 'Ik weet het.'

Wanneer hij even later gebukt door de greppel rent, voelt hij nog steeds de ogen van het grijze hellebeest en het venijn waarmee het naar hem keek. Als dieren een ziel hebben, dan is die van Ouwe Kwaai donkerder dan pek, denkt hij. Hij springt over een zwarte rat die ritselend wegschiet. Het zijn er dit jaar zo veel als muggen in het drasland.

Achter hem huilen de honden.

BROEDER MOMME

'BEROUW, BEROUW!'

Mannen in opengescheurde hemden kruisen jammerend zijn pad. In hun magere vuisten klemmen ze leren strengen met dikke knopen. Bij elke stap slaan ze ermee over hun naakte rug. Bloed stroomt langs hun benen en laat een donker spoor na in het zand. Een boerin zet haar mand op het gras en valt op haar knieën.

De weg leidt naar een stenen poort, die hoger en steiler is dan de Tafel van de Reuzen. Voor de poort ligt een brug. Daarachter steken puntige daken. Boven alles torent een kerkspits en onder de wind, voorbij de plek waar de molen staat, is een ronde toren.

De hele ochtend heeft Raaf gelopen. Eerst door drasland, daarna over droge grond. Pas toen hij bij een kei kwam met de tekening van een koe, stopte hij. De tekening gaf aan dat hij het juiste pad volgde: *coe-voorde*, doorwaadbare plek voor het vee. Bij de kei zag hij Jobs voetafdrukken en de plek in het gras waar hij had gezeten. De sporen waren ouder dan hij had gehoopt, dus hij gunde zich weinig rust.

De geheimzinnige hoorn met het goud is een relikwie, weet hij inmiddels. De honden die de monnik verscheurden zijn beesten van de Bastaard. Eenoog is zijn soldenier en zoekt het relikwie. Blinde Bertram zei dat Job raar praatte en zichzelf niet was; zijn broer heeft net als hij het relikwie aangeraakt en is dol geworden – wat hij al een beetje was. Allemaal redenen om hem zo snel mogelijk te vinden.

'Berouw, berouw!'

De mannen stappen blootsvoets voorbij. Hun haren zijn bedekt met stof en as, en telkens als de leren riemen hun naakte huid raken, klinkt een zuigend geluid. Achter in de stoet lopen vrouwen en kinderen. Ze zingen. Sommige van de vrouwen hebben de achterkant van hun kleed tot onder de schouders opgeknoopt, waardoor hun magere borsten bedekt zijn maar hun ruggen ontbloot.

Terwijl de laatste kinderen langs hem lopen, komen de eerste mannen al bij de poort. Raaf is nooit eerder bij zo'n grote plaats als Coevorden geweest, maar een brug en poort moeten wel zijn gebouwd om vreemden zoals hijzelf buiten te houden. Als een konijn het kon, zou dat ook een steen voor zijn hol rollen.

Plotseling krijgt hij een idee.

Raaf aarzelt niet. Hij rent naar voren, langs de boerin die met gesloten ogen op haar knieën zit te bidden. In een opwelling bukt hij, gapt een ei uit haar mand, holt verder, slaat het stuk tegen zijn mond en slurpt het leeg. Dan stapt Raaf tussen de zingende kinderen.

Zoals hij hoopte, laten de poortwachters de jammeraars ongestoord de brug over. Zodra hij in de stad is, stapt Raaf uit de stoet.

De huizen in Coevorden zijn hoger dan hij ooit heeft gezien. Ze liggen rond een modderige brink en sommige zijn van steen. De luiken voor de vensters zijn omhoog geklapt en vormen houten luifels. Daaronder staan tafels en krukken met aardewerken potten, stapels huiden, manden met wol en kooien met kippen. Als ze dit hier allemaal al hebben, wat moeten ze dan nog met een paar konijnenvellen van Job, bedenkt Raaf.

Raaf wandelt langs de huizen. Bij de kerk staat hij stil. Die is van steen en wel vijf keer zo groot als die van Sandkop. Vanaf de andere kant van het gebouw klinkt het gejammer van de geselaars met hun afgestroopte hemden. Hij kijkt naar de uithangborden naast de luifels. Een van de borden is krom en verweerd en hangt scheef aan twee roestige kettinkjes. Op het bord is een fazant geschilderd, die door de regen bijna al zijn kleuren en veren heeft verloren. Zijn snavel is een splinter die uit het hout steekt. Door het venster buldert een lach. Het is een gasthuis of een herberg, vermoedt Raaf. Als Job in Coevorden is om de vachten of het relikwie te verkopen, dan kan hij daarnaartoe zijn gegaan.

Raaf haalt diep adem, loopt naar de deur en duwt hem open.

'Nee, niet nóg een,' klinkt het zodra hij over de drempel stapt. 'Hier betaal je voor je eten. Als je berouw hebt, dan kun je dat hier wegdrinken, maar niet voor niks. Zeg dat ook maar tegen je vrienden!'

Een reus van een kerel, kaal, met vlezige wangen en een donkere baard, loopt met enorme stappen op hem af. Zijn armen zwaaien als loden kegels langs zijn lijf, zijn benen zijn als bomen. Bij zijn schouders en heupen is hij breder dan een deur en zijn buik is nog een heel stuk dikker. Raaf voelt het hout onder zijn voeten schudden. 'Dieven zijn jullie, dieven en bedelaars,' buldert de man. 'Mij kaalvreten in naam van Onze-Lieve-Heer! Zo meteen nog roepen dat ík de schuld ben van de *haestige siecte*!'

Raaf deinst achteruit. Hij weet direct wie de reus bedoelt. 'Ik hoor niet bij ze,' zegt hij snel. 'Ik zoek mijn broer, Job. Hij kwam wat verkopen.'

'En als je niet maakt dat je wegkomt, dan verkoop ik jou wat! Kssjt! Wegwezen!' De reus wappert met zijn handen alsof hij een geit het huis uit jaagt.

'Laat de jongen,' klinkt een stem van achter in het vertrek. 'Geef hem liever wat te eten, want hij ziet er hongerig uit. *Cnape*, kom hier.'

Raaf kijkt op.

Aan het einde van een lange tafel staat een tinnen kroes met daarachter een man in een bruine *pij*. Hij zit iets naar voren geleund, en steunt op zijn ellebogen. Twee helblauwe ogen glimmen onder de schaduw van zijn kap. 'Cnape, kom hier,' gebiedt hij. 'Karl, omdat je hem aan het schrikken hebt gemaakt, breng je ons nog wat van die knollensoep.'

De reus werpt een dreigende blik op Raaf, die opnieuw een stap naar achteren zet. Hij blijft maar liever buiten bereik van die enorme handen. De reus grijnst en draait zich om. 'Komt er meteen aan,' bromt hij tegen de man.

Raaf loopt langs de tafel. De man achter de tinnen kroes duwt zijn kap naar achteren. Hij onthult een donkere *tonsuur*, een haarkrans rond een verder kale schedel. De helblauwe ogen en smalle neus zijn de opmerkelijkste trekken in zijn gladde gezicht. De lijnen van zijn jukbeenderen en kin zijn uitgesproken, maar niet scherp. Ze geven zijn uiterlijk een vriendelijke, maar vastberaden kracht die ook uit zijn ogen spreekt. Ogen die Raaf aandachtig opnemen.

'Ik ben broeder Momme,' zegt de man. 'In dienst van de bisschop van Utrecht, Jan van Arkel. *Ad majorem Dei gloriam.*[5] Karl is de baas in deze herberg en heeft een hekel aan de geselbroeders, dat merk je wel.' Hij glimlacht. 'Je zoekt je broer, zei je?'

Raafs eigen glimlach is een voorzichtige streep.

'Ga toch zitten.' Broeder Momme wijst naar het lege bankje tegenover zich.

Zodra Raaf zit, zet de reus een kom dampende soep op tafel. Hij legt er een plak zwart roggebrood naast, zo groot als de palm van zijn hand en zo dik als zijn vingers.

Raaf houdt elke beweging van de reus in de gaten, klaar om op te springen als hij te dichtbij komt. Maar als de soep eenmaal op

---

5. Tot meerdere glorie Gods.

tafel staat, buigt hij zich over de kom. Zonder nog op de reus of de monnik te letten, slurpt hij de zurige soep naar binnen. Hij breekt een stuk roggebrood af, sopt het in de soep en propt het in zijn mond. Pas nadat hij een paar stukken heeft doorgeslikt, kijkt hij smakkend op.

'Hebt u hem gezien, eerwaarde vader?' vraagt Raaf. Snel neemt hij nog een hap roggebrood, waarna hij de vette kruimels van zijn vingers likt. 'Mijn broer, bedoel ik?'

Achter hem klinkt een bulderende lach. Raaf schiet overeind en kijkt om. Het gezicht van de reus is nog roder dan toen hij woest was. 'Eerwaarde vader,' bromt de reus hoofdschuddend, alsof hij nog nooit zoiets grappigs heeft gehoord. 'Eerwaarde vader...'

'Broeder Momme heet ik,' zegt de monnik vriendelijk. 'En jij, cnape, wat is jouw naam?'

'Raaf.'

'Raaf? Je bedoelt zeker Rafaël, zoals de aartsengel?'

'Nee, eerwaarde... eh, broeder Momme. Ik bedoel Raaf. Mijn broer was hier. Heeft u hem gezien?'

'Hoe kan ik nou weten of ik hem heb gezien,' antwoordt broeder Momme, 'ik ken hem toch niet? Karl, is hier vandaag nog iemand geweest?'

De reus is dicht achter Raaf gaan staan. 'Hangt ervan af,' bromt hij. 'Het zijn immers niet mijn zaken.'

'Daar heb je gelijk aan. Maar ik wil deze cnape helpen,' zegt broeder Momme. 'Vertel eens, Raaf, je zei dat je broer iets wilde verkopen. Wat was dat?'

'Konijnen,' liegt Raaf zonder een spier te vertrekken. De reus staat wel erg dicht achter hem...

'Konijnen?' vraagt broeder Momme.

'Konijnen en eekhoorns. Hun vacht,' antwoordt Raaf.

'Je broer is handelaar?'

'Eh, ja?' Met het laatste stuk brood veegt Raaf de binnenkant van de kom schoon.

'Is hier een handelaar geweest, Karl?'

De reus mompelt ontkennend.

Raaf stopt het laatste stuk brood in zijn mond. Hij voelt zich steeds onprettiger. Als hij moet wegkomen, maakt hij de meeste kans wanneer hij over de tafel springt. Hij zal er de reus mee verrassen en langs de andere kant van de tafel kan hij naar de deur rennen. Hij gaat wat rechter op zitten.

'Weet je, Raaf, ik zoek ook iets. Iets belangrijks wat mijn bisschop is kwijtgeraakt,' zegt broeder Momme.

Onzeker kijkt Raaf naar de monnik, dan naar de lege kom voor zich. Hij voelt zich niet op zijn plek, al helemaal niet met de adem van de reus in zijn nek. Wat wil de monnik eigenlijk van hem? En waarom staren die blauwe ogen hem de hele tijd aan? Weet hij soms dat hij een leugen heeft verteld? Een zweetdruppel glijdt langs zijn nek.

'En omdat ik iets zoek, was ik bij de *poorters*,' gaat broeder Momme verder. 'Die weten namelijk precies wie er de stad in en uit gaan. Er was vanochtend vroeg een jongen, zeiden ze. Hij was alleen, net als jij. Hij was heel erg zenuwachtig en in de war. Weet je wat hij tegen de poortwachters zei?'

'Eh, nee?' antwoordt Raaf wantrouwig.

De monnik buigt zich over de tafel naar hem toe. 'Hij zei dat hij een ridder zonder hoofd heeft gezien,' zegt hij. 'Stel je voor, een ridder zonder hoofd! En die heeft hem overvallen. Wat een verhaal!'

Job... Dat moet Job wel zijn geweest, denkt Raaf.

'Allemaal bijgeloof natuurlijk,' zegt broeder Momme. 'Een ridder zonder hoofd is een dode ridder. Is je broer bijgelovig?'

'Job? Nee, niet zo erg, denk ik,' liegt Raaf.

'Denk je dat Job die jongen bij de poort was?'

'Ik weet het niet, eerw– broeder Momme.' *Rustig blijven!*

'Hmm, ik denk het wel. Want de jongen heette Job, net zoals je broer. En hij kwam iets verkopen, zei hij. De poorters vertelden me dat hij iets bij zich droeg en dat waren geen huiden. Een wapen misschien? Dat dachten ze, want daar zijn ze poorters voor. Om te kijken wie er de stad binnenkomt en om wantrouwig te zijn. Toen de poorters met je broer praatten, kwamen er geselbroeders aan. Ze vergaten je broer. Daarna is hij verdwenen en ze weten niet waar hij is. Dat was dus vanochtend. Ik hoopte dat hij nog wel terug zou komen. Daarom vroeg ik de poorters ook om hem de volgende keer door te laten. Als je broer iets heeft te verkopen, dan is dit er de juiste plek voor. Toch, Karl?'

Achter Raafs hoofd klinkt een instemmend gebrom.

'Waarom... hoopte u dat?' vraagt Raaf gespannen.

'Een goede vraag. Ik hoopte dat omdat ik op zoek ben naar iets belangrijks,' antwoordt broeder Momme. Hij buigt weer samenzweerderig naar voren. Zijn helblauwe ogen zijn dicht bij die van Raaf. 'Het is een relikwie,' fluistert hij. 'Een belangrijk relikwie.'

'Een... relikwie?' Raaf slikt.

Vriendelijk glimlachend kijkt de monnik hem aan. Raaf schuift heen en weer op het bankje. 'Ik had het relikwie graag van je broer gekocht. *Eylaes*, ik was te laat. Maar zeg eens, gewoon uit nieuwsgierigheid, wat natuurlijk een slechte eigenschap is: hoe is je broer eraan gekomen?'

Raaf schudt zijn hoofd. Hij wil opstaan. Twee zware handen duwen hem neer. Pijnlijk belandt hij op zijn achterwerk.

'Nee Karl, we hebben nu wel genoeg gegeten. Ik zit maar wat te raden en te plagen. Als deze cnape weg wil, dan moet hij gaan.' Broeder Momme kijkt Raaf doordringend aan. In zijn ogen ligt een berekenende glans. 'Misschien komt je broer hier nog om zijn huiden te verkopen en dan zorgt Karl goed voor hem,' zegt hij. 'Als hij Coevorden binnen wil, dan krijg ik daar zeker bericht van. Wij tweeën kunnen intussen hulp vragen bij een goede vriend van mij: heer Reinold, de *burggraaf*. Je zult hem wel kennen als de heer van Coevorden. Hij kan ons helpen om mijn relikwie en jouw broer te vinden. Ik geloof namelijk dat het een met de ander én met jou te maken heeft. Ondertussen vertel je me misschien hoe je broer aan het relikwie is gekomen. Gewoon, omdat ik nieuwsgierig ben. Of vergis ik me? Zeg het maar als ik me vergis.'

Wat kan hij zeggen? De monnik leest de leugen van zijn gezicht. De man is gevaarlijk en slim, denkt Raaf. Hij moet Job vinden en het goud. Iemand als de heer van Coevorden zal hem daarbij heus niet helpen, maar een keuze heeft hij niet. Hij moet wel met de monnik mee.

'Goed zo,' zegt broeder Momme, tevreden met Raafs stilte. 'Kom mee.' Hij staat op, waarbij zijn pij achter de hoek van de tafel blijft hangen.

In een flits ziet Raaf de schede van een zwaard.

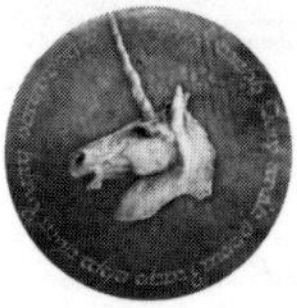

‘HIJ MAAKT ME DOOD!’

‘BROEDER MOMME!’

De soldaat houdt zijn paard in. Het dier zet zijn voorbenen schrap en de hoeven werpen een zandwolk voor zich uit. De soldaat in het zadel lacht een rij donkere tanden bloot. ‘Wat nu?’ roept hij vanaf de rug van zijn rijdier. ‘Nog steeds niet terug naar Utrecht?’

‘Ik bewandel Gods wegen,’ antwoordt broeder Momme opgewekt. Hij slaat zand en stof van zijn pij, kijkt op en glimlacht. ‘En vreemd genoeg, mijn beste Boele, lijken ze me steeds weer naar je heer Reinold te voeren.’

‘En naar nieuw gezelschap, zie ik. Wie heeft u daar bij zich?’ vraagt de soldaat. ‘Zijn gezicht ken ik niet.’

Raaf loert naar de soldaat. Blinde Bertram heeft hem gewaarschuwd voor de soldeniers van de Bastaard, maar wie zegt dat deze hier beter is?

‘Deze cnape is met de voorjaarswind aan komen vliegen,’ antwoordt broeder Momme. ‘Hij reist met mij.’

‘Hij is zo mager als een visgraat,’ zegt de soldaat. ‘Stuur hem straks op het kasteel maar door naar de keuken. Een beetje vet kan hij wel gebruiken. Al zijn het niet mijn zaken, ik neem aan dat u onze kant weer op gaat?’

‘Boele, zo veel christenliefde van een soldaat als jij. Is de goede boodschap dan eindelijk in je hart neergedaald?’

‘Jazeker, broeder Momme,’ antwoordt de soldaat. ‘En jij, cnape, vergeet lieve Merthe in de keuken niet te zeggen dat Boele je heeft gestuurd, hoor je me?' roept hij Raaf toe.

'Ah, dus dat is het,' merkt broeder Momme op. 'Je bent nog steeds op het vrijerspad.'

'Broeder, het schone wijf houdt meer van me dan van een vette fazant. Ze durft het alleen niet toe te geven. Nog niet. En ze is altijd zo begaan met zwervers zoals die daar.' Hij wijst naar Raaf. 'U moet eens zien hoe ze voor Benne het valkenjoch zorgt. Alsof het haar eigen kuikentje is. Als ik haar een hongerige zwerfhond stuur die ook nog eens een reisgezel van haar lievelingsmonnik is, maak ik een goede beurt.'

Broeder Momme lacht. 'Zo is het, Boele, zo is het maar net. En als Merthe je *echte wijff* wordt, dan zal ik er zeker bij zijn om jullie te zegenen.'

De soldaat knikt en grijnst. 'Oorlog en liefde, zo is mijn leven. Uw zegen kan ik wel gebruiken. Nu moet ik verder, mijn goede heer Reinold achterna.' Hij zet zijn paard naar achteren, steekt zijn hand op en met een beweging die te klein is voor het oog duwt hij zijn rijdier in galop.

Het kasteel van Coevorden is met een ringgracht van de stad gescheiden. Eén brug ligt aan de stadszijde, een andere voert ervandaan. Zo beheerst het kasteel de weg door het moeras die van Groningen in het noorden naar het Münsterland zuidoostwaarts leidt.

Wanneer Raaf naast broeder Momme de brug over loopt, wuiven de wachters hen de poort door. Ze vragen niet naar hun naam of naar papieren. Achter de ringgracht loopt een houten palissade. Daarachter ligt een binnenplaats met een stenen woontoren en een hoofdhuis met stallen, een smidse, een keuken en een handvol bijgebouwen.

Raaf volgt broeder Momme naar het hoofdhuis. Aan de vensters te zien telt het drie verdiepingen en een voorraadzolder.

'Momme!' Een heldere vrouwenstem schalt over de binnenplaats. 'Ik dacht dat je terug naar Utrecht was!'

Broeder Momme staat stil en zwaait. 'Nee, vrouwe,' roept hij. 'Ik had gehoopt snel terug te kunnen, maar er is anders voor me beschikt.'

'Daar ben ik blij om. Ik zou je gezelschap missen,' antwoordt de vrouw.

De vrouw voor het hoofdhuis draagt een paarse *falie* tot op haar enkels. Op haar hoofd heeft ze een eenvoudig, wit kapje. Onbedoeld bewondert Raaf haar rechte houding, die rust en zelfvertrouwen uitstraalt.

'Kom verder en vertel me welk nieuws je nog hebt uit Utrecht. Had heer Reinold geweten dat je langs zou komen, dan zou hij zijn onbesuisde vertrek zeker hebben uitgesteld. Hij wil je graag spreken, dat weet ik.'

'En ik hem, lieve nicht,' antwoordt broeder Momme.

'Hij is vroeg deze middag vertrokken. Hij had zo veel haast, dat trouwe Boele hem nu probeert in te halen. Hij heeft maar twee soldaten meegenomen, en met al die vreselijke verhalen... Kom, lieve neef, ik ben zo blij je te zien.'

Broeder Momme legt zijn hand op Raafs arm. 'Doe mijn vriend Boele een plezier,' zegt hij zacht. 'Ga naar de keuken. Eet, drink en wacht tot ik je kom halen. Dan praten we over het relikwie, jij en ik. Ik weet zeker dat je me er meer over kunt vertellen.'

De monnik weet dat ik heb gelogen, denkt Raaf. Broeder Momme lacht naar hem en draait zich om, waarna hij in het hoofdhuis verdwijnt.

Op dat moment klinkt een luid geroep.

'Pak hem! Pak hem dan!'

Een schaduw scheert langs Raafs voeten. Hij kijkt op. Boven zijn hoofd cirkelt een valk. Raaf knijpt zijn oogleden samen en als vanzelf volgt hij de vlucht van de vogel. De buik van het dier is grijs met bruine druppels. Zijn vleugels zijn donker met witte randen. Het is een nog jonge vogel. Vier duiven fladderen voor hem weg. Ze vliegen zo wild rond dat ze door de wind in de lucht lijken te zijn gesmeten.

'Help, Vlerk ontsnapt!' gilt een stem. Een meisje rent hem op blote voeten voorbij. De jonge valk schiet achter de duiven aan en scheert over de palissade. De vogels veranderen in kleine stipjes, nagestaard door het meisje en een jongen met een lange, leren handschoen. In zijn andere hand houdt hij een bruine kap, zo groot als een vogelkop. Wezenloos kijkt hij naar de lege lucht. Ineens begint hij over zijn hele lijf te trillen. 'Hij maakt me dood! O god, hij maakt me dood...' jammert hij.

De geur van warm vlees hangt als turfrook in de lucht. Raaf volgt zijn neus naar de keuken. De deur staat wijd open. Een dikke vrouw tilt neuriënd een ketel van de haak. Die haak heeft de vorm van een duivelskop met puntige hoorns, een scherpe neus en kin. Met een doffe bons belandt de ketel op de keien rond de schouw.

'Verdwaald? Hongerig?' vraagt ze met haar rug naar hem toe.

'Broeder Momme, ik bedoel Boele, zegt dat ik hier eten kan krijgen,' antwoordt Raaf vanuit de deuropening.

De vrouw draait zich om. Haar bolle wangen glimmen net zo vrolijk als haar ogen. 'Zegt die brutale Boele dat? En broeder Momme is hier weer? Ik dacht al dat de vrouwe zijn naam riep. Vooruit, blijf daar niet staan. Als die twee je sturen, dan zul je wel goed gezelschap zijn.'

Even later zit Raaf gebogen over een houten kom. Met een vettig stuk roggebrood veegt hij de gesmolten reuzel van zijn kin. Gulzig propt hij het zompige brood in zijn mond. De kom knollensoep eerder die dag heeft zijn maag niet lang kunnen vullen. Zeker niet nadat hij het hele eind vanuit Sandkop is komen lopen.

'Dus die brutale Boele stuurt je. Echt iets voor hem, die goeierd…' Lachend legt de vrouw een stuk vers brood op tafel. 'Ik ben Merthe, dus zo mag je me noemen, net als iedereen. Ik heb nog gekookte kool en spek voor je. Ik hoop dat je me niet in de vingers bijt, want je schrokt als een wolf. Een tijd niks gegeten zeker?'

'Daarnet riep een jongen dat iemand hem dood zou maken,' zegt Raaf zonder op te kijken.

'De jongen? O, je bedoelt Benne, het valkenjoch,' antwoordt Merthe. 'Ja, Vlerk is de lievelingsvalk van onze heer Reinold. Heer Reinold heeft hem pas kort, maar is erg aan het dier gehecht. Als hij thuiskomt en merkt dat de vogel is gevlogen, dan zwaait er wat. Ze zullen nog wel een paar duiven loslaten om hem te lokken. Valken zijn toch net zoals jullie jongens. Zodra de kap van jullie kop wordt getrokken, wil je uitvliegen, en alleen een duifje lokt je weer naar huis. Maar iemand Benne doodmaken? Onze heer Reinold zeker? Nog geen stokslagen laat die goeierd geven, wat sommigen ook van hem zeggen.'

Dankbaar pakt Raaf de beker vast die Merthe met een glimlach voor hem neerzet. Haar lach glimt écht, denkt hij terwijl hij naar haar vettige lippen kijkt. Loom leunt hij achterover. Het leven buiten Sandkop is helemaal niet zo slecht, bedenkt hij.

'Merthe, Merthe, broeder Momme gaat weg!' Het meisje op de blote voeten stormt de keuken binnen.

Raaf is ineens klaarwakker. Broeder Momme weg? Terwijl hij hier op hem moest zitten wachten? Hij springt overeind en stoot de beker om.

'Hé, voorzichtig!' roept Merthe.

Raaf rent langs het verbaasde meisje. Zodra hij buiten staat, ziet hij de wapperende pij van broeder Momme. Te paard en met grote haast verdwijnt de monnik over de slotbrug.

Poortwachters zijn er om wantrouwig te zijn, zei broeder Momme in de herberg en Raaf zelf heeft geen reden om een poortwachter te vertrouwen.

Een van de wachters heeft zijn plek bij de brug verlaten en loopt zijn kant op. Misschien wil hij weten waarom broeder Momme zo plotseling te paard is vertrokken. Of komt hij vragen wat Raaf op het kasteel doet en waar hij vandaan komt? Van Sandkop. Wat hij hier doet? Vellen verkopen. Voor wie? Allemaal lastige vragen.

Merthe staat met het meisje in de deuropening van de keuken. Hoofdschuddend kijkt de dikke kokkin zijn kant op.

Over de binnenplaats klinkt een schrille kreet. Voorbij de poort cirkelt de ontsnapte valk. Hij drijft op de wind als een zwaan op het water. Voor het hoofdhuis rechts van Raaf staat het valkenjoch, roerloos. Met zijn armen schuin omhoog lijkt hij meer op een vogelverschrikker dan op een vogellokker.

De valk drijft in de lucht, maar maakt net iets te vaak een onrustige beweging. Het dier is de vrijheid niet gewend, de hemel is hem te wijds, beseft Raaf. Het valkenjoch slaakt weer zijn rare, schrille kreet.

Alsof Raaf de wachter niet ziet die op hem af loopt, knoopt hij de buidel van zijn riem en schudt hem leeg. In blad gewikkeld dennenhars en twee vuursteentjes vallen in zijn hand. Hij kijkt omhoog en strekt zijn arm. Met samengeknepen keel en de tong achter in zijn mond roept hij: 'Ieee-ieee... Ieee-ieee...'

Hoog boven de poort beantwoordt de valk zijn roep. Hij breekt zijn cirkelende zweefvlucht af en daalt in een schuine lijn. Snel komt hij dichterbij. Raaf hoort de vleugels klapperen en voelt de felle prikken van de klauwen zodra het dier op zijn arm landt. Twee bruine kralen staren hem aan langs een kromme snavel. Langzaam brengt Raaf zijn lege buidel naar de kop van het dier. Gewillig laat het toe dat hij hem over zijn ogen trekt.

De wachter is verbaasd blijven staan. Het valkenjoch komt aangerend. 'Je hebt Vlerk gevangen,' roept hij. 'Hoe deed je dat? Wil je me dat leren? Mag ik hem terug?'

Zwijgend steekt Raaf zijn arm uit. 'De kap?' vraagt hij aan het valkenjoch, terwijl hij doet alsof de wachter vlak voor hem niet bestaat.

'De kap? O ja, de kap.' De jongen trekt de buidel van de kop en aait de jonge valk voorzichtig over zijn snavel. Hij lacht naar Raaf en met een stukje leer bindt hij een van de poten van de vogel vast aan zijn handschoen.

Raaf stopt het hars en de vuursteentjes terug in de buidel.

'Dat was écht knap wat je deed. Hoe deed je dat?' klinkt achter hem een meisjesstem. Met stralende ogen kijkt het meisje met de blote voeten op naar Raaf. 'Waar kom je vandaan?' vraagt ze.

'Van Sandkop,' antwoordt Raaf ongemakkelijk. Hij had alleen de wachter willen afleiden, niet het hele kasteel hoeft hem te kennen!

'Sandkop? Dat ken ik niet,' zegt de jongen. 'Ik heet Benne en dit hier is Vlerk. Vlerk vloog weg en ik dacht dat hij nooit meer terug zou komen – tot jij hem riep.'

De valk zit rustig op zijn arm en pikt met zijn snavel tussen de veren van zijn vleugel.

'Als hij niet was teruggekomen... Misschien was ik teruggestuurd.'

'Terug, waarheen?' vraagt Raaf, die denkt aan het angstige jammeren van het valkenjoch toen de vogel ontsnapte.

'Kom mee,' zegt Benne met een blik op het meisje. 'Dat is niks voor kleine kinderen.'

'Klein ben je zelf!' roept het meisje fel. Ze stampt met haar blote voeten in het zand. Benne doet alsof hij haar niet hoort. Inmiddels heeft de wachter zich omgedraaid en is weggelopen.

'Teruggestuurd naar de Bastaard van Ruynen, hij aanbidt de duivel, *die viant*,' fluistert Benne terwijl hij Raaf wegleidt.

'De duivel? Echt waar?' vraagt Raaf. De jongen lijkt Job wel, die ziet ook overal de duivel.

Benne knikt heftig. 'Echt waar, mijn broer heeft het zelf gezien. Hij zegt dat de Bastaard zijn honden naar een heidens altaar brengt, waardoor het hellehonden worden. Hij verandert wijn in bloed en dat drinken ze.'

Raaf ziet Ouwe Kwaai voor zich. Misschien heeft Benne gelijk. Dat monster moet immers wel door de duivel zijn gemaakt.

'Mijn broer zegt dat de Bastaard hém ook heeft vervloekt, zodat de beesten hem niet verscheuren en hij de enige is die in hun buurt kan komen,' vertelt Benne verder. 'Je moet eens weten wat mijn broer me allemaal over de Bastaard heeft verteld. Zijn vader, de echte heer Van Ruynen, maakte een kind bij een heks. Toen hij groot genoeg was ging hij op zoek naar zijn vader en toen hij die gevonden had en zei wie hij was, stuurde die de honden op hem af. Daarom heeft de Bastaard nu zelf al die honden en jaagt hij op mensen, zegt mijn broer. De Bastaard werd daarna roofridder in Münsterland. Toen hij rijk was, kwam hij terug en ging hij zich Van Ruynen noemen. Hij gelooft in hekserij en zweert bij Lohe, de god van het vuur. Snap je nou dat ik nooit meer terug wil?'

'Dus het zijn hellehonden die op mensen jagen?' vraagt Raaf.

'Ja, ik zweer het,' zegt Benne. 'Maar jij bent hier met broeder Momme. Dat soort dingen geloof je natuurlijk niet als je met een monnik bent.'

Raaf denkt weer aan Ouwe Kwaai die hem in Sandkop recht in de ogen leek te kijken. 'Ik geloof je,' antwoordt hij.

'Dat moet je dan ook maar tegen broeder Momme en de monniken in het klooster zeggen. Dat de Bastaard aan hekserij doet en zo. Misschien dat hij hem dan laat oppakken door de bisschop,' zegt Benne.

'Als ik broeder Momme ooit nog zie,' antwoordt Raaf. 'Hij is net weggereden en ik weet niet waar naartoe.'

Kan het hem wat schelen? Ja dus, beseft hij. Want hij wil Job vinden en het goud. Naast broeder Momme kon hij zomaar het kasteel binnenlopen. Zodra de monnik weg was, moest hij uitkijken voor de poortwachter. Het zou best eens handig kunnen zijn nog even in de buurt van broeder Momme te blijven, al is hij gevaarlijk slim en leest hij gedachten.

'O, maar dat weet ik wel,' roept Benne. Verschrikt maakt de valk een sprongetje. 'Broeder Momme is achter Boele en de heer van Coevorden aan gereden. Hij is naar Biscoppesberge, want daar zijn ze!'

HET LIJK IN DE KAPEL

DE KAPEL VAN BISCOPPESBERGE staat als een messcherp silhouet in een open ruimte tussen de bomen. Eigenlijk heet de plek Hulsfoerde. Benne is er een keer geweest, vertelde hij Raaf toen hij hem de weg vanaf het kasteel uitlegde. Eén keer. Toen hij mee mocht met de vrouwe, die er ging bidden. In de kapel worden de bisschoppen tot heer van Coevorden gekroond. En elk jaar gaan er duizenden gelovigen naartoe om de heilige relikwieën te bewonderen die er achter zware deuren en stevige tralies in kleine kistjes worden bewaard.

Nu lijkt de kapel verlaten. Geen broeder Momme en ook geen paard. Heeft Benne zich vergist of is de monnik alweer vertrokken?

Het kostte Raaf weinig tijd om vanaf het kasteel van Coevorden naar het noordelijk gelegen Biscoppesberge te lopen. Maar te voet duurt het drie keer zo lang als te paard. Als de monnik naar het kasteel is teruggekeerd, had hij hem moeten tegenkomen.

Raaf blijft staan. Het licht van de laaghangende zon spiegelt op de zwarte wolkenranden. De stilte van de vogels voorspelt regen. Waarom hangt rond deze heilige plek zo'n vreemd gevoel van onheil?

Scherp luisterend loopt hij langs de muur van de kapel. Is er iemand binnen, dan moet hij het horen. In zijn oren klinkt alleen het bonzen van zijn bloed.

Dan ziet hij het: de grond voor de kapel is omgewoeld. Raaf

knielt en herkent de verse afdrukken van paardenhoeven. Ook de keien van het pad zijn losgeslagen. Een paar passen van hem vandaan is de grond donkerder van kleur. Bloed?

Langzaam komt hij overeind.

Raaf volgt het stukgeslagen pad. De deur van de kapel is gesloten. In het hout staan verse, blanke krassen. Het ijzer van messen en zwaarden heeft littekens gekerfd. Op sommige plekken is het hout versplinterd. Raafs wijsvinger glijdt langs de kerven. Dan ontdekt hij andere lijnen, dunner en minder diep. Ze lopen van boven naar beneden. Vier naast elkaar, gemaakt met de klauwende nagels van een monster.

Het slot is uit de deur geslagen. Hij steekt zijn hand in het gat en trekt. Krakend draait de deur naar hem toe. Op datzelfde moment verduistert de lucht, rolt de donder en breken de wolken open. De regen stort omlaag.

Op de tast stapt Raaf de kapel binnen. Zodra hij over de drempel is, slaat hij een kruis. De regen raast als een snelstromende beek. Het licht van de bliksem vlamt door de vensters; een kort moment lijkt de kapel in brand te staan. Schaduwen van gebeeldhouwde heiligen maken zich los van de muur. Voorbij het midden van de kapel, waar de vloer met drie treden opstijgt naar het altaar, ligt te midden van stukgeslagen kisten het lichaam van een monnik.

Broeder Momme...

Het lichaam is tegen het altaar gezakt. De nek is onnatuurlijk geknikt, waardoor het gelaat onzichtbaar is. Het koord dat rond het middel van de monnik zat, is rond de hals geknoopt en zit in een scheur van het altaar geklemd. Naast het lichaam liggen versplinterde *reliekkisten* en een zwaard.

De bliksem vlamt.

Raaf springt achteruit.

Rijc God! De hand van broeder Momme ligt op een nest dode

adders! De beesten kronkelen uit zijn maag, over zijn buik en in zijn hand. Dan beseft hij dat het geen slangen zijn. De buik van de monnik is opengereten en de darmen kruipen zijn lichaam uit. De andere hand ligt in een plas met bloed. De vingers wijzen naar het altaar. Weer vlamt de bliksem en een moment baadt de kapel in een gele gloed. Met bloed zijn vreemde tekens op het altaar geschreven. Raaf herkent halve en hele cirkels, en een teken dat lijkt op de 'R' in zijn naam.

De laatste boodschap van een stervende?

II

Tiflis[6], 953 na Christus

Izaak droeg de hoorn als een boog op zijn rug. Met uitzondering van de reisbrief van de grote kalief Al-Hakam was het zijn enige bezit. Tenzij je de vodden meetelde die vuil van zijn lijf hingen.
Hij liep weg van de hoge berg en volgde de vlakten en valleien. Onzeker of de zwarte ziekte zich in hem schuilhield, rustte hij twee dagen. Hij twijfelde. De hoorn was gevonden op de plek waar ook de ziekte was ontdekt. Droeg deze dan niet het kwaad in zich? De gedachte verdween zoals ze was gekomen. Hoe kon Izaak weten dat zijn angst en twijfel nu in de hoorn huisden? Hij dankte Allah, die weliswaar niet zijn God was, maar aan wie hij veel was verschuldigd en die hem misschien op zijn reis kon beschermen. Ook huilde hij om zijn vriend Abdelghani.
Om zijn plek in een karavaan te betalen, sjouwde Izaak volle zakken en zware balken, droeg hij hete stenen en emmers met stront en slachtafval. Bandieten overvielen de karavaan, maar Izaak rukte de muts van het hoofd van een van de rovers, zette hem op en wist met de hoorn te vluchten. Hij trok alleen de bergen door en werd voor de poort van de stad Tiflis door soldaten gevangen. Dankzij de brief van de grote kalief lieten ze hem gaan. De soldaten die hem eerst hadden geschopt en geslagen, brachten hem nu tot aan de monding van de rivier. Ze gaven hem de hoorn terug, besmet met hun boosheid, hielpen hem aan boord van een schip, en Izaak voer in zeldzaam goed weer met de hoorn naar de stad Constantinopel, het mythisch Byzantium.

Uit: *Het Boek van de Hoorn,* Tweede Deel

6. Tegenwoordig de stad Tbilisi.

HEILIG EN HEIDENS

DE NACHT IN DE KAPEL IS DE LANGSTE van zijn leven.

Met opgetrokken knieën zit Raaf tegen de muur geleund, wachtend tot de regen stopt. Als hij zijn ogen opendoet, ziet hij meer schaduwen dan het donker kan verbergen. En telkens wanneer de bliksem het vuur uit de hemel slaat, is het alsof het lichaam van broeder Momme ook hém met gebogen hoofd in de gaten houdt.

Een paar keer dommelt hij in, maar telkens weer schrikt hij wakker van een kille tocht of een verre hemelflits. Hij droomt onrustig. Duivelse ruiters hakken met hun seizen botsplinters uit de kapeldeur. Broeder Momme slaat zijn kap achterover en onthult de grommende kop van Ouwe Kwaai. De hoorn schrijft geheimzinnige boodschappen met bloed, geleid door een onzichtbare hand. De dromen zijn echt en angstaanjagend, net als toen hij de hoorn vasthield. Pas wanneer de donder eindelijk achter de horizon verdwijnt, verjaagt het roze ochtendlicht de beelden.

Raaf stapt om de plassen en de stromen heen die de regen op het pad heeft achtergelaten. Om de paar passen glijdt hij uit of zakt hij tot zijn enkels in de glibberige modder. Met een stok peurt hij in de grond om te voelen of hij er veilig op kan staan. Als de moordenaars al sporen hebben achtergelaten, dan heeft de regen ze weggeveegd. Misschien zou zijn vader ze nog kunnen herkennen, maar Raaf ziet enkel modder.

Raaf stopt en drinkt het regenwater van de bladeren. Hij vouwt ze tot een gootje en laat het water tussen zijn lippen lopen. Hij voelt zich vreemd opgelucht. De kapel ligt achter hem en broeder Momme is dood. De monnik las zijn gedachten, wist wie hij was en wilde het relikwie. Nu hij dood is, kan Raaf weer zelf op zoek gaan naar Job en het relikwie. Hij probeert zich niet te veel zorgen te maken over zijn broer. Zorgen zullen hem niet naar Job leiden. Dus denkt hij aan de hoorn. Als hij die vindt, dan is het goud van hem. De moordenaars in de kapel kennen hem niet, dus hij heeft niets van ze te vrezen. Eén ding zit hem wel dwars. Is het een zonde dat hij broeder Momme in zijn eigen bloed achterlaat? Maar wie zou hij moeten waarschuwen? Benne had het over de monniken. Zodra het pad beter begaanbaar wordt, is het klooster aan de Reest niet verder dan een halve dag lopen...

Nog voor hij zijn dorst voldoende heeft gelest, neemt Raaf zijn beslissing.

De verre jammerklachten van melkkoeien begeleiden hem wanneer hij naar het klooster loopt. Het pad dat hij volgt, leidt helemaal vanuit het dichte bos vol eiken- en beukenbomen in een bijna rechte lijn over de vlakke weidegrond naar de poort onder de toren. Links en rechts lopen de stenen vleugels van het gebouw ruim dertig passen opzij, voordat ze een hoek maken en lijken te verdwijnen. Een gracht ligt in een halve cirkel rond het ommuurde kloosterland. De grond achter het klooster grenst aan de Reest, een stroom vol vis en paling waarvan de oever aan de kloosterzijde is begroeid met berkenbosjes. De schaduw van de toren valt scherp opzij, en wijst in de richting van de koeien die in de verte grazen. Voorbij de dieren ligt een eenzame hoeve, waarvan de omtrekken al enigszins in het wazige licht van de namiddag vervagen. Het is tussen noen en vespers, schat Raaf.

Raafs vlakke hand valt op het hout. Vrijwel meteen klapt het kijkluikje van de poort open. 'Ja?' Een rond gezicht vult de opening.

'Ik heb een boodschap,' zegt Raaf. 'Het gaat over broeder Momme...'

Het luik sluit met een tik, gevolgd door het knarsende schuiven van ijzeren grendels. 'Kom snel binnen, de hoogwaardige heer abt verwacht je.'

Verbaasd gaapt Raaf de dikke monnik aan. Hoe kan de abt hem verwachten?

'Kom dan,' zegt de monnik ongeduldig. 'Je mag de heer abt niet laten wachten.' Hij wenkt Raaf naar binnen en sluit het poortdeurtje. Zonder nog een woord te zeggen, draait hij zich om.

De abt kán hem niet verwachten, piekert Raaf. Hij wist zelf niet eens dat hij naar het klooster zou gaan. Houdt de dikke monnik hem voor een ander of is het nieuws van de dood van broeder Momme hem vooruitgesneld?

'Kom,' zegt de monnik geërgerd als Raaf in zijn ogen te lang treuzelt.

Ze lopen door de gang tot ze voor een gesloten deur blijven staan.

'Hoogwaardige heer abt...?'

'Ja?' klinkt het verstoord vanaf de andere kant van de deur.

'Er is hier een cnape die nieuws brengt over broeder Momme. Ik heb hem meteen naar u toe gebracht, zoals u hebt gezegd dat ik moest doen. U heeft gezegd...'

'Ja, broeder Ignatius, ik weet wat ik heb gezegd. Al het nieuws over de eerwaarde broeder Momme wil ik zo snel mogelijk horen. Laat de cnape binnen.'

De dikke monnik duwt de deur open en stapt opzij. Hij gebaart Raaf dat hij het vertrek binnen moet gaan.

De abt heeft een breed gezicht met donkere ogen. Zijn wenkbrauwen zijn als rupsen, die elkaar met hun grijze koppen raken, en met staarten die opkruipen naar zijn oren. Zijn grijze haar ligt als een dunne krans op zijn verder kale hoofd. Hij staat achter een tafel van eiken. Op die ene tafel en een ruwhouten kruis aan de muur na is het vertrek leeg.

'Laat ons alleen,' zegt de abt tegen broeder Ignatius.

Zodra de dikke monnik met een aarzelende glimlach de deur achter zich heeft dichtgetrokken, kijkt de abt op naar Raaf. 'Vertel, wat heb je voor nieuws over broeder Momme, mijn zoon?'

'Broeder Momme is dood,' zegt Raaf eenvoudig. Hij had niet verwacht dat hij het klooster binnen zou gaan en al helemaal niet dat hij voor de abt zou worden gebracht. Hij heeft spijt dat hij is gekomen, maar dat laat hij niet merken.

'Dood? Hmm, dat is wel het laatste nieuws dat ik verwachtte. Weet je het zeker?' vraagt de abt onaangedaan.

'Ja, eerwaarde,' antwoordt Raaf. 'Ik heb hem zelf gezien. In de kapel bij Biscoppesberge.'

'Wáár zeg je?' De abt kijkt hem aan alsof hij bijen uit Raafs mond ziet vliegen. 'Dus je was daar, op die... plek? En je zag het lichaam van broeder Momme, zeg je?' De abt knijpt zijn ogen een beetje samen. 'Je kende broeder Momme dus? En hoe zei je dat je heette?'

'Ik heet Raaf, eerwaarde. Ik heb u verteld wat ik weet. Mag ik nu gaan?'

De abt stapt naar voren en legt een hand op Raafs schouder. 'Gaan? Nee, mijn zoon, dat mag je niet,' zegt de abt. 'Je hebt me verdrietig nieuws gebracht. Ik wil graag meer horen over broeder Momme – en over jou. Broeder Momme was op zoek naar een heilig voorwerp, een relikwie dat uit dit klooster is verdwenen. Heb je daar iets over gehoord, mijn zoon?'

Raaf schudt zijn hoofd. Is zwijgen over de waarheid hetzelfde als het vertellen van een leugen?

De abt bemerkt Raafs twijfel niet. 'Het is een relikwie met...' hij zoekt naar het juiste woord, '...bijzondere krachten. Het is heilig en heidens. Het draagt geen zegel van de Kerk. Als het in handen valt van het Kwaad, dan kunnen er vreselijke dingen gebeuren.'

De abt brengt zijn gezicht dicht bij dat van Raaf. Raaf ziet elke rimpel in zijn gespannen voorhoofd. 'Ik zeg je dit omdat je me, als broeder Momme je ook maar iets over het relikwie heeft gezegd, in naam van God de Almachtige Vader moet vertellen wat je weet. Dat is je christenplicht, mijn zoon. Begrijp je dat?'

'Ik-ik weet niks, eerwaarde,' liegt Raaf.

'Broeder Ignatius?' roept de abt plotseling.

De deur gaat open en de dikke monnik stommelt het vertrek binnen.

'Breng deze cnape naar de *refter*. Geef hem eten en drinken. Hij blijft bij ons in het klooster,' zegt de abt. 'Dan kan hij zijn ziel onderzoeken en zijn daden overdenken.'

Raaf weet wat dat betekent. Want ook al is hij in een klooster en krijgt hij eten, drinken en een bed voor de nacht, hij is niet vrij om te gaan. Hij is gevangen.

KLOOSTERGEHEIMEN

ZODRA RAAF ZIJN OGEN DICHTDOET, ziet hij het lichaam van broeder Momme voor zich. Hij ziet de versplinterde reliekkisten en de geheimzinnige boodschap die met bloed op het altaar is geschreven. Wanneer hij zijn ogen opent, voelt hij het gewicht van de balken boven zijn hoofd en weet hij weer dat hij gevangen is in het klooster. Stro prikt in zijn nek, vlooien bijten in zijn enkels en zijn hoofd jeukt van de luizen. Door de deur van het slaapvertrek hoort hij de monniken zingen. Zingen ze voor broeder Momme?

De gedachten zoemen als hinderlijke vliegen rond in zijn hoofd. Heilig en heidens, zei de abt. Daarom kreeg hij misschien die vreemde droom en die rare gedachten toen hij het relikwie vastpakte. Als het relikwie in handen valt van het Kwaad, dan kunnen er vreselijke dingen gebeuren... Die zijn al gebeurd: eerst in het bos en daarna in de kapel.

Het is wel vreemd: de abt was nauwelijks verrast door het nieuws dat hij bracht. Hij leek bezorgder om het relikwie dan om de dood van broeder Momme. Misschien was dat wel om het goud en niet omdat het relikwie zo gevaarlijk is. De abt houdt hem in het klooster omdat hij meer wil weten over het relikwie, dus wat zegt hij hem morgen? Toch zeker niet dat Job het heeft? Zwerft Job nog steeds rond zonder dat hij weet hoe gevaarlijk het is en wie er allemaal naar op zoek zijn? Hebben de dromen en de gedachten van het relikwie zijn broer in hun greep?

Raaf zinkt langzaam weg in het moeras van een onrustige slaap.

Vanuit het donker achter zijn ogen springen vier paarden briesend zijn droom binnen. Eerst hun gestrekte voorbenen met zwarte hoeven, dan hun machtige hoofden. Met het geluid van de donder raken ze de aarde en in vliegende galop stormen ze op hem af.

Een kreet... Stemmen... Voetstappen op de gang...

Raaf schiet overeind. Het zingen is gestopt. Droomde hij? Het is aardedonker en doodstil. Hij moet plassen.

Raaf schopt de deken van zich af. Voetje voor voetje zoekt hij zijn weg langs de lege ledikanten in het nachtdonkere slaapvertrek. Zachtjes duwt hij de klink omlaag. Tot zijn verrassing is de deur niet op slot. Op datzelfde moment klinkt een harde gil.

'Vad retro, Satanas!'[7]

Wanneer de echo is verstomd, is de stilte dieper dan ooit.

De gang baadt in een loodgrijze schemer. Raaf wil terug de kamer in gaan, maar bedenkt zich. Hij heeft niets te vrezen, maakt hij zichzelf wijs. Met bonzend hart loopt hij verder. Het is als het bos in de nacht, denkt hij. Na enkele passen staat hij stil. Voetstappen... Hij verbergt zich in een nis en versmelt met het donker. Monniken hollen hem voorbij. Pas zodra hij zeker weet dat hij alleen is, komt Raaf tevoorschijn.

De gang splitst zich. Koele nachtlucht strijkt langs zijn enkels.

De gang komt uit op een open galerij langs de kloostertuin. Tussen de pilaren van de galerij zijn houtblokken gestapeld. Aan de andere kant ervan klinken fluisterende stemmen.

'Verschrikkingen dwalen door het land en de abt brengt het klooster in gevaar. Jullie weten toch wat er met broeder Hubertus is gebeurd? Hij is bezeten, het relikwie heeft hem zot gemaakt. Willen jullie dat het met ons allemaal gebeurt? Het is beter dat niemand de hoorn ooit nog terugvindt.'

---

7. 'Wijk van mij, satan!'

'De abt houdt de knaap hier in het klooster, omdat hij in de kapel was, net als broeder Hubertus. Daar zijn vreselijke dingen gebeurd en dat is de schuld van het relikwie. Het moet gevonden worden!'

Raaf herkent de stem van broeder Ignatius, de dikke monnik die hem naar de abt bracht. Hij ademt met zijn mond open, dat maakt het minste geluid.

'De bisschop en de heer van Coevorden willen het relikwie allebei in handen krijgen. Wie weet waartoe ze in staat zijn...'

'Beschuldig je de heer van Coevorden soms van wat er in de kapel is gebeurd?' vraagt iemand.

'Nee, natuurlijk niet,' antwoordt de stem heftig fluisterend. 'Het kan ook die Bastaard van Ruynen zijn. Ook hij zit achter het relikwie aan.'

'Broeder, let op je woorden!'

'Het zijn eerlijke woorden, dus laat hem praten,' onderbreekt een ander.

'Nee, ik heb genoeg gezegd. Alleen nog dit en dat heb ik van onze heer abt zelf: het relikwie is vol heidense magie. Als het niet onder heilig gebeente wordt bewaard, dan is het gevaarlijk. Het relikwie is niet verzegeld; iedereen die het aanraakt besmet het met zijn eigen kwaad en hebzucht. Daarom ging broeder Hubertus naar de kapel, om terug te vinden wat van ons was gestolen.'

'En onze broeder uit Münster, de Duitser die hier was? Broeder Hubertus kende hem. Weet je wat hij zei? Het relikwie zal de Vier Ruiters wekken.'

De kloosterbel luidt. Het is tijd voor de ochtendlofprijzingen. De monniken zwijgen. Wanneer ze weglopen, ruisen hun pijen als de wind door het gras.

Raaf tilt zijn tuniek op en doet eindelijk zijn plas.

De gil in de nacht, het gefluister van de monniken: het klooster is vol geheimen. En allemaal hebben ze te maken met het relikwie. Wat Raaf al dacht, fluisterden de monniken: alle vreselijke dingen die er gebeuren, zijn de schuld van het relikwie. Die gil in de nacht was van broeder Hubertus, die net zoals hijzelf in de kapel was. Heeft de monnik gezien wat er gebeurde en wie broeder Momme heeft vermoord? Maar waarom zei de abt dan dat de dood van broeder Momme wel het laatste nieuws was dat hij verwachtte?

Met een hoofd vol vragen volgt Raaf de kloostergang terug naar het slaapvertrek. Bij de splitsing staat hij stil. Verderop in de gang schemert licht over een drempel. Het gefluister in de kloostertuin en de vele vragen hebben hem nieuwsgierig gemaakt. Op zijn tenen loopt Raaf naar de deur. Aan de andere kant klinkt een zucht. Hoe ijl ook, Raaf herkent de klank. Eerder was die zucht een gil. *Vad retro, Satanas.* Het is broeder Hubertus.

Gedreven door nieuwsgierigheid duwt Raaf de deur zachtjes open.

Het is een kleine kamer, schaars verlicht door één enkele kaars. Een jonge monnik zit aan een bed.

'Broeder Hubertus heeft een aanval gehad...' Hij draait zich om op zijn kruk. 'Geef me die eens aan,' zegt hij vriendelijk. Hij wijst naar een emmer in de hoek.

Raaf stapt over de drempel en loopt naar de emmer. Hij pakt de doek van de rand, dompelt hem in het water, knijpt hem uit en geeft hem aan de jonge monnik, die er het voorhoofd van broeder Hubertus mee dept.

'Hij viel op de grond en begon te schreeuwen en te schuimbekken. Nu is hij weer rustig,' zegt de jonge monnik.

'Is hij bezeten?' vraagt Raaf.

Op dat moment begint broeder Hubertus te kreunen.

'Hij is ziek, dat is alles,' antwoordt de jonge monnik. '*Sint-Vitus* zal hem beschermen. Ik ken je niet, hoe heet je?'

'Raaf. Ik sliep en toen hoorde ik geschreeuw.' Nieuwsgierig kijkt Raaf naar de monnik op het bed. Hij heeft grijs haar en een grijze baard, zoals Blinde Bertram. Zijn neus is smal van ouderdom en zijn voorhoofd is vol groeven die er met een mes in lijken te zijn gekerfd. Deze monnik was in de kapel, denkt Raaf. En het relikwie heeft hem zot gemaakt.

Broeder Hubertus opent zijn ogen. Zijn mond beweegt, maar er komen geen woorden over zijn lippen.

'Broeder Hubertus,' fluistert de jonge monnik. 'U bent nu veilig, ga slapen.'

De borst van broeder Hubertus springt met een schok omhoog. Raaf ziet dat zijn handen en voeten aan het hout van het bed zijn vastgebonden. Rond het touw zijn doeken gewikkeld. Broeder Hubertus probeert zijn hand op te tillen en trekt aan zijn boeien. De hand heeft maar vier vingers. De middelvinger ontbreekt. Raaf buigt zich over de oude monnik. De nagels van de duim en de ringvinger zijn afgebroken en ingescheurd. Overal zitten verse wondjes.

'*Sanctum sanctorum*,' mompelt broeder Hubertus.

De hand die vastgebonden was, schiet onverwacht omhoog. Vier vingers sluiten zich rond Raafs pols en de monnik trekt hem met een ruk omlaag. 'Rafaël, hoeder van de hoorn! Vind het relikwie, zíj mogen het niet krijgen. In hun handen is de hoorn het kwaad. HET KWAAD!'

Zijn hoofd valt terug, Raaf wil zijn hand wegtrekken, maar broeder Hubertus klemt zijn vingers rond zijn pols.

'Jij! Ga weg bij het bed,' commandeert een stem.

De ogen van broeder Hubertus draaien weg, zijn greep verslapt.

'Duw broeder Hubertus tegen het bed,' beveelt de abt, die in de deuropening is verschenen.

De jonge monnik springt op en legt zijn handen op de borst van de zieke.

'Heer abt,' buldert een onbekende stem. 'Wat doet dat jong hier?'

De soldaat die achter de abt de kamer binnenstapt heeft maar één oog. Waar het andere zou moeten zijn, zit een leren lap. Van oor tot kin loopt een litteken, dat zijn baard schuin doormidden snijdt. Snuivend haalt hij adem. De vleugels van zijn neus bewegen als de vellen van een blaasbalg. 'Ik vroeg, wat doet hij hier?' dondert Eenoog. 'Hoe heet je? Je kop komt me bekend voor. Vooruit, trek je mond open!'

De kamer is plotseling gevaarlijk vol. Heeft Eenoog hem in het bos of in Sandkop gezien? Nee, onmogelijk! Raaf tast naar zijn mes. Zijn vingers vinden lucht. Stommeling die hij is. Het ligt nog naast het bed, samen met zijn riem en buidel!

'Wees stil. Ziet u niet dat u broeder Hubertus stoort?' zegt de abt boos. 'De jongen maakte zich zorgen, daarom is hij hier. Vooruit, ga naar de refter. Meld je bij broeder Ignatius,' zegt hij tegen Raaf.

'Wacht!' buldert Eenoog. 'Niemand gaat deze kamer uit. Mijn meester wil met broeder Hubertus praten. Uw monnik was in de kapel.'

'De bast– heer Van Ruynen heeft hier niks te willen. Dit is gewijde kloostergrond!' Het gezicht van de abt is rood van woede.

Eenoog kijkt berekenend naar het bed met de monnik, vervolgens naar Raaf. 'De oude dwaas is te ver heen om te praten, maar dit jong hier hoort niet in dit klooster en gaat met me mee. Bilo, ik ken hem, ik heb die kop eerder gezien.' Met zijn ene oog loert hij naar Raaf.

'Hij staat onder mijn bescherming,' protesteert de abt.

'En zonder de bescherming van mijn meester heeft u grotere zorgen. Maak een keuze, heer abt. De bisschop is ver weg, maar mijn mannen staan buiten en ik vertrek niet met lege handen.'

'Je bent een dwaas als je denkt ongestraft de vrede van het klooster te kunnen bedreigen,' bijt de abt hem toe.

'Maar niet zo dwaas als iemand die denkt mijn meester dwars te kunnen zitten. Ik wil die jongen en ik neem hem mee.' Eenoog stapt langs de abt, waarbij hij hem net niet opzij duwt.

'In Gods naam!' roept de abt.

Raaf springt naar de deur.

Te laat.

DUISTERNIS

ADEMEN, BLIJVEN ADEMEN. En rennen, telkens een stap. Het ene been voor het andere, steeds weer. Steeds zwaarder, de lucht brandend in zijn borst. Raaf struikelt, vindt zijn evenwicht terug. Hij moet blijven ademen...

Eenoog steekt zijn hand op en eindelijk vallen de paarden terug in stap. Uitgeput zakt Raaf op de grond. Met één haal snijdt een van de soldeniers het touw door.

'Lopen!' buldert Eenoog. Hij springt van zijn paard. Ruw trekt hij Raaf overeind.

De lucht snijdt door zijn longen. Raaf dwingt zichzelf diep in te ademen en de lucht een paar tellen vast te houden voordat hij haar laat ontsnappen.

Stampvoetend steken de soldeniers een verlaten binnenplaats over. Ze houden Raaf tussen zich in en sleuren hem mee. Braamstruiken woekeren langs de vervallen muren. Hun snelgroeiende ranken hebben de stenen losgewrikt.

Ze komen bij een smalle trap die in de grond verdwijnt. Treden zijn afgebrokkeld als de tanden van een slecht gebit.

Boven aan de trap zitten drie mannen rond een walmende vuurkorf. Ze dragen overkleden, die rond hun middel zijn bijeengehouden door een leren streng met knopen. Geselbroeders, raadt Raaf, die zich de vreemde stoet mannen bij Coevorden herinnert. Slaperig komen de drie overeind.

'Toorts!' brult Eenoog.

Een van de mannen pakt een gedoofde toorts die met de punt in de grond staat gestoken. Hij schudt de aarde eraf en steekt hem in de vlammetjes van de vuurkorf.

In het flakkerend schijnsel van de toorts dalen ze de trap af. Hun schaduwen sluipen achter ze aan. Raaf ziet niets voorbij de krans van licht. Alleen de korte echo van hun voetstappen verraadt hoe nauw de ruimte is.

Een soldenier grijpt hem bij zijn haar en duwt zijn hoofd omlaag. Ze bukken en stappen door een poortje.

'*Deus*, is daar eindelijk iemand?' klinkt een holle stem uit het spookachtig duister.

'Open de deur,' dondert Eenoog tegen een van de soldeniers.

Ruw duwt de soldenier Raaf opzij. Hij tilt een balk uit zijn ijzers en trekt een deur open.

'Lieve Heer, doof dat hellelicht!' De man in het diep donkere hol wendt zijn gezicht af. 'Broeder Momme!' roept Raaf verrast.

'Ah, dus dit scharminkel kent u,' buldert Eenoog. 'Ik wist dat ik een rat te pakken had. Bilo, wat kan een man van God stinken!' Hij wappert zijn hand voor zijn neus.

'Ben je bij zinnen gekomen en laat je me eruit?' vraagt broeder Momme. 'De bisschop en heer Reinold zullen ontstemd zijn...'

'Wees blij dat u nog in leven bent. U weet toch wat er in de kapel is gebeurd? U zit hier voor uw eigen veiligheid en dat blijft nog even zo,' antwoordt Eenoog.

'Je bent een dwaas,' zegt broeder Momme. 'Je houdt me hier omdat je meester het relikwie zoekt. Als ik ook maar een idee had waar het was, dan zou ik het je vertellen, omdat dat kennelijk de enige manier is om hier weg te komen. Ik wil Gods licht op mijn hoofd voelen en Zijn adem in mijn gezicht.'

'U blijft hier, samen met dit scharminkel,' bast Eenoog. 'Stop dat jong bij de monnik in de cel,' beveelt hij.

Een van de soldeniers geeft Raaf een duw. Hij duikelt voorover het donker in. Achter hem sluit de deur.

'Broeder Momme, ik dacht dat u dood was.' In het donker klinkt Raafs stem vreemd luid.

'Ik leef nog,' antwoordt broeder Momme vanuit de duisternis voor hem. 'En jij, jonge vriend? Wat doe je hier? Ben je me hierheen gevolgd?'

'Benne, de jongen met de valk, wist waar u naartoe was,' legt Raaf uit. 'Naar de kapel, dus daar ging ik naartoe. Ik zag een dode monnik en dacht dat u het was. Als u nog leeft, wie is dan de dode in de kapel?' vraagt hij.

'Zijn naam was broeder Lucius. De arme ziel was in de kapel met broeder Hubertus. Ze dachten er het relikwie te vinden, net als heer Reinold,' antwoordt broeder Momme bedroefd. 'Iemand heeft ze naar Biscoppesberge gelokt. Toen ik aankwam, was het kwaad al geschied. Ik zag heer Reinold nergens en reed door om hem te vinden. Toen kwam ik de soldeniers tegen. Ze versperden me de weg en namen me mee. Het leek me onverstandig me te verzetten. Zogenaamd om mij te beschermen hebben ze me hier gestopt. Ze denken dat ik meer van het relikwie weet dan ik zeg. De hebzucht van de Bastaard van Ruynen is groter dan zijn wijsheid.'

'Weet u waar we zijn?' vraagt Raaf.

'In het oude klooster van de *benedictijnen*,' antwoordt broeder Momme. 'Het is verlaten sinds de broeders vijfentwintig zomers terug naar de Reest verhuisden. De soldeniers denken zeker dat het relikwie hier verborgen is, ergens in deze gewelven. De dwazen zoeken onder elke steen. Nu heb ik een vraag voor jou, Raaf. Als het niet zo donker was, dan zou ik zeggen dat ik blij was je te zien. Je bent me dus gevolgd naar Biscoppesberge, maar waarom hebben de soldeniers je hier gebracht? Heb je iets misdaan?'

'Nee, niks. In de kapel zag ik de dode monnik,' antwoordt Raaf.

'Ik dacht dat u het was en waarschuwde de monniken in het klooster. Toen ik daar was kwam Eenoog en nam me mee.'

'Eenoog, zo noem je hem?' Broeder Momme lacht. 'En weet je ook waaróm Eenoog je meenam?' vraagt hij. 'Heeft het te maken met het relikwie?'

Raaf schudt zijn hoofd. Hij beseft dat broeder Momme hem niet kan zien. 'Nee, Eenoog zei dat hij me herkende. Hij vergist zich, want hij heeft me nooit eerder gezien.' En als Eenoog me al heeft gezien, dan is hij een heksenmeester die kijkt door de ogen van Ouwe Kwaai, denkt Raaf erbij.

'Ja, deze kerels vergissen zich wel vaker,' zegt broeder Momme. 'Hun grootste vergissing is nog wel dat ze denken dat ik ze kan helpen het relikwie te vinden. De duivelse daad in de kapel wijst erop dat er nog iemand anders op zoek is. Een geheimzinnig iemand die nergens voor terugdeinst. Daar kunnen ze zich beter zorgen over maken. Heb jij een idee wie het kan zijn geweest?'

'Nee,' antwoordt Raaf. 'Ik weet zelfs niet waarom iedereen het relikwie zoekt waar u het over heeft.'

Aan het geritsel te horen, gaat broeder Momme verzitten. Wanneer hij weer begint te praten, klinkt zijn stem dichterbij.

'Omdat, Raaf, lang voordat jij bent geboren, een groep monniken een relikwie van de bisschop van Münster heeft gestolen. Het was een hoorn met grote krachten,' fluistert hij, alsof het donker meeluistert. 'De nieuwe bisschop, Lodewijk van Münster, ontdekte dat het relikwie hierheen was gebracht, naar ons bisdom. Mijn opdracht is nu om het relikwie te vinden en terug te brengen naar Münster. Toen ik vanuit Utrecht de *gouw Felua* was overgestoken en heer Reinold opzocht, hoorde ik dat een dag eerder een heilige relikwie uit het klooster aan de Reest was verdwenen. Dat kon geen toeval zijn. Net zomin als het feit dat ik jou tegenkwam. Je zei dat je op zoek was naar je broer. En de poortwachters hadden me kort daarvoor een jongen met een vreemd voorwerp beschreven. Je gaf me geen eerlijke antwoorden op mijn vragen, daarom wilde ik dat je bij me bleef tot ik ze wel van je zou krijgen.'

'De abt zegt dat het relikwie bijzondere krachten heeft,' zegt Raaf, alsof hij de laatste woorden van broeder Momme niet heeft gehoord.

'Hmm, zegt de abt dat? Zei hij er ook bij welke?' vraagt broeder Momme.

'Heilige krachten die niet in handen van het Kwaad mogen vallen. Hij wilde ook weten of u me iets over het relikwie had verteld.'

'Elk relikwie heeft bijzondere krachten en hoort thuis in de schoot van de Kerk,' antwoordt broeder Momme. 'Dat zal de hoogwaardige heer abt wel bedoelen.'

Aan zijn stem hoort Raaf dat de monnik iets verbergt. Kennelijk wil hij niets meer loslaten over het relikwie. 'Broeder Momme, toen ik in de kapel was, zag ik vreemde tekens. De dode monnik heeft ze daar achtergelaten. Met zijn bloed.'

'Tekens? Wat voor tekens?' vraagt broeder Momme.

'Ik kon ze niet lezen,' antwoordt Raaf.

'Onwetendheid is geen zonde. Met bloed geschreven, zeg je? Dan heeft broeder Lucius nog iets belangrijks willen zeggen. De naam van zijn moordenaars? Misschien weet broeder Hubertus ook wie ze waren en was Eenoog daarom in het klooster. Als we hier met Gods hulp uit komen, kun je me misschien de tekens laten zien. Zelfs Van Ruynen zal een man van de bisschop niet lang durven vasthouden. Hij, heer Reinold en ik ontmoeten elkaar over een paar dagen bij Ane. Voor die tijd zal Van Ruynen me laten gaan.'

Raaf denkt aan Eenoog en aan Ouwe Kwaai en de andere hellehonden. 'Broeder Momme,' vraagt hij, 'als we hieruit komen, wat gebeurt er dan met mij? Helpt u mij om Job te vinden?'

Even is het stil.

'Maak je geen zorgen,' antwoordt broeder Momme. 'Ik heb je mijn hulp beloofd en dus… Sst. Ik hoor iets.'

Raaf spitst zijn oren.

EEN ONVERWACHTE REDDING

MET EEN RITSELEND GELUID KOMT broeder Momme overeind. Gelig licht schuift onder de deur door. Aan de andere kant klinkt gemorrel.

Raaf stelt zich voor hoe de soldeniers de balk uit de ijzers tillen. De deur zal opendraaien. Op dat moment, terwijl broeder Momme nog met zijn ogen tegen het licht knippert, zal hij langs de mannen springen en ontsnappen.

Maar het loopt anders.

'In Gods naam!' Nog voordat Raaf overeind staat, gooit broeder Momme zijn lichaam al tegen de op een kier geopende deur. Met een doffe klap slaat het hout tegen de mannen in de gang.

Raaf springt achter broeder Momme aan. Hij vliegt door de deuropening en schiet opzij. Dicht bij zijn oor klinkt een kreet van pijn en verrassing. Voor hem verdwijnt broeder Momme in het donker. Raaf wil hem volgen, maar struikelt. Tot zijn ontzetting voelt hij dat hij zijn evenwicht verliest – en voorover valt.

'Wees niet bang,' fluistert een stem.

Raaf knippert met zijn ogen. Voor hem staat de jonge monnik uit het klooster. Bloed druipt als stroop uit zijn neus. 'De deur...' zegt hij verontschuldigend. Dan steekt hij zijn hand uit en helpt hij Raaf overeind.

'Niet treuzelen,' bijt de abt hen toe. 'Dadelijk komen de soldeniers terug.' Zonder verder aandacht aan Raaf te besteden, draait hij zich om en loopt weg.

'Kom,' fluistert de jonge monnik. Hij trekt Raaf mee de gang door.

Koperrood daglicht stroomt langs de traptreden omlaag. Stap voor stap wagen ze zich hoger. Als ze bijna boven zijn, staat de abt stil. *Terug*, gebaart hij. Snel dalen ze weer af in de duisternis.

Boven aan de trap klinkt de stem van Eenoog: 'Bilo, hier met die toorts!'

De abt schermt het licht van zijn eigen fakkel af met zijn pij. Ze lopen weer voorbij de cel waar Raaf was opgesloten en volgen de nauwe gang waardoor broeder Momme zo snel verdween. Ze slaan een hoek om. Boven hoofdhoogte is een deuropening zonder deur. Tegen de muur staat een ton, met daarnaast het vermolmde hout van een lang vergane trap.

'Help me naar boven,' gebiedt de abt. Hij legt de fakkel op de grond en dooft de vlam met zijn voet. De jonge monnik snelt toe en steekt zijn hand uit. Moeizaam klimt de abt op de ton. Hij legt zijn ellebogen op de drempel en hijst zich kreunend omhoog.

'Nu jij,' fluistert de jonge monnik.

Zonder aarzelen springt Raaf op de ton en trekt zich op. Hij ruikt de frisse geur van gras en voelt een bries langs zijn wang. Voor zich in de grond, net onder zijn neus, ziet hij verse voetafdrukken. Broeder Momme... Raaf trekt zichzelf verder omhoog en nog geen tel later kijkt hij neer op de jonge monnik, die onhandig naar boven klautert.

Diep vanuit de kelder klinkt het gevloek van de soldeniers, gevolgd door een woest gebrul.

'Lopen!' gebiedt de abt.

Zodra ze op een veilige afstand van de kloosterruïne zijn, grijpt de abt Raaf bij zijn schouder. 'Nu zeg je me alles,' snauwt hij. 'Waar ken je broeder Momme van? Wat deed je bij broeder Hubertus en waarom namen de soldeniers je mee? Waar is het relikwie? Zeg op!'

De jonge monnik staat een paar voet van hen vandaan. Hij werpt verontruste blikken over zijn schouder.

Raaf wil zich lostrekken, maar beheerst zich. Razendsnel denkt hij na. 'Ik moest plassen, ik hoorde schreeuwen en ging kijken. Ik weet niet waar het relikwie is, dat zweer ik bij de Heilige Maagd,' antwoordt hij naar waarheid.

'Dan hoop ik dat je ziel niet door een leugen is vervloekt,' bijt de abt hem toe. 'En hoe ken je broeder Momme?'

'Hij zou me helpen mijn broer te vinden. Hij ging naar de kapel en ik ging hem achterna. Ik dacht dat hij dood was,' zegt Raaf.

'Waarom zou iemand als broeder Momme je helpen je broer te vinden?' vraagt de abt. 'Weet je wel wie hij is? Hij is *wapentuer* van de bisschop.'

'Broeder Momme dacht dat ik hém kon helpen, omdat ik van hier ben en hij uit Utrecht komt,' verzint Raaf. 'Dat is alles.'

'En heeft hij nog iets gezegd toen jullie zaten opgesloten? Vooruit, vertel,' zegt de abt ongeduldig.

'Alleen dat hij het relikwie zoekt. Dat iedereen naar het relikwie op zoek is,' antwoordt Raaf.

'Maar hij heeft het niet gevonden?'

'Nee eerwaarde, ik weet zeker van niet.'

De abt kijkt teleurgesteld. 'Als je de waarheid spreekt, dan heb ik mijn tijd aan je verspild en een groot risico genomen,' knarsetandt hij. 'En als je liegt verdoe ik nog meer tijd... We gaan terug naar het klooster,' zegt hij tegen de jonge monnik, die nerveus rondkijkt. 'En denk aan je zwijgplicht. Wat je gehoord, gezien en gedaan hebt hou je voor jezelf, begrepen?'

De jonge monnik knikt heftig. Daarbij wijst hij met zijn voorhoofd wel heel nadrukkelijk naar de grond.

'En jij,' de abt laat Raafs schouder los en duwt hem van zich af, 'in het klooster ben je niet langer welkom. Maak dat je wegkomt!'

Opgelucht ziet Raaf de abt en de jonge monnik tussen de bomen verdwijnen. De abt heeft gelijk, hij moet maken dat hij wegkomt. De soldeniers zullen hem gaan zoeken. Bovendien: hij moet het spoor van broeder Momme volgen nu het nog vers is. Alleen de monnik kan hem nog helpen.

Maar daarin vergist hij zich.

DE RIDDER ZONDER HOOFD

DE SPOREN IN HET MOS ZIJN gelijkmatig en niet al te diep. Broeder Momme is rustig weggelopen, concludeert Raaf. Zelf heeft hij meer haast. De monnik is de enige die hem wil en kan helpen, al bleek daar in het oude klooster weinig van.

Heeft het zin terug te gaan naar de stropershut en te hopen dat Job daar is en dat niemand naar het relikwie komt zoeken? Nee, want Eenoog zal hem weten te vinden. Het is nog een geluk dat de soldeniers Ouwe Kwaai niet bij zich hadden, want voor dat hellebeest had hij zijn spoor niet kunnen verbergen. Ouwe Kwaai, de naam alleen al geeft hem rillingen.

Tot het moment dat hij broeder Momme heeft gevonden staat hij er alleen voor. Dat is dan maar zo, het is niet voor het eerst. Hoewel, helemaal zonder hulp is hij ook weer niet. De jonge monnik knikte zo heftig met zijn hoofd, dat Raaf ging kijken. Het was alsof hij hem iets wilde aanwijzen. En ja: in het gras lag het touw met zijn buidel en mes, die hij in het klooster had moeten achterlaten.

Raaf is vooral blij dat hij het mes terug heeft. Zijn vader heeft het heft zelf gesneden. Het is omwikkeld met touw en in het stompe uiteinde is een letter gekerfd. De 'R', de eerste letter van zijn naam, net zoals op het lemmet van zijn vaders mes. Het is de 'R' van Rafaël, maar zijn vader noemde hem altijd Raaf en zo wil hij heten.

Rafaël, hoeder van de hoorn, dat riep broeder Hubertus toen hij hem beetpakte, bedenkt hij plotseling. De zieke monnik zei er nog iets bij: *zíj mogen de hoorn niet krijgen, zíj zijn het kwaad,* zoiets was het. Hetzelfde kwaad waar de abt het over had? Wat zou broeder Hubertus ermee hebben bedoeld? Of lag de monnik te ijlen?

Raaf spitst zijn oren. Een vreemd gezang drijft door het bos. Het gezang houdt even aan, lost dan op in een bries en verdwijnt. Een rilling loopt over zijn rug. Een nieuw geluid klinkt, dit keer fel en hard. Dichtbij ook. Raaf verstijft. Een hees, onwerelds kreunen komt van tussen de bomen.

'Blijf staan. Blijf staan of wees vervloekt en sterf!'

Rijc God! Met een lijkbleek gezicht staart Raaf naar de ridder. De geest van ijzer draagt een helm onder zijn arm en waar zijn hoofd zou moeten zijn gaapt een vreselijke leegte. Het is de ridder waar Job het over had, beseft Raaf. Wiens kop eraf is geslagen, in het moeras is gerold en is gezonken. De kop die hij nu zoekt. Het is dezelfde ridder die zijn broer heeft overvallen. Dat is wat broeder Momme van de poortwachter in Coevorden had gehoord. En die ridder zonder hoofd, die geest die Job heeft beroofd, staat nog geen tien passen van hem vandaan!

Nog voor Raaf een beweging kan maken, doet de ridder een blikkerige stap naar voren. 'Blijf staan, zeg ik! Geef me mijn hoofd terug of geef me uw geld. Met een van beide koopt ge uw leven en uw ziel,' klinkt zijn holle stem.

Raaf bekijkt de ridder eigenlijk meer met verbazing dan met angst. Voor een dolende geest die hoofden van rompen rukt, ziet hij er niet echt onheilspellend uit. Alleen een beetje roestig. In dat harnas kan hij vast ook niet snel lopen. Maar als de ridder zonder hoofd nog een moeizame stap naar voren zet, deinst hij toch naar achteren. 'Heer ridder, wie bent u?' vraagt hij.

'By ons Heerens billen, ik ben de ridder zonder hoofd natuurlijk! Wie denkt ge anders dat ik ben, gij onnozelaar?' Pijnlijk piepend zakt een ijzeren arm omlaag. 'En gij? Bent gij een geselknaapje?'

'U bestaat... echt?' vraagt Raaf. 'Ik bedoel, een ridder zonder hoofd...'

'Ik besta in elk geval niet onecht. Dat merkt ge wel als ik uw hoofd van uwen schouders hak. Die buidel aan uw riem zit vol aalmoezen, neem ik aan?'

'Nee, heer ridder,' antwoordt Raaf. 'Ik heb alleen maar een vuursteentje en wat hars. Heeft u soms iets te eten?' Hij schrikt van zijn eigen vraag. Zo praat je natuurlijk niet tegen een ridder zonder hoofd.

Maar de ridder smakt van plezier met zijn niet-bestaande lippen. 'Bevreesd zijt ge niet! Zeg me: wie zijt ge en wat doet ge hier 's avonds in het bos? Ge lijkt me te haveloos om iets anders te zijn dan een geselknaapje, dus waar zijn uw vrienden? Zeg het mij en geen haar op uw magere hoofd zal ik krenken, noch enig ander deel van uw armzalige lichaam.'

'Mijn vrienden, heer ridder?' antwoordt Raaf. 'Ik heb geen vrienden.'

'Uw broeders bedoel ik, die mij zo lafhartig hebben beroofd – en dan heb ik het dus niet over mijn hoofd. Kom, laat me uw rug eens zien. Vooruit, mijn zwaard voelt zich veiliger wanneer het opgeborgen blijft,' dreigt hij.

Raaf schudt zijn hoofd. Hij piekert er niet over de ridder zijn rug toe te draaien of dichterbij te komen. In plaats daarvan doet hij nog een stap naar achteren.

'Och, misschien zijt ge nog te jong om bij deze geselgriebels te horen. Maar wie weet hebt ge ze gezien of geroken. Na een eeuwigheid in dit glimmende harnas is elke geur me vreemd behalve die van mijn voeten. Sluit toch uwen mond, voordat de konijnen er hun hol van maken!'

Hoe kan Job bang zijn voor een roestige ridder zonder hoofd die nog stinkt ook? Voor een ridder die zélf is overvallen? Ineens krijgt Raaf een ingeving. 'Heer ridder, wat is er van u gestolen?'

'Een kostbaar medaillon. Zo kostbaar als mijn hoofd,' antwoordt de ridder. 'Het is van goud en heel oud. Het draagt mijn nobele familiewapen: een paard met een hoorn op zijn hoofd.'

Het goud van de hoorn, wat anders kan het zijn, beseft Raaf. Job heeft het goud immers van het relikwie gehaald om in Coevorden te verkopen. Hij was al bang door de verhalen die hij over de ridder had gehoord. Toen deze hem overviel, heeft hij hem direct een deel van datzelfde goud gegeven.

'Vreesloze,' zegt de ridder plotseling, 'ik heb een idee waarmee ge uw hoofd én uw geld kunt behouden. Ge wilt weten of ik eten heb? Help me en we zwelgen in ganzenlever en zwijngebraad. We baden in rode wijn en honing. Help me mijn medaillon te vinden!'

HET NACHTKAMP

HET NACHTKAMP VAN DE GESELBROEDERS ligt aan een mansbrede beek vol pluizige lisdodden. Raaf verbergt zich tussen de struiken aan de rand van het grasveld. Hij gaat op zijn buik liggen, duwt de takken opzij en kijkt.

Op een stapel keien in het midden van het veld is een houten kruis geplaatst. Daaromheen zitten mannen, vrouwen en kinderen. Sommigen van hen zingen. Het klinkt als het vreemde gezang dat hem eerder rillingen bezorgde. '*Fac, ut portem Christi mortem – Passionis eius sortem.*'[8] Ook verder in het veld zitten groepjes geselbroeders bijeen.

Een man staat op van zijn deken. Hij draagt een wijde broek, die met een touw rond zijn magere lichaam is opgehouden. In zichzelf pratend loopt hij op Raaf af, die de bladeren voor zijn gezicht trekt en zich onzichtbaar maakt. De man stinkt zo, dat Raaf hem tegen de wind in kan ruiken. '*Ob amorem Fillii...*' mompelt de man wanneer hij voor de struiken staat. Hij trekt zijn broek omlaag en plast.

De straal klettert tegen de bladeren vlak naast Raafs hoofd. Hij kan de nevel voelen en hoopt maar dat de pis hem niet raakt. Pas

---

8. *Fac, ut portem Christi mortem. Passionis eius sortem. Et plagas recolere. Fac me plagis vulnerari. Cruce hac inebriari. Ob amorem Fillii.* – Laat mij dragen Christus' dood. En het lot van zijn lijden. En zijn wonden gedenken. Laat zijn wonden mij wonden. Het kruis mij in een roes brengen. Wegens liefde voor de Zoon.

als hij boven zich een zucht van opluchting hoort, kijkt hij weer. Zijn vingers glijden over zijn tuniek. In elk geval is hij droog gebleven.

Nog even en het is aardedonker. In het donker verschilt hij niks van de geselbroeders. Misschien ruikt hij zelfs naar hun pis, bedenkt hij met een grimas. Maar hoe kan hij in het pikkedonker de man herkennen die de roestige ridder beschreef? De 'Vader', die de leider is van de dievenbende die het 'medaillon' van de ridder heeft gestolen? Hij neemt een groot risico door te proberen het goud terug te stelen. Maar het is zíjn goud, want hij heeft het relikwie gekregen. En als hij het terug heeft, geeft hij het zeker niet aan de ridder zonder hoofd. De enige twijfel die hij heeft, is of het hem zal lukken. En, maar daar wil hij niet te veel aan denken, of hij het goud belangrijker vindt dan zijn broer. Nee, natuurlijk niet! Hij drukt een hand tegen zijn voorhoofd. Het is de schuld van het relikwie. Hij heeft het aangeraakt en daarom heeft hij nu dit soort twijfels. Ze zijn niet écht van hem. Iedereen die het relikwie aanraakt, besmet het met zijn kwaad, zei een van de monniken in de kloostertuin. Wat hij niet zei, is dat je door dat kwaad ook zelf besmet raakt. Besmet met hebzucht.

Raaf haalt een paar keer diep adem en denkt nergens aan. Het is de beste manier om geen twijfel of angst te hebben, dat leerde zijn vader hem. Wanneer je ergens te veel over nadenkt, dan verzin je vooral heel veel redenen om iets juist niet te doen.

Nog voor hij zich zorgen kan maken, komt hij overeind, stapt hij uit de struiken en klopt de bladeren en takjes van zich af.

Raaf slentert het pad over. Hij gaapt verveeld en krabt zich tussen zijn benen. Schaapachtig glimlacht hij naar de geselbroeders rond het kruis. Een van hen steekt een hand op. 'Gods zegen, broeder.' Een vrouw met grijs-blond haar dat in lange strengen tot ver over haar schouders valt, kijkt op en knikt hem toe. Een man hoest en veegt zijn handen af aan het gras. Het is de kerel die bijna op zijn hoofd piste. Zelfs in de grijze schemer ziet Raaf hoe geel zijn gezicht is: een pisgezicht.

Tussen de geselbroeders door wandelt Raaf naar de beek. De oevers zijn steil en modderig, maar een deel is glooiend afgegraven. Takken en stenen liggen op de modder zodat je gemakkelijk bij het water komt. Ergens moet een voorde zijn, want aan de overkant is een pad.

Raaf loopt de oever af, knielt en steekt zijn handen tot de polsen in het water. Vanuit zijn ooghoeken loert hij naar een groepje ruziënde mannen. De schemer is al te diep om vanaf een afstand gezichten te onderscheiden. Op twee plaatsen in het veld flakkeren de vlammetjes van kleine vuren. Besluiteloos kijkt hij naar de oranje gloed. Bij daglicht is het gemakkelijker de Vader te vinden. Moet hij dan maar gewoon een plek zoeken om te slapen?

Net als hij zijn besluit heeft genomen en zich omdraait, glijdt zijn voet door de modder. Hij zwaait met zijn armen, valt achterover, rolt omlaag en plonst in de beek.

Een man springt achter hem aan de oever af en trekt hem overeind.

'Gaat het, broeder?' vraagt een stem.

Raaf knikt. 'Ik... gleed uit.'

De man die hem overeind trekt, heeft een kort gesneden baard en haren. Hij lijkt op een bonkig stekelvarken dat op zijn achterpoten loopt. Hij draagt *trippen*, schoenen met houten zolen, waaronder dikke modderklonten hangen. Wantrouwig kijkt hij Raaf aan. 'Ik heb je hier niet eerder gezien,' zegt hij.

'Ik zoek een plek om te slapen,' antwoordt Raaf. Zijn buik is gespannen, maar hij laat niets merken.

De ogen van het Stekelvarken glijden wantrouwig langs Raafs vuile haar, zijn versleten tuniek en natte schoenen. Raaf voelt zich bekeken als een schaap op de markt. Is zijn wol wat waard of is hij voor de slacht?

'Ik breng je naar de Vader,' bromt het Stekelvarken. 'Hij weet wel wat ik met je moet doen.'

'Ik heb een vis gevangen,' zegt het Stekelvarken spottend, wanneer ze voor de Vader staan. 'Hier in de beek. Gooi ik hem terug of houden we hem?'

De Vader is lang en mager. Zijn gezicht is smal als een doodshoofd, maar met wijd uitstaande jukbeenderen. Op zijn kale schedel ligt een kring van wratten en rond zijn hals loopt een lijn van gezwollen vlees.

Raaf kijkt de Vader zo rustig mogelijk aan. Dat valt niet mee, want hij weet nauwelijks waarnaar hij moet kijken. Het ene oog van de Vader is blauw als de hemel op een winterdag, met in het midden een zwarte kool. Het andere oog is rood en ligt als een bloedblaar in zijn gezicht. Precies zoals de ridder zonder hoofd het heeft beschreven.

'Welkom, kind van Christus, je bent bij vrienden,' begroet de Vader hem met verrassend zachte stem. 'Wil je bij ons vuur zitten en je kleren drogen?' vraagt hij zonder ook maar één keer met zijn vreemde ogen te knipperen.

'Eh, ja heer, heel graag,' antwoordt Raaf, vanbuiten kalm, maar vanbinnen kolkend. Hij heeft de leider van de geselbroeders gevonden!

'Iedereen noemt me Vader. Kom je van hier?'

'Ja heer,' antwoordt Raaf beleefd. 'Van hier.'

'Wel, kind van Christus, wij komen van ver en de Heer heeft ons hierheen geleid. Kun jij ons ook de weg wijzen, denk je?'

'Zeker heer, dat kan ik,' zegt Raaf gretig. 'Ik ken alle voordes en moerassen, als u dat bedoelt.'

De Vader perst zijn lippen tot een magere glimlach. 'Dan kunnen we je gebruiken. Blijf bij ons, Christus' kind. Zoek een slaapplaats en ga morgen met ons mee.'

'Dank u... Vader.' Raaf kijkt opzij naar het Stekelvarken en wil zich omdraaien.

'Wacht, Christus' kind. Je hebt me je naam niet genoemd.'

'Ik heet Raaf, Vader.'

'En woon je hier?'

'Niet meer. Mijn ouders zijn dood.'

'Heb je andere familie die voor je zorgt?'

'Nee, Vader.'

De Vader glimlacht weer. 'Helemaal alleen dus... Morgen brengen we verlossing en jij gaat ons helpen. Zoek maar een slaapplek. De broeders zullen over je waken.'

EEN ROES VAN PIJN

DE VOLGENDE OCHTEND, zodra de merels zingen en de muggen boven de lisdodden dansen, haalt de geur van pap Raaf uit zijn slaap. Hij rekt zich uit en slaat de versleten mantel om zich heen. Die heeft hij de vorige avond van een van de vrouwen rond het kruis gekregen. Zijn schoenen zijn nog nat. Hij kneedt het leer met zijn vingers en trekt de veters zo los mogelijk voor hij zijn voeten erin steekt. Houterig loopt hij een paar passen heen en weer. Met zijn armen slaat hij zich warm. Vandaag moet hij het goud van de Vader stelen. Hij heeft nog geen idee hoe hem dit zou kunnen lukken.

De geselbroeders bij het kruis hebben hun dekens opgerold. Pisgezicht tilt het kruis van tussen de stenen en kust het hout. Raaf trekt de mantel van zijn schouder en gooit hem over zijn arm. De vrouw glimlacht als hij hem aan haar teruggeeft. Dan bukt ze en met een tak veegt ze de koude as van het gedoofde vuur bijeen.

'Kom,' zegt een van de mannen tegen niemand in het bijzonder, 'het is tijd.' Zwijgend draaien de geselbroeders zich om. Pisgezicht hoest, tilt het kruis op en spuugt een bloederige fluim in het gras.

Raaf loopt achter de vrouw en Pisgezicht aan naar de plek waar de andere geselbroeders zich rondom de Vader verzamelen. Hij staat op een steen voor een braamstruik. Op zijn kale hoofd draagt hij een zwarte punthoed met een brede, omgeslagen rand. Wijdbeens naast hem staat het Stekelvarken. Kinderen hebben zich als een groep lammeren achter hen verzameld. Allemaal trekken ze een plechtig gezicht. Raaf denkt enkelen van hen uit Coevorden te herkennen.

Zodra Raaf zich met de vrouw en Pisgezicht onder de geselbroeders mengt, valt er een stilte. De lucht vult zich met een vreemde spanning: als voor een noodweer, wanneer de vogels zwijgen en de konijnen zich verbergen.

Langzaam tilt de Vader zijn armen op.

De vrouw naast Raaf pakt zijn hand. Gedachteloos schudt hij zich los. De wangen van Pisgezicht zijn nat van de tranen. Hij huilt geluidloos en duwt het kruis tegen zijn borst. Mannen beginnen heen en weer te wiegen, vrouwen schudden, de kinderen staan doodstil.

De haartjes op Raafs armen komen overeind. Dan merkt hij dat ook hij heen en weer schommelt, alsof hij meedeint op een onzichtbare stroom. Onmiddellijk staat hij stil en plant hij zijn benen steviger op de grond.

De Vader begint te praten, heel zacht, maar duidelijk verstaanbaar. 'We lopen drieëndertig dagen, elke dag een jaar in het leven van Christus,' zegt hij plechtig.

'Laat ons dragen Zijn dood en het lot van Zijn lijden,' dreunt het uit de monden van de geselbroeders.

'Hier is de brief die de engel ons bracht met de opdracht die God ons gaf,' zegt de Vader. Hij houdt een *perkamentvel* boven zijn punthoed, zodat iedereen kan zien wat hij in zijn handen heeft. 'Hij die ons Zijn Zoon schonk en Zijn grote lijden.'

'Laat Zijn wonden mij wonden,' roepen de geselbroeders in koor.

'Zijn lijden, dat de schuld is van Zijn moordenaars,' zegt de Vader met luidere stem. 'Dezelfden die de bronnen vergiftigden en de *Grote Dood* hebben gebracht. De builen van verderf die we verdrijven met onze pijn.'

'Uit liefde voor de Zoon,' schreeuwen de geselbroeders zo luid, dat Raafs oren ervan suizen.

De Vader zet zijn hoed af, scheurt het hemd van zijn lijf en draait zich om. Zijn puntige schouderbladen steken uit als de vlerken van een vleermuis; de botmagere rug is dooraderd met littekens. Hij keert zich weer naar de geselbroeders, steekt zijn armen omhoog en gooit zijn hoofd in zijn nek. 'Met mijn blauwe oog keek ik naar de hemel, met mijn rode zag ik de hel,' roept hij over de hoofden. 'Ik staarde in het oog van de duivel en met mijn hemelblauwe oog zag ik het Licht!'

Pisgezicht zingt met het kruis tegen zich aan geklemd. Uit bijna alle kelen klinkt gekreun.

'Laat het kruis ons in een roes brengen, wegens liefde voor de Zoon,' schreeuwt de Vader met een stem die niet langer de zijne lijkt. Het Stekelvarken drukt hem een leren streng in de hand.

De geselbroeders rondom Raaf kermen luid. Meer strengen en zweepvormige twijgen verschijnen. De eerste fluitende slagen klinken en het bloed begint te stromen. Pisgezicht zakt op zijn knieën en dept het rode vocht op met zijn kleed. Hij kijkt ernaar alsof het vloeibaar goud is. Iedereen raakt in een roes van pijn.

Dan, volkomen onverwacht, is voor Raaf de betovering voorbij. Want aan de riem van de Vader hangt een buidel. Natuurlijk, waar anders dan op zijn lijf bewaart hij het goud!

SATANS KNECHT

VOOR DE ZON OP HAAR HOOGSTE punt staat, komen ze bij een dorp. Ongewild voelt Raaf bewondering voor de geselbroeders, die de dag zijn begonnen met het kapotslaan van hun eigen ruggen en dan nog de kracht hebben een hele ochtend te lopen. Het zijn niet allemaal dieven, beseft hij. Mannen zoals Pisgezicht horen eerder in een *dolhuis*.

Nog voor hij mensen ziet, hoort Raaf hanen kraaien en honden blaffen. Het Stekelvarken steekt zijn hand op. De geselbroeders lopen langzamer en de groep komt tot stilstand.

'Kinderen vooraan, vrouwen daarachter. Jij, achteraan bij de mannen,' commandeert het Stekelvarken.

Onmiddellijk beweegt iedereen langs elkaar. Net mieren die kriskras en schijnbaar doelloos heen en weer rennen, maar precies weten wat ze moeten doen, bedenkt Raaf.

Een man met waterblauwe ogen en een bijna doorschijnend bleek gezicht komt naast hem lopen. Zachtjes beginnen de kinderen te zingen. 'Wees gegroet Maria...'

Wanneer ze bij de brink van het dorp komen, zingen de kinderen uit volle borst. Tot Raafs verrassing zijn er overal mensen. Net zoals in Sandkop, toen de soldeniers met de honden kwamen. De mensen gaan opzij en laten de kinderen door. Voorop wankelt een meisje onder het gewicht van het houten kruis. Midden op de brink staan de kinderen stil. Het meisje houdt het kruis met moeite boven haar hoofd. De kinderen achter haar stappen aan de kant en vormen een haag.

Raaf voelt een stoot in zijn zij. 'Wie niet aan ons geeft, die is verdoemd,' fluistert de geselbroeder met de waterblauwe ogen. 'Ik wijs je de zondaren aan, zodat je ze van hun spulletjes kunt verlossen.' De geselbroeder pakt zijn arm en trekt hem mee. 'Zelfs in zo'n gat als dit is er wel wat te vinden.'

Door de haag van kinderen loopt de Vader naar voren; de vrouwen volgen hem. 'Fac, ut portem Christi mortem,' dreunen ze. De man duwt Raaf voor zich uit tot ze dicht achter de vrouwen lopen.

Het Stekelvarken kijkt hun kant op en schudt zijn hoofd. Hij wijst naar de mensen rond de brink. Raaf volgt zijn vinger en ziet een meisje met lange, rode krullen. Wijst het Stekelvarken haar aan of valt ze hem gewoon op door de kleur van haar haren?

'De Vader weet niet wat hij wil,' mompelt de geselbroeder naast hem boos. Hij laat Raaf los en zonder verder een woord draait hij zich om.

Dat is dus de verlossing die de Vader gisteravond bedoelde, bedenkt Raaf. Ze verlossen van hun spullen. Stelen, terwijl iedereen naar hem luistert. Deden ze dat ook in Coevorden? Plotseling is de drukte hem te veel. Het geschreeuw van de Vader en het gekweel van de vrouwen geven hem hoofdpijn.

Zonder dat iemand aandacht aan hem besteedt, stapt hij opzij. En zonder dat iemand het merkt, loopt hij rond de brink, waar de mensen een kruis slaan, op hun knieën vallen, bidden en meezingen.

Maar wat Raaf niet weet, is dat er iemand op hem wacht.

'Psst.'

Een jongetje hangt met gevouwen armen over de borsthoge balk van een stalhek. Zijn gezicht ligt verborgen in de schaduw van zijn kap. Hij wenkt. 'De ridder vraagt of je al meer weet over het medaillon.' Zijn stem klinkt schor, alsof hij een graat in zijn keel heeft.

'Wie ben je?' vraagt Raaf terwijl hij wantrouwig naar hem toe loopt.

'Ik ben de schildknaap van de ridder zonder hoofd,' antwoordt het jongetje. 'Zeg op, weet je al wat?'

Is dit een valstrik van de Vader, denkt Raaf. Maar hoe kan het een valstrik zijn als de Vader niet weet wat hij van plan is? 'Zeg de ridder maar dat de Vader een buidel onder zijn kleren draagt.'

'Wat is dat nou voor een boodschap?' vraagt het jongetje. 'Iedereen draagt wel een buidel. Maarre... goed, dan moet je die buidel dus afpakken en naar de ridder brengen. Hij wacht op je tussen de bomen, bij de plek waar de geselbroeders sliepen. Hij zal je goed belonen voor je diensten.'

'Wat weet jij daarvan?' vraagt Raaf. 'Als je de ridder kent, vertel me dan eens hoe het kan dat hij geen hoofd heeft.'

'Ik ken hem goed en hij is de dapperste ridder die er bestaat,' antwoordt het jongetje. 'Ga nu en breng hem zonder dralen het medaillon!'

Zodra ze het dorp uit zijn, zakken de geselbroeders op het gras. Ze strekken zich uit en zuchten van opluchting als de natte grond hun ruggen verkoelt.

Twee mannen hebben zich in het dorp bij de geselbroeders aangesloten. De ene is lang en mager, de andere is klein en dik. '*Dats*, mijn voeten zijn zo stuk als hun ruggen,' zegt de kleine. '*Ay*, omdat we verkeerd zijn gelopen,' zegt de lange. 'Vak oeportem krissie mortem,' roepen ze. Wanneer ze tussen de andere geselbroeders gaan zitten, ziet Raaf dat de langste van de twee een wel heel kleine neus heeft. Het topje is er afgesneden.

Het meisje dat het kruis droeg, geeft de kinderen opdracht om stenen te zoeken. Al snel groeit er een stapel van kleine en grote keien. Met een plechtig gezicht plant het meisje het kruis op de stapel. Opgewonden hollen de kinderen rond de stenen.

'Dit is een goede plek om uit te rusten,' hoort Raaf het Stekelvarken zeggen. 'Ver genoeg van een stad en niemand die ons hier zoekt.'

'Maar het is een doods gat, hier is niks,' merkt de geselbroeder met de waterblauwe ogen op. Misprijzend kijkt hij om zich heen. 'Nee, niemand zoekt ons hier, maar wat hebben wíj hier te zoeken?'

'Ook jij volgt de weg die de Vader wijst, zonder vragen en zonder twijfel,' gromt het Stekelvarken. 'Zijn redenen hebben geen uitleg nodig.' Plotseling draait hij zich om naar Raaf. 'Wat sta jij daar te lummelen? Het vuur komt dáár.' Hij wijst naar een plek ver buiten gehoorafstand.

Raaf grijnst verontschuldigend en tilt de bos takken die hij heeft gesprokkeld wat hoger voor zijn borst. Hij heeft genoeg gehoord, maar niets wat hem helpt om dichter in de buurt van de Vader en het goud te komen.

Raaf houdt de Vader en het Stekelvarken in de gaten tot zijn ogen er pijn van doen. De meeste geselbroeders rond het vuur zijn blij dat ze die dag niet verdergaan. Vooral Pisgezicht, wiens gelaat steeds geler lijkt te worden en die luider rochelt dan een ezel balkt. Zelfs de vrouw die Raaf de mantel gaf en een vriendin van Pisgezicht lijkt te zijn, is een stuk bij hem vandaan gaan zitten. Alleen de man met de waterblauwe ogen moppert de hele tijd. 'Wat doen we hier? Waarom gaan we niet naar een stad waar meer te halen valt? We hoeven ons toch voor niemand te verbergen?' De twee nieuwkomers eten smakkend van het brood dat de dorpelingen hun hebben gegeven.

Raaf vraagt zich af hoe de jongen in het dorp wist wie hij was. En waarom heeft de ridder zonder hoofd hem achter het goud aan gestuurd als hij zelf een schildknaap heeft? Hij twijfelt over zijn kans het goud van de Vader te stelen. Het Stekelvarken is vrijwel de hele tijd bij hem. Als het hem al lukt alleen met de Vader te zijn, hoe krijgt hij dan de buidel te pakken? Als de Vader gaat poepen? Dan, als hij gehurkt zit, kan Raaf hem omver duwen. En als hij snel genoeg is, kan hij de buidel los snijden en wegrennen. Dan maar hopen dat het goud er ook echt in zit. Haalde de Vader het er nou maar een keer uit om te bekijken...

Terwijl hij de Vader en het Stekelvarken in de gaten houdt, vallen hem steeds meer dingen op. Zo zijn er tussen de geselbroeders mannen en vrouwen die loerend vanuit hun ooghoeken voortdurend op de anderen letten. En er zijn er die het kamp verlaten, terugkomen, zich bij het Stekelvarken en de Vader melden en weer verdwijnen. Onder hen zijn kinderen. Verkenners? Dat zou verklaren hoe ze in het dorp wisten dat de geselbroeders eraan kwamen. Hun komst was aangekondigd.

Raaf wrijft in zijn ogen. Als hij weer kijkt, zijn de Vader en het Stekelvarken opgestaan. Dit keer niet, zoals vaker die dag, om orders uit te delen. Ze lopen in de richting van het dorp.

Raaf volgt de Vader en het Stekelvarken zo onopvallend mogelijk. Om de loerende ogen van de geselbroeders te misleiden, gooit hij als een volleerd *voghelaer* met een steen een spreeuw van een tak. Hij raapt het vogeltje op en geeft het aan een van de vrouwen. Dan begint hij takken te rapen voor het vuur en schijnbaar doelloos dwaalt hij zo naar het dorp. Pas wanneer hij zeker is dat niemand hem ziet, begint hij te rennen.

Bij de eerste hut blijken de Vader en het Stekelvarken verdwenen. Het is vreemd stil, zelfs de honden blaffen niet. In de lucht hangt de prikkelende geur van mest en rook. Raaf niest achter zijn hand en veegt zijn neus droog. Plotseling ziet hij het Stekelvarken, verderop bij de stal waar het jongetje stond. De man leunt tegen het hout en kijkt om zich heen. Staat hij op de uitkijk?

Om niet te worden opgemerkt, loopt Raaf een stuk terug. Hij sluipt door het gras achter de hutten langs en gaat met een bocht voorbij de stal. Als hij aan de achterkant van de stal is, loopt hij naar de wand en legt zijn oor tegen het hout.

'Nee, soete lief, je bent zo puur als de Heilige Maagd. Kom, doe je hemdje nu maar uit,' hoort hij de Vader zeggen.

Raaf sluipt verder langs de wand. Op de hoek blijft hij staan. Een paar passen van hem vandaan staat het Stekelvarken met zijn rug naar hem toe. Stilletjes glipt hij de hoek om en kruipt hij onder de balk door de stal in.

De Vader zit op zijn knieën alsof hij aan het bidden is. 'Je hoeft niet bang te zijn,' zegt hij zacht, 'ik zal je geen pijn doen.' De rest van de woorden gaat verloren. Raaf is afgeleid.

Want de Vader heeft zijn broek over een stalhek gegooid, waarachter drie geiten staan te kauwen. De buidel hangt eruit. Zoals hij nu zit, alleen nog gekleed in zijn hemd met zijn gebogen rug naar hem toe, kan de Vader hem niet zien. Als hij stil en snel genoeg is, kan Raaf de buidel pakken. Alleen moet het meisje met de rode krullen niet zijn kant op kijken.

Raaf ademt diep in en denkt aan niets. Langzaam trekt hij zijn mes uit de schede. Hij maakt zich zo klein mogelijk en sluipt naar de broek over het stalhek. Het meisje heeft haar rug tegen de wand gedrukt en haar knieën opgetrokken.

'Soete lief, je trilt als een blaadje. Heb je het soms koud?' fluistert de Vader. Zijn benen zijn dun en harig als de poten van een spin.

Dan gebeurt waar Raaf bang voor was. Het meisje ziet hem.

'Wat is er, soete lief?' vraagt de Vader. 'Ben je zenuwachtig?'

Raaf legt een vinger tegen zijn lippen.

Het meisje gilt, hoog en hard.

Raaf springt naar voren, het mes voor zich uit. In een flits snijdt hij de buidel los van de broek, draait zich om, stapt vooruit en trapt tegen de rug van de Vader, die over het meisje valt.

Het Stekelvarken stormt de stal binnen.

Raaf duikelt over het hek en valt tussen de geiten, die luid mekkerend wegstuiven. Het meisje gilt nog steeds.

'Satans knecht! Grijp hem!' schreeuwt de Vader. Hij duwt het meisje van zich af en komt overeind. Zijn rode oog gloeit als een kooltje in de schemer.

Het Stekelvarken kijkt zoekend om zich heen. Raaf klautert over het hek, rolt onder de balk door en is met twee sprongen buiten. De deur van de dichtstbijzijnde hut vliegt open.

'Moordenaars, verkrachters,' schreeuwt Raaf zo luid hij kan. Een man snelt naar buiten, Raaf schiet de hoek om.

Een jongetje verspert de weg. Voordat Raaf zijn arm kan terugtrekken, grist hij de buidel uit zijn hand. Achter hem klinken verraste stemmen. Het jongetje geeft hem een duw. Iets hards raakt hem achter zijn oor. Raaf valt voorover. Wanneer hij zijn hoofd optilt, ziet hij het jongetje wegrennen. Het Stekelvarken holt hem voorbij, achter het jongetje aan.

Duizelig krabbelt Raaf overeind. Terwijl hij wegstrompelt, klinken achter hem de eerste woedende kreten.

Zijn plan is mislukt. Hij is het goud kwijt en een vijand rijker.

DE DWERG VAN MONTALBAN

‘CNAPE, GE ZIJT WEERGEKEERD. En ge brengt me mijn kostbare schat. Hoe nobel zijt gij en hoe blij zijt ik,’ galmt de holle stem van de ridder zonder hoofd. Hij leunt op zijn zwaard als een boer op zijn schoffel.

‘Heer ridder, ik heb het goud niet,’ zegt Raaf boos. ‘Ik hád het. De jongen heeft het van me afgepakt!’ Hij is moe en zijn hoofd doet pijn. Zijn voeten branden alsof er nagels door zijn zolen zijn geslagen en tijdens het rennen is hij zeker vier keer gevallen, waardoor zijn knieën geschaafd zijn.

‘Och, ik stuurde u mijn dapperste schildknaap om te helpen. Redde hij u dan niet van uwen vijand?’

‘Hij heeft het goud gestolen!’ schreeuwt Raaf woedend. Want sackerm– Het is al de tweede keer dat hij het kwijt is. Eerst aan Job en nu aan een of andere jongen die zich schildknaap noemt.

‘Oprecht en eerlijk zijt ge, waardig om mijn ware gestalte te aanschouwen. Kom, help dit hoofdloze lijf uit het harnas. Maar schrik niet van wat ge te zien zult krijgen.’

De ridder begint uit elkaar te vallen. Een metalen handschoen klettert op de grond, een stuk onderarm er nog aan. Als de poten van een roestige spin klauwen de ijzeren vingers in het mos. Een mollig handje verschijnt. Tastend kruipt het naar de andere helft van het harnas. ‘Altijd lastig...’ kreunt de ridder. Onhandig peuteren de vingers de riempjes van de tweede arm los. Met veel gerammel schudt de ridder ook dit ijzeren lichaamsdeel van zich af, waardoor een bovenarm en schouder zichtbaar worden. Wanneer ook het borststuk met een dreun op het mos valt, wankelt de ridder alsof iemand hem een klap heeft gegeven. 'Vrijheid!' jubelt hij.

De ridder mét hoofd steekt zijn armen in de lucht, pakt de tak die boven hem hangt en trekt zich op. IJzeren benen blijven staan. Degene die een ridder was, zwaait aan de tak en springt behendig op de grond. 'Hopsakee!'

Verdwaasd staart Raaf hem aan. De ridder heeft weer een hoofd, maar is toch een heel stuk kleiner.

Het is een dwerg!

'Tobias is mijn naam, zoon van de befaamde dwergen van Montalban: acrobaten, alchemisten, minnezangers en magiërs. Dienaren aan de hoven van vorsten en vorstinnen, van prinsen, hertogen, markiezen, graven en baronnen. Afstammeling van de gevreesde en zeer behaarde Dwerg van Edessa én van de Angst van Antiochië, helden uit de Negen Heilige Oorlogen,' stelt de dwerg zich voor.

Raaf weet dat dwergen bestaan, maar heeft er nooit een gezien. Ze leven immers verborgen in het bos. Nu staat er een voor hem. Het gezicht van de dwerg ligt onder de richel van zijn naar voren stekende schedeldak. Zijn stompe neus verdwijnt tussen de uitpuilende ogen. De bruine kraalogen zijn donker omrand en worden overkoepeld door borstelige wenkbrauwen. Zijn mond is breed en heeft vlezige lippen. Over zijn kin loopt een borstelig baardje. Hij draagt een eenvoudige wollen tuniek, net als Raaf, en heeft een *capertje* op zijn hoofd.

Ineens dringt het tot Raaf door. 'Ú was de jongen die me neersloeg,' zegt hij.

'Ja, ik heb je leven gered,' zegt de dwerg trots. 'Die lelijke vogelverschrikker wilde je bij je lange lurven grijpen. Ik duwde je tegen de grond en hielp je ontsnappen. En nu ben ik hier om mijn ridderlijk woord te houden.'

'Ridderlijk? U bent een...'

'Een dwerg?'

'Ja! En u hebt me bestolen!' zegt Raaf beschuldigend.

'Je lag op de grond,' zegt de dwerg. 'Als ze je hadden gepakt, had je niet lang geleefd. Ik moest het medaillon redden.'

'Ik lag op de grond omdat u me duwde,' antwoordt Raaf nog steeds boos.

'Genoeg over hoe ik je leven heb gered. En noem me toch gewoon Tobias. We kunnen hier nu maar beter verdwijnen. De Vader zal het goud zeker gaan zoeken. Het duurt vast niet lang voor hij bedenkt wie hij daarvoor moet hebben. Als ik kan, beloon ik je voor je hulp.'

'Als u kunt? Waarom nu niet?' vraagt Raaf.

'Waarmee zou ik je moeten betalen? Met roest? Dit harnas is het enige wat ik heb, tenzij ik je het goud geef. Wees gerust,' zegt de dwerg, 'de dwergen van Montalban kennen verhalen en liederen die de zilverstukken als vlooien uit de buidels doen springen. Daarmee zal ik je belonen. Met de zilverstukken dus, niet met de vlooien en de verhalen, want die krijg je voor niks. Ik zal je vertellen van de drakennesten in het land van de Friezen en van de kuisheidsgordel van gravin Christina en de geheime sleutel in mijn broek.'

Vlijtig begint de dwerg de rest van zijn harnas uit elkaar te halen. De roestige delen zitten met riempjes en touwtjes aan elkaar gefrutseld. Uit een ijzeren arm valt een stok en uit de beenstukken haalt hij twee stelten. Met zijn te brede rug en de punt van zijn kap tot op zijn heupen, lijkt hij op een van de wezentjes die tussen de wortels van de bomen leven. Als je iets kwijtraakt, dan hebben zij het gestolen en verstopt. Misschien is hij wel een van hen. De dwerg heeft immers Job beroofd en nu hem bestolen. Eerst vermomd als ridder, toen als schildknaap.

'Mag ik het zien?' vraagt Raaf.

'Wat zien?' vraagt de dwerg terwijl hij een ijzeren knie in de zak stopt.

'Het goud,' antwoordt Raaf.

'Help me eerst met deze berg ridderroest. De Vader is een sluwe vos en zal met mooie woorden of harde vuisten vast en zeker uit het dorp weg weten te komen. Hoe eerder we hier verdwijnen, hoe beter.'

'Waar wilt u naartoe?' vraagt Raaf. Even overweegt hij zich op de dwerg te storten en zijn goud terug te pakken. Maar hoe sterk is een dwerg eigenlijk?

'Weg van onze geselvrienden, zo ver mogelijk,' antwoordt de dwerg.

Dat klinkt als een goed plan, vindt Raaf. En als de dwerg het goud van Job heeft gestolen en daarna nog eens van hém, waarom zou hij het dan niet terugpakken zodra hij de kans krijgt?

Even later lopen de twee het pad af: een magere jongen en een waggelende dwerg met een veel te zware zak over zijn schouder. Samen gaan ze een avontuur tegemoet dat hun stoutste dromen zal overtreffen.

HET GOUDEN MEDAILLON

KREUNEND LAAT TOBIAS DE ZAK van zijn schouder vallen. 'Wat een schildknaap zul je zijn,' puft hij, 'dat je een ridder zijn eigen harnas laat dragen.'

'Hoe bent u aan het harnas gekomen?' vraagt Raaf, die allang niet meer boos is. Uren achtereen hebben ze gelopen. Het puffen, hijgen en hobbelen van de dwerg gaf hem genoeg plezier om te vergeten hoe hij was beetgenomen.

'Zeg toch "je", ik ben immers kleiner dan jij,' antwoordt Tobias. 'Gevonden in een geheimzinnig moeras. Op de wind dreven de klagende stemmen van dode edelen. Ze jammerden dat boerenknechten hen het moeras in hadden gelokt en hadden vermoord. In plaats van me te vertellen waar ik hun goud kon vinden, zeurden ze me aan de kop over hoe oneerlijk dat was. Het enige wat ik aan mijn hachelijke avonturen overhield, was dit roestige karkas.'

'Als iemand je bedrog ontdekt, dan hangen ze je op,' zegt Raaf om de dwerg bang te maken.

'Och, de strop hangt te hoog voor me en het beulszwaard scheert mijn kruin. Is het dan geen bedrog jezelf ridder te noemen en ondertussen je leven te verdoen met vreten, slapen en af en toe een steekspel? Je hebt geen harnas nodig om een echte ridder te zijn.'

Tobias zakt naast de zak op de grond.

'Maar een alchemist ben ik zeker,' verzucht hij. 'Onder het lopen verander ik oud ijzer in een zak vol lood. Zo voelt het tenminste. Zeg vriend, heb je er nog aan gedacht om eten mee te nemen? Zelfs als ik niet in mijn harnas zit rammel ik!'

'Ik zal kijken of er wat te vinden is,' antwoordt Raaf met knorrende maag.

'Ja, doe dat. Maar boombast lust ik niet en ook geen *melkmoes*,' zegt Tobias. 'Het eerste smaakt naar honderd jaar oude broodkorsten en het tweede naar modder. Zeg, ben ik nu kleiner dan daarnet of zijn de stenen hier groter?'

Raaf heeft de plek met de enorme keien allang herkend. Zoiets is er immers ook in de buurt van de stropershut. 'Het is een Tafel van de Reuzen,' zegt hij.

'En juist ík moet daar gaan zitten,' klaagt de dwerg, 'bij een reuzentafel?'

Raaf snuift de geur op van de gebraden rat. Hij draait de stok om en ziet tevreden hoe het vet uit het vlees druipt en de vlammen doet sissen en springen. Het diertje is bijna net zo dik als het konijn dat in zijn strik zat, de dag dat de monnik hem het relikwie in handen drukte. Hoelang is dat nu geleden, vijf dagen? Het lijkt langer. Hij prikt met zijn mes in het vlees. Het is al mooi gaar. Hij tilt de stok op en blaast. Dan neemt hij een hap en geeft hij de stok aan de dwerg.

'Eerlijk delen, hè,' zegt Tobias. Hij glimlacht zijn tanden bloot. 'Hmm, en dan te bedenken dat ik nog niet zo lang geleden aan een tafel vol dikke ridders zat,' zucht hij. 'Wat konden die eten! Er was een feestmaal, waarbij de kop van een wild varken werd opgediend, de slagtanden er nog in. Jonge zwanen en ganzen werden binnengedragen, gevulde biggen, vetgemeste kapoen en grote vleestaarten. Op een zilveren schaal lag een berg kippen, houtsnippen, eenden, wulpen en spreeuwen, met bovenop een gebraden pauw, verguld met rauwe eidooiers en met een tooi van kleurige veren. Er was schapenbout en op een schild lag een dampend hert.' Tobias smakt met zijn lippen. 'De spijzendrager zelf nam de benen, omdat hij bang was dat de dikke ridders hem op zouden eten.'

'Is het vervelend om klein te zijn?' onderbreekt Raaf hem terwijl hij de laatste botjes van het waterkonijn afkluift.

'Och, de wereld is groot voor iedereen. Soms krijg ik er nekpijn van, maar dat heb je ook als je naar de sterren kijkt. Zolang je maar grote dromen hebt, maakt het niet uit hoe klein je bent.'

Tobias tast onder zijn tuniek. Hij pakt de buidel tevoorschijn die Raaf van de Vader heeft gestolen. Hij gooit hem in de lucht, vangt hem op in zijn andere hand waarna hij verdwijnt en weer in zijn vorige hand verschijnt. Met zijn vingertjes wurmt hij behendig de buidel open. 'Aanschouw,' roept Tobias. 'Het edelste goud van de dwergen van Montalban!'

Zwijgend kijkt Raaf naar het goud, dat de dwerg triomfantelijk tussen zijn vingers houdt. 'Mag ik het zien?' vraagt hij.

Tobias steekt zijn hand uit. Raaf wil het goud pakken, maar snel trekt de dwerg zijn hand terug.

Raaf buigt naar voren. Toen hij het relikwie in handen had, was hij verblind door het goud en de magie van de hoorn. Toch herkent hij de afbeelding voor zich maar al te goed. Het is het paard met de hoorn op zijn voorhoofd. Het dier is door zijn voorbenen gezakt en legt zijn hoorn in de schoot van een maagd. Rondom het dier staan vreemde tekens. Het lijken waterrimpels, glanzend in maanlicht. 'Zijn de dwergen van Montalban dan zulke goede edelsmeden?' vraagt hij sluw. Hij weet immers waar dat mooie, glanzende goud werkelijk van is: van het relikwie dat hij kreeg en zeker niet van de dwergen van Montalban.

'Ze zijn alles wat edel is, dus ook smeden,' antwoordt Tobias. 'De eerste edelsmid van Montalban had een hamer van goud en smeedde een zwaard zo scherp dat je er tot je elleboog mee door de vijand stak.'

'En wat betekenen de afbeeldingen op het goud?' vraagt Raaf.

'Het paard met de hoorn is de eenhoorn, een heilig en nobel dier. Het is ons familiewapen. En die tekens, dat is geheime dwergentaal,' legt Tobias uit.

Raaf wil nog iets slims zeggen, maar hij kan niets verzinnen. Hij weet maar één manier om de dwerg de waarheid te laten vertellen – de waarheid zelf.

'Je liegt,' zegt hij. 'Dat goud had mijn broer bij zich. En jij hebt hem beroofd, verkleed als ridder.'

Verrast maar niet geschrokken laat de dwerg zijn hand met het goud zakken. 'Je broer? Ja, nu je het zegt. Je neusgaten kwamen me al bekend voor. De rest van je gezicht ook trouwens... Och, dat maakt alles ingewikkelder, of niet soms?'

'Je hebt Job beroofd! Wat heb je met mijn broer gedaan?' zegt Raaf luider.

'Dacht je soms dat ik hem iets had aangedaan,' reageert Tobias. 'Het gebeurde in de buurt van Coevorden. Je broer zag me staan en zijn gezicht werd zo wit dat ik dacht dat híj de geest was. Nog voor ik iets zei, begon hij te praten. Hij vroeg of ik hem wilde laten gaan. Ik stond daar en hij gooide me het goud toe. Voordat ik iets kon zeggen of doen, draaide hij zich om en zette het op een lopen. Zo is het gegaan en niet anders, dat zweer ik bij alle heiligen in de hemel.'

'En de geselbroeders, hoe zijn die daarna aan het goud gekomen?' vraagt Raaf boos.

'Het goud bracht me weinig geluk, want nog diezelfde nacht werd ik overvallen,' vertelt Tobias. 'De geselbroeders schopten me wakker en hadden me zeker vermoord als het goud niet tevoorschijn was gerold. Zodra ze het zagen, waren ze me vergeten. Later kwam ik jou tegen en nu zitten we hier.'

Tobias staart naar het goud in zijn hand. 'Tja, je zult het goud dan wel terug willen,' piekert hij. 'Nu ik zo eerlijk ben geweest, hoe zei je ook alweer dat jullie er zelf aan kwamen?'

De vogels zwijgen. De stenen van de reuzen leunen tegen de duisternis van het bos. Nachtkou kruipt uit de aarde omhoog. Raaf verwacht dat elk moment het goud uit de hand van de dwerg wordt weggetoverd. Maar het blijft gewoon liggen en glinstert in het licht van de vlammen. 'Mijn broer heeft het gevonden,' antwoordt hij. 'Hij wilde het in Coevorden verkopen. Het goud is van een heilig relikwie.'

Plotseling is het goud verdwenen. Tobias' hand is leeg. Raaf wil opspringen. Maar daar ligt het, bij het vuur, tussen hen in.

'Van een heilig relikwie, zeg je?' Tobias klinkt ineens een heel stuk ernstiger.

'Ja, van een hoorn. Het goud zat aan de onderkant. Ik herken het aan het paard met de hoorn op zijn hoofd,' antwoordt Raaf.

'De eenhoorn...' zegt Tobias dromerig. 'Een dier met magische krachten. Hij leeft diep in de bossen en laat zich bijna nooit zien. Alleen maagden laat hij bij zich in de buurt, voor alle anderen vlucht hij weg.'

'Ik leef ook in de bossen, maar heb nog nooit zo'n paard gezien,' zegt Raaf.

'Nee, want de eenhoorn is schuw. Bovendien woont hij niet in deze bossen, maar ver weg in de Duitse landen. Daar zijn de bossen zo uitgestrekt dat je zou denken dat de hele wereld van hout is.' Tobias staart in het vuur en zwijgt. 'Heilige voorwerpen hebben bijzondere krachten,' zegt hij zacht. 'Een splinter uit de staf van Mozes doet wonderen, net als een druppel melk van de Heilige Maagd. Of een doorn uit de kroon van Christus... Welke magie heeft de hoorn?'

'Dat weet ik niet,' antwoordt Raaf. Niemand lijkt het te weten, denkt hij. Het is heilig en heidens, zei de abt. Een relikwie van het kwaad, volgens broeder Hubertus. En broeder Momme wilde er niks over zeggen. Het enige wat hij weet van de magie, is dat het relikwie hem ellendige gedachten en dromen geeft die niet van hem zijn. En dat het hem tot nog toe weinig geluk heeft gebracht, net zoals de dwerg zei van het goud.

Plotseling staat Tobias op. Hij schopt een gloeiend kooltje weg, dat rood de nacht in rolt.

'Ik, Tobias van Montalban, zeg je het volgende. We kennen elkaar nog maar net, maar zoals ieder weldenkend mens weet: toeval bestaat niet. Dit goud hier is veel waard, maar een heilig relikwie nog oneindig veel meer. Ik zeg: we gaan op een *queeste*, een heilige zoektocht. We zweren het relikwie te zoeken en zoeken net zo lang tot we het hebben gevonden.'

'En dan, als we het hebben gevonden?' vraagt Raaf.

'Dan zijn we heel erg rijk en zien we wel weer verder,' antwoordt Tobias.

'En het goud?' Gretig kijkt Raaf naar wat er tussen hen op de grond ligt te glinsteren.

'We bewaken het met ons leven. En moge de Heer me met Zijn machtige hand neerslaan bij elke gedachte aan kwaad of hebzucht!'

Raaf knikt. Iedereen zoekt het relikwie, hijzelf ook. Het is dus niet vreemd dat de dwerg nu op een 'kweeste' wil. Maar hij moet eerst broeder Momme en Job vinden. Gisteren stond hij er nog alleen voor en nu heeft hij de hulp van een dwerg. Maar kan hij Tobias vertrouwen?

III

Constantinopel, 953 na Christus

In Constantinopel vergat Izaak zijn ontberingen, de honger en de dorst, zelfs zijn angst voor de zwarte builen. Hij liep over de geplaveide pleinen en staarde ademloos op naar de Hagia Sophia, de grootste kathedraal ter wereld. Hij was vol hoop. Een schip kon hem al de volgende morgen naar Genua brengen, vanaf daar was het niet ver naar de stad Qurtubat, zijn eindbestemming. Die avond, op een hoek bij de Hagia Sophia, spraken drie mannen hem aan.
'Luister, Jood, we willen de hoorn. Waar is-ie?'
Het was donker, de mannen droegen kappen, maar Izaak herkende de stem van de kapitein die hem naar Constantinopel had gebracht. Waarom wilden ze de hoorn? Omdat ze hem ermee aan boord hadden gezien? Omdat hij hem naar Qurtubat bracht? Of omdat zijn vriend Abdelghani gelijk had toen hij zei dat de ongelovigen niet in het woord, maar in de hoorn en zijn magie geloofden? Hij was niet bang, want de hoorn was goed verborgen. Izaak bleef zwijgen, ook toen ze hem sloegen, schopten en bespuugden. Hij was een Jood, hij had erger meegemaakt.
De volgende dag wachtte een koopman hem op bij de haven. Zijn naam was Lorenzo Amalfi en hij kwam uit Genua. Hij zag Izaaks gezwollen gezicht en kreupele pas.
'De kapitein wilde je beroven.' Het was geen vraag. 'Hij vertelde me van jou en de hoorn.'
Izaak knikte. Zelfs die kleine beweging deed hem pijn.
'Je bent een Jood, ik wil je voor de hoorn betalen,' zei Amalfi, de koopman.
'Waarom?' mompelde Izaak met kapotte lippen.
'De kapitein is in weinig te vertrouwen, maar heeft een neus voor alles wat waarde heeft. Ik heb gehoord dat de

hoorn genezende kracht bezit. En dat de kalief zelf je opdracht heeft gegeven hem de hoorn te brengen. Verkoop hem aan mij en ik help je levend Constantinopel te verlaten. Zo niet, dan sterf je hier.'

Uit: *Het Boek van de Hoorn*, Derde Deel

OP HET VROEGE OCHTENDUUR

TOBIAS SLEEPT DE ZAK MET HET harnas naar de kastanjeboom. Hij gooit het touw over een van de lagere takken, trekt de zak omhoog en bindt het touw rond de stam. 'Ik vond het harnas in een moeras,' vertelt hij terwijl hij de laatste knopen legt. 'De botten zaten er nog in. Ik hang het in de lucht, omdat het moet vergeten dat het uit de grond komt, anders wil het terug. Bovendien ben ik het sjouwen zat. Een roestige ridder gaat niet op zoek naar een heilig relikwie. Dat is werk voor een dwerg met een gouden ridderhart.'

In de verte klinkt de kloosterbel, heel ijl.

Goedkeurend kijkt Tobias naar de zak die hoog boven zijn hoofd aan de tak bungelt. 'En denk erom,' zegt hij tegen Raaf, 'als ze je zien, hebben ze direct door dat we bij elkaar horen. Jij bent niet welkom in het klooster, maar ik wel. Blijf dus hier, tussen de bomen!'

'Hoe weet ik dat je terugkomt?' vraagt Raaf, die het plan nog eens heeft overdacht. De dwerg heeft gelijk: niemand weet meer van relikwieën dan monniken en priesters. Daarom begint hun zoektocht naar het relikwie bij het klooster aan de Reest. Misschien lukt het de dwerg om broeder Hubertus of een van de andere monniken de geheimen van het relikwie te ontfutselen. Geheimen die Raaf kan gebruiken om de hulp van broeder Momme te krijgen, die er in naam van de bisschop naar op zoek is. Maar dat laatste heeft hij de dwerg niet verteld. Is zo'n sluw idee van hem of heeft het relikwie hem dat ingefluisterd? Maakt het verschil?

De rest van het idee bevalt hem minder. 'Als je mij nou het goud geeft voordat je naar het klooster gaat, dan bewaar ik het.'

'Heb je mijn benen gezien?' antwoordt Tobias. 'Ik moet twee keer zo hard lopen als jij om net zo snel te gaan. Van hier naar het klooster is een lang pad door het veld. Al loop ik voorbij het klooster, dan is het nog een heel stuk naar de volgende hoeve. Tegen de tijd dat ik daar aankom, heb je mij allang ingehaald. Maar als jij het goud bewaart terwijl ik in het klooster ben, kun je gemakkelijk wegkomen. Dus bewaar ik het goud, zodat geen van ons tweeën ongerust hoeft te zijn.'

Maar Raaf is wel ongerust. Vanaf het moment dat de dwerg in de richting van het klooster verdwijnt, tot hij weer waggelend als een eend over het pad terugkeert. En dat is onverwacht snel. Er is iets misgegaan.

'Monniken die een reiziger wegsturen, het is een schande,' klaagt Tobias nog voor hij goed en wel bij Raaf is. 'Eerst dachten ze dat ik een geest was, onzichtbaar als de wind die aan de poort klopt. Ze hoorden me wel, maar zagen me niet. Was ik groter geweest, dan hadden ze zeker het luik voor mijn neus dichtgeklapt.'

'Wat is er gebeurd?' vraagt Raaf nieuwsgierig en opgelucht tegelijkertijd. Want de dwerg is er nog en het goud dus ook. Hij is niet door de kloostertuin verdwenen en de Reest overgezwommen. Hij is ook niet naar de abt gestapt.

'Ik kwam bij het klooster en ze lieten me er niet in,' antwoordt Tobias. 'Alle monniken zijn ziek, zeggen ze, en de poort blijft gesloten. Hoe kunnen alle monniken nou ziek zijn? Ik zei dat ik juist daarvoor kwam, om een zieke broeder te bezoeken: broeder Hubertus. Toen knalde het luikje dicht. Na een paar tellen deed een andere monnik het weer open. Ik zei dat ik een vriend van broeder Hubertus kende, een jongen. Ik bedoelde de monnik over wie jij het had en die je heeft geholpen om te ontsnappen aan de soldeniers. Maar nu denk ik dat hij degene was die het luik opendeed en juist dacht dat ik het over jou had. *"Ad matutinam horam,"* zei hij.'

'Ad wat?' vraagt Raaf.

'Ad matutinam horam,' antwoordt Tobias. 'Dat betekent "op het vroege ochtenduur". Dan zien we hem bij het klooster.' Er verschijnt een tevreden grijns op zijn gezicht.

Nachtwolken verbergen de maan. In de verte klinkt de spookroep van een uil.

'Koekoeroe... Koekoeroe...' Tobias geeft het teken, maar veel te luid. Bovendien is er geen vogel die koekoeroe roept, tenzij duiven hebben leren kraaien als een haan, denkt Raaf. Waarom niet blaffen als een hond en zo iedereen wekken? Hij sluipt naar de dwerg, die onder de kloostermuur op hem wacht.

'Hierheen...' Tobias springt tevoorschijn en huppelt als een schim voor hem uit.

De bodem begint af te lopen, Raaf ruikt de rivier. Tussen hen en de kloostergrond ligt een smalle gracht, waarachter de muur opdoemt. Tobias tuurt naar de grond. 'Ah, hier is het, precies zoals de jonge monnik zei.'

Langs de oever ligt een balk verborgen in het hoge gras. Ze pakken hem op, ieder bij een eind, en schuiven en duwen net zo lang tot de punt op de andere oever van de gracht ligt.

Voetje voor voetje, alsof hij zich op het eerste ijs waagt, schuifelt Tobias over de balk naar voren. En net als het eerste ijs buigt het hout door en er stroomt water langs zijn voeten. Halverwege wappert hij met zijn armen als een vogel die van een lijmstok wil opfladderen. Dan is hij aan de overkant.

Raaf stapt op de balk. Het hout is glad door al het water. In het donker ziet hij maar moeilijk waar hij zijn voet kan zetten. Hij tuurt naar de andere kant van de gracht. Is Tobias door de grond gezakt?

Zodra Raaf veilig aan de overkant is, ritselen de struiken bij de rivier. Waar de kloostermuur eindigt, blijkt de oever uitgegraven. Overhangende takken verbergen een gat. Enkele ogenblikken later kruipt Raaf aan de andere kant van de muur tevoorschijn. Tobias wacht hem op, zijn gezicht onder de modder, zijn handen triomfantelijk in de zij.

'Dwerg, heb je de hoeder van de hoorn meegebracht?' Twee monniken maken zich los uit de schaduwen van de galerij. Hun kappen zijn over hun gezicht getrokken. De grootste leunt op zijn broeder. 'Is *híj* het? Is het de hoeder van de hoorn?'

Raaf herkent de stem van broeder Hubertus.

'Hij is het, broeder. De dwerg heeft hem bij ons teruggebracht,' fluistert de jonge monnik.

Zodra de monniken dichterbij komen, stapt Tobias achteruit. 'Ho even,' zegt hij met zijn handen afwerend omhoog, 'ik mocht het klooster niet in vanwege een ziekte. Is het besmettelijk?'

'Het is besmettelijk, maar je hoeft er niet bang voor te zijn,' zegt de jonge monnik. 'De ziekte die hier heerst heet... angst.'

'Jij bent de hoeder van de hoorn,' murmelt broeder Hubertus. 'Ik heb je gezien in mijn visioen. Je bracht me het relikwie.' Zijn trillende vinger wijst naar Raaf.

'We moeten opschieten,' fluistert de jonge monnik voordat Raaf kan antwoorden. 'Broeder Hubertus wil jullie iets laten zien.'

'Gaat het om het relikwie?' vraagt Tobias. 'Want daar komen we voor, voor het relikwie.'

'Sst.' De jonge monnik legt een vinger op zijn lippen. 'Volg ons.'

Broeder Hubertus wankelt alsof hij te veel wijn heeft gedronken. Hij heeft moeite overeind te blijven en klampt zich vast aan de jonge monnik.

Ze steken het grasveld over. Raaf vraagt zich af wat hem bezielt om 's nachts een klooster binnen te sluipen waar hij toch al niet welkom is.

Aan het einde van de kloostertuin, waar de grond afloopt naar het water, is een omheining van ruwe stammetjes. Daarachter, in het gras, ziet Raaf houten kruisen.

'Een begraafplaats,' mompelt Tobias. 'Een begraafplaats in de nacht...'

Ze volgen de monniken tussen de graven door naar het midden van het veld. Broeder Hubertus staat hijgend stil en wijst naar de grond. De wolken drijven uiteen, de maan verschijnt, de hemel kleedt zich met sterren.

'Wat moeten we zien?' vraagt Tobias verwachtingsvol. Raaf kijkt om naar het klooster dat baadt in het maanlicht. Zolang de maan schijnt, zijn ook zij zichtbaar...

'De namen,' mompelt broeder Hubertus. 'Kijk naar de namen.'

'Hier,' zegt de jonge monnik.

Raaf volgt zijn wijzende vinger. Hij hurkt en duwt het gras opzij. 'Een steen...' Met zijn handen veegt hij zand en modder weg.

'Het zijn de namen van de monniken die de hoorn hebben beschermd,' fluistert broeder Hubertus. 'De hoeders van de hoorn!'

Het maanlicht is net voldoende om de vormen in de steen te herkennen. Een meisje zit op de grond. Voor haar knielt een paard. Het draagt een lange hoorn en raakt daarmee haar schoot. Het is dezelfde afbeelding als op het goud van het relikwie. Onder de afbeelding staan namen, maar ze zijn voor Raaf onleesbaar. Tevergeefs zoekt hij de symbolen die in bloed op het altaar in de kapel geschreven stonden.

Tobias hurkt naast hem. 'Wie zijn de hoeders van de hoorn en tegen wie moeten ze het relikwie beschermen?' vraagt Tobias opkijkend naar de monniken.

'Tegen zichzelf en tegen iedereen die de kracht van het relikwie voelt en wil misbruiken,' antwoordt de jonge monnik.

'Het relikwie was ooit puur en zuiver, gevuld met de Heilige Geest en de liefde van Maria. Het is de hoorn van een heilig dier, dat zijn hoofd in de schoot legde van de Maagd. Maar het raakte besmet met de zeven zonden. Met hoogmoed en hebzucht, lust en jaloezie, wraak, vraatzucht en luiheid. Het is hier gebracht om te worden vergeten. Nu zijn zíj gekomen om hem te halen.' Zenuwachtig slaat broeder Hubertus met zijn handen tegen zijn pij.

'Dat is de angst die in het klooster heerst, daarom is iedereen bang,' gaat de jonge monnik verder. 'Want de voorspelling is uitgekomen: de hoorn heeft de Vier Ruiters uit het Laatste Boek gewekt. Ze brengen ziekte en dood.'

De Vier Ruiters... Plotseling ziet Raaf de beelden weer voor zich uit de droom die hij had toen hij het relikwie aanraakte: de paarden die briesend uit de struiken breken. Met het geluid van de donder slaan hun hoeven op de grond. Ze dragen zwarte kappen en op hun ruggen zitten vreeswekkende ridders.

Raaf spert zijn ogen zo wijd mogelijk open om de beelden uit zijn hoofd te doen verdwijnen. De twee monniken kijken met al even grote ogen op hem neer.

'Broeder Hubertus! Broeder Hubertus!' Onder de galerij zweeft fakkellicht.

'Jullie moeten weg,' fluistert de jonge monnik gejaagd. 'Nu, snel. Het is mijn vader, de abt. Hij mag niet weten dat jullie hier zijn!'

'Sanctum sanctorum, het heilige der heiligen,' prevelt broeder Hubertus. 'Zoek het relikwie. Jij, Rafaël, bent de nieuwe hoeder!'

De fakkels komen dichterbij, wolken bedekken de maan.

'Wegwezen,' fluistert Tobias. Hij trekt Raaf overeind.

Zonder om te kijken rennen ze tussen de kruisen door naar het gat onder de muur.

'Zo is de hoeder van de hoorn,' roept broeder Hubertus hun plotseling luid door de kloostertuin achterna. 'Hij zal de zeven zonden kennen. En de zeven deugden. Drie keer zal hij zijn gedoopt: in zuiverheid, verderf en verlossing. En zijn naam is Rafaël, gelijk de aartsengel. Hoor je dat? RA-FA-ËL!'

ANGST EN BIJGELOOF

'BIJGELOOF NATUURLIJK, het is allemaal bijgeloof,' zegt Tobias.

'Broeder Hubertus is een monnik. Hoe kan een monnik bijgelovig zijn?' vraagt Raaf.

'Zag je hem dan niet? Hoe hij zenuwachtig met zijn vingers friemelde en met zijn ogen draaide? Hij is gek. Een gekke monnik kan best bijgelovig zijn,' zegt Tobias.

In plaats van antwoord te geven, staart Raaf voor zich uit. Door zijn hoofd spoken de vier paarden en het geluid van de donder zodra hun hoeven de aarde raken. Was zijn droom net als het visioen van broeder Hubertus? De monnik noemde hem de hoeder van de hoorn. *En zijn naam is Rafaël, gelijk de aartsengel.* De dwerg heeft gelijk: hij is gek.

'Je moet wel bijgelovig zijn als je denkt dat de Vier Ruiters zijn gekomen en daarvoor gaat zitten bidden en bibberen,' gaat Tobias verder. 'Je gelooft toch zelf niet dat zoiets werkelijk gebeurt?'

'Ik weet het niet,' antwoordt Raaf. 'Wie zijn die Vier Ruiters eigenlijk waar ze bang voor zijn?'

Tobias kijkt hem aan, één wenkbrauw opgetrokken. 'Snap je dat dan niet? Het zijn de Vier Ruiters van de Openbaring, een verhaal uit de Bijbel. Het witte paard is het goede en draagt Christus, de Overwinnaar, op zijn rug. Maar het rode paard, dat is de oorlog, en het zwarte paard is de honger. Het bleke paard is het ergste van allemaal. Het brengt de dood. Als de Vier Ruiters komen, dan is dat het einde der tijden!'

‘Het einde der... tijden?’ vraagt Raaf ongelovig.

‘Ik zei toch: het is allemaal angst en bijgeloof,’ zegt Tobias. ‘En waarvoor zijn ze bang? Voor een stel paarden uit de Heilige Schrift en de droom van een oude monnik.’ Tobias stoot een schor lachje uit. ‘Och, al dat bijgeloof verandert niks. We zoeken het relikwie en vinden bange verhalen. En een steen. Het zag er niet uit als een grafsteen, vond je wel?’

‘Nee?’ vraagt Raaf.

‘Nee, want hij is te klein,’ antwoordt Tobias. ‘Onder zo’n steen pas ik misschien, maar nooit een grotere kerel, met veel te lange armen en benen.’

‘Het relikwie werd misschien wel bewaard in een kist met een stenen deksel,’ raadt Raaf.

‘Een *reliekschrijn*, dat is het,’ roept Tobias. ‘Dat verklaart waarom de eenhoorn was afgebeeld, net als op het goud. Dat zag je toch ook?’

Raaf knikt.

‘Dan is er nog een ander mysterie: waarom denkt broeder Hubertus dat jij iets met de hoorn te maken hebt?’ vraagt Tobias. ‘Waarom zegt hij dat hij over je heeft gedroomd? En dan wat hij riep, over drie keer worden gedoopt en zo en dat de hoeder van de hoorn Rafaël heet... Heb je hem dat soms wijsgemaakt?’

Raaf schudt zijn hoofd. ‘Broeder Hubertus lag te ijlen toen ik bij hem in de kamer was. De andere monnik vroeg hoe ik heette. Misschien hoorde hij toen mijn naam.’ Hij denkt aan wat er nog meer in het kloostervertrek is gebeurd. ‘Broeder Hubertus werd wakker en keek me aan. Daarom denkt hij dat hij me in zijn dromen zag.’

‘Ja, misschien...’ geeft Tobias toe. ‘Zoiets is goed mogelijk. We weten nu in elk geval écht hoe belangrijk het relikwie is. En dus ook hoe kostbaar.’ Tobias smakt met zijn lippen. ‘Betekent de steen in het grafveld dat het relikwie in het klooster werd bewaard en daaruit is gestolen? En wat heeft het relikwie te maken met de

Vier Ruiters en het einde der tijden? Oftewel: wat doen we nu?'

'We gaan op zoek naar broeder Momme,' antwoordt Raaf.

'Die broeder Momme zoekt het relikwie, net als iedereen. Net als wij. Hoe kan hij ons helpen?' vraagt Tobias.

'Je zei het zelf: we weten nu pas hoe belangrijk en waardevol het relikwie is,' antwoordt Raaf. 'Wat doen we als we het hebben gevonden? Verkopen op de markt? We hebben iemand nodig die ons kan helpen. Misschien geeft hij ons alleen al voor het goud een fortuin.' Bovendien, zonder de hulp van broeder Momme zal Raaf nooit veilig zijn voor Eenoog en Ouwe Kwaai, maar dat zegt hij er niet bij.

'Hmm. En broeder Momme is in dienst van de bisschop, zei je? Dan is hij inderdaad een machtig heerschap,' zegt Tobias wrijvend over zijn baardje. 'Altijd goed om zo iemand te kennen. We hoeven ook niet meteen te vertellen wat we zelf van plan zijn. Dus waar vinden we die broeder Momme?'

'Hij is bij de heer van Coevorden en de Bastaard,' weet Raaf onmiddellijk. Want dat vertelde de monnik hem toen ze in de kelder van het oude klooster waren opgesloten.

'En zei hij ook wáár?' vraagt Tobias als Raaf verder stil blijft. 'Op het kasteel of in het klooster?'

'Hij zei het, maar...' Raaf pijnigt zijn hersenen. Een korte naam was het, een naam die hij eerder had gehoord, maar die hem nu niet gelijk te binnen schiet. Ja, toch! 'Bij Ane, daar is hij,' roept hij. 'Het plaatsje Ane.'

'Och, ik weet precies waar dat is,' zegt Tobias verheugd. 'Want daar, bij Ane, heb ik mijn harnas gevonden.'

'HEER, IK HEB DE DIEF TE PAKKEN!'

TWEE TENTEN STAAN ALS BONTGEKLEURDE kemphanen tegenover elkaar. Kleurige banen geel, groen en rood komen samen in een punt. Boven op de tenten staan de vaandels. Het vaandel van de heer Reinold is getooid met een enkelkoppige zwarte adelaar. Dat van de Bastaard van Ruynen heeft drie vuurrode rozen. Aan elke roos ontbreekt een bloemblad.

Voor de tenten stampvoeten soldaten de grond tot moddermoes. Hun kin steekt naar voren, de borst gezwollen vooruit. Bij elke stap kletteren zwaarden tegen hardleren beenstukken. In een halve kring rond de tenten liggen planken op schragen, met daarop broden en kazen en bier. Kinderen hollen tussen de honden en geiten door en het is er drukker dan in de kerk op zondag. Kooplui hebben hun eigen tenten even verderop neergezet. Twee maken er ruzie terwijl een stel kippen ontsnapt uit hun kooi van wilgentenen.

'Hé dwerg, kom je kunstjes voor ons doen?' roept een van de soldaten naar Tobias.

'Ja, ik ga op je schouders zitten en dan leer ik je balken als een ezel,' antwoordt deze met een grijns en een buiging. De kinderen vergeten waar ze mee bezig zijn en lopen joelend achter de dwerg aan.

Met een ruk draait Tobias zich om. Hij blaast zijn wangen op en zijn bolle gezicht verandert in een paddenkop. 'Maden in je ogen, wormen in je mond! Ik stuur je zwarte builen en je eindigt in de grond!' Brullend danst hij op de kinderen af, die gillend wegstuiven. 'Die kunnen zeggen dat ze zijn aangevallen door een moerastrol,' lacht Tobias.

Raaf kijkt onrustig om zich heen. Hij had verwacht dat ze ongemerkt naar broeder Momme konden zoeken. Plotseling grijpt hij Tobias bij zijn schouder. 'Daar,' wijst hij, 'de abt!'

Een man in een grijze pij verdwijnt in een van de bontgekleurde tenten.

'Weet je zeker dat hij het is?' vraagt Tobias weer ernstig. 'Zag je zijn gezicht?'

Raaf knikt. 'Hij is het. Ik herken hem aan zijn manier van lopen,' antwoordt hij.

Peinzend wrijft Tobias over zijn baardje. 'De heer van Coevorden, de Bastaard van Ruynen en een hoogwaardige heer abt: we zijn in goed gezelschap. Och, ik had toch mijn harnas mee moeten nemen en als ridder moeten komen. Nu alleen broeder Momme nog vinden. En ontdekken wat de heren hier doen. Een paar koprollen maakt de tongen wel los en anders trek ik er nog wat rare gezichten bij. Blijf jij hier, want de abt is mogelijk niet de enige die je kan herkennen. Voorlopig is het beter als we onopgemerkt blijven.'

Voordat Raaf hem kan tegenhouden, loopt Tobias de abt achterna. Onopgemerkt blijven? Hoe lukt dat met iemand als Tobias, denkt Raaf. En hoe herkent de dwerg broeder Momme als hij de monnik nooit eerder heeft gezien?

Raaf kan zich beter zorgen over zichzelf maken, want achter zijn rug sluipt gevaar...

'Scharminkel!' Een arm sluit zich rond zijn nek, een hand trekt zijn hoofd naar achteren.

Zonder nadenken trapt Raaf in de richting waar hij de schenen van zijn aanvaller vermoedt en graait naar de arm.

'Rustig, of ik maak een kras,' bijt Eenoog hem toe. Raaf voelt een mes op zijn keel.

'De hond is uit zijn hok ontsnapt en weer teruggekomen. Wees maar niet bang, want vanaf nu gaat de riem niet meer van je hals,' schraapt de stem van de soldenier. Zijn harige wang schuurt langs Raafs gezicht. Eenoog grijnst en zijn oog fonkelt koud als de Noordster.

Met een snelle haal snijdt hij een lok van Raafs haar. Triomfantelijk houdt hij de pluk in zijn vuist. 'Telkens als Ouwe Kwaai honger heeft, duw ik dit onder haar neus. Als je ooit ontsnapt zal ze van je smullen.' Hij zwaait zijn mes heen en weer. 'Ik wist dat ik je terug zou zien, maar niet dat het zo snel zou zijn...' Eenoog schroeft zijn arm zo strak rond Raafs keel, dat het hem duizelt.

Het mes voor zijn ogen, het lemmet... Nee, onmogelijk...

Eenoog steekt zijn mes weg en rukt dat van Raaf uit de schede. 'Ik had mijn meester beloofd dat ik je weer zou vangen, maar wist niet dat je het me zo gemakkelijk zou maken,' zegt de soldenier tevreden. Hij grijpt Raafs pols en knijpt.

Raaf bijt op zijn tanden om het niet uit te schreeuwen.

'Goed zo, want we willen niet te veel lawaai maken en het feestje hier bederven.' Eenoog knikt waarderend.

De soldenier sleurt Raaf mee langs de soldaten. Bij de tent met de adelaar duwt hij Raaf voorover. Zijn greep is van ijzer.

Raaf kan zich niet bewegen. Het mes prikt in zijn nek. Voor Eenoog moet je uitkijken, herinnert hij zich de woorden van Blinde Bertram. De duivel alleen weet waar die hondenkop toe in staat is...

'De heer abt kan ons misschien zeggen waar het relikwie is. Het werd toch in uw klooster bewaard?' De stem achter het tentdoek is maar een paar voet van hem vandaan. De woorden zijn zo luid dat

Raaf ervan schrikt. Onmiddellijk voelt hij de punt van het mes een stukje in zijn vlees zinken. Hij verstart.

'U weet beter dan ik waar het is, héér Van Ruynen,' klinkt het antwoord. 'Of hebben uw soldaten nog altijd niets gevonden?'

Raaf herkent de stem van de abt. Hij klinkt al net zo nijdig als toen bij het oude klooster.

'Heer Reinold, weet u wie u naar de kapel liet komen? Wie stuurde u het bericht dat het relikwie daar was te vinden?' vraagt een tweede bekende stem.

'Ik hoopte dat uw speurwerk me dat zou vertellen, broeder Momme.'

'Eylaes, ik heb donkere dagen achter de rug. Ik weet niet veel meer dan u,' antwoordt de monnik.

Ondanks zijn ongemakkelijke houding kan Raaf de mannen zo goed verstaan, dat het is alsof hij in hun midden zit.

'Zelfs onze alwetende broeder Momme tast dus in het duister,' zegt de Bastaard van Ruynen. Hij laat er een schelle lach op volgen. 'En u, heer abt, u bent bang. Daarom gelooft u de verhalen over de Vier Ruiters.'

'Wat broeder Hubertus in de kapel zag, heeft hem ziek gemaakt in zijn hoofd,' antwoordt de abt. 'Maar het relikwie is gestolen, broeder Lucius is vermoord en uw knechten hebben de vrede van het klooster verstoord. Ik heb goede redenen om bezorgd te zijn.'

'U zegt veel in één zin, maar wat u niet zegt klinkt me nog duidelijker in de oren. Beschuldigt u míj soms van die wandaden?' vraagt de Bastaard.

'Kalmeer,' klinkt de stem van broeder Momme. 'Laten we het relikwie en de moordenaars zoeken, niet elkaars schuld.'

'Wijze woorden,' zegt degene die Raaf nu als heer Reinold herkent.

'Zodat uw bisschop de hoorn krijgt?' vraagt de Bastaard.

'Nee, Zijne Heilige Eminentie de bisschop van Münster zoekt

het relikwie. Wij willen hem slechts van dienst zijn,' antwoordt broeder Momme.

Eenoog gromt. Met een ruk trekt hij Raaf overeind. Hij slaat het tentdoek open en duwt Raaf naar binnen. Dan, met de trots van een hond die zijn baas een dode mol brengt, zegt hij: 'Heer, ik heb de dief te pakken!'

HOEDER VAN DE HOORN

DE TENT BAADT IN EEN WATERIGE SCHEMER. Op manshoge kandelaars zijn kaarsen gezet. Ze zijn versierd met een enkelkoppige adelaar, het embleem van heer Reinold. In het midden van de tent staat een langwerpige tafel met gleuven voor zwaarden, en vier tinnen bekers, bij elke stoel een.

De mannen aan de tafel draaien hun hoofd naar Raaf. Met een blik vol verbazing staart de abt hem aan. Raaf worstelt om zich uit de greep van Eenoog te bevrijden.

Aan de zijde van de abt zit een man met vettig bruin haar en een opgeblazen gezicht. Zijn vlezige wangen dragen de blos van te veel wijn. Het is Reinold, heer van Coevorden. Broeder Momme, aan het hoofd van de tafel, leunt onverstoorbaar achterover. Zachtjes trommelt hij de toppen van zijn vingers tegen elkaar.

De man die met zijn rug naar Raaf zat, komt langzaam overeind. Hij draagt een gele tuniek, de kleur van woede. Zijn mondhoeken wijzen omlaag, waardoor de huid van zijn gezicht strak rond zijn schedel spant.

'De dief, heer. Het leek me belangrijk,' blaft Eenoog. Hij trekt Raafs hoofd omhoog, zodat iedereen zijn gezicht kan zien.

De man met de gele tuniek is de Bastaard van Ruynen, beseft Raaf. De man wiens honden de monnik in het bos hebben verscheurd. De man ook voor wie Benne het valkenjoch zo bang was. Hij is kleiner en smaller dan Raaf zich had voorgesteld. Dat maakt iemand misschien juist gevaarlijker, bedenkt hij, net zoals een slang gevaarlijker is dan een vos. Zijn ogen zoeken die van broeder Momme. Maar de monnik negeert hem en kijkt uitdrukkingloos voor zich uit. Plotseling stroomt de moed uit zijn lijf als een blaas die zich leegt.

De Bastaard van Ruynen loopt met slepende passen op hem af. Hij pakt Raafs kin en draait zijn gezicht naar zich toe. Hij perst zijn bleke lippen tot een magere glimlach en knikt. 'Heer Reinold, broeder Momme, heer abt: deze cnape weet meer van het relikwie. Mijn soldaten herkenden hem in het klooster. Hij is een dief en een stroper, dat is zeker. Hij is mijn gevangene en ik zal hem ondervragen. Hij kan ons meer over het relikwie vertellen.'

'Nee, ik ben geen dief...' begint Raaf. Eenoog knijpt zó hard in zijn nek, dat Raafs benen er slap van worden. Hoe kan de Bastaard weten wie hij is, denkt hij wanhopig.

'Wat dan, heer Van Ruynen?' vraagt de abt met een verontruste blik op Raaf. 'Wat kan deze cnape met het relikwie te maken hebben?'

'Als deze jonge dief iets van het relikwie weet, dan zal hij me dat zeker zeggen.' De Bastaard wuift met zijn hand. Eenoog trekt Raaf naar achteren, wil zich omdraaien en de tent uit lopen.

'Eén moment,' zegt broeder Momme. Nog altijd leunt hij kalm achterover op zijn stoel. 'Ik ken deze cnape ook. Hij was bij me opgesloten in het oude klooster, u weet wel, dat misverstand waar we het zojuist over hadden. En heer abt, als de jongen in uw klooster was, dan neem ik aan dat u hem daar ook heeft gezien?'

'Eh, ja,' antwoordt de abt voorzichtig. Wil hij niet dat de andere mannen weten hoezeer hij op zoek is naar het relikwie? Zozeer dat hij Raaf en daarmee broeder Momme hielp ontsnappen, iets wat de Bastaard van Ruynen, als hij dit wist, hem niet in dank zou afnemen?

'Ziet u, dat verbaast me zo,' gaat broeder Momme verder voordat iemand hem kan onderbreken. 'Van Ruynen, de hoogwaardige heer abt, ikzelf, iedereen kent de jongen. Ook u, heer Reinold. Vindt u dat niet vreemd?'

De man met de vlezige wangen gaat rechtovereind zitten. 'Ken ik deze cnape, broeder Momme?'

'Jazeker, want hij heeft uw valk gevangen, de dag dat u naar de kapel werd gelokt,' antwoordt broeder Momme.

'Het is een dief,' zegt de Bastaard. 'Misschien kan hij ons zelfs zeggen *wíé* u naar de kapel lokte. En wie dus de moordenaars van arme broeder Lucius zijn. Ik krijg de waarheid wel uit hem!'

Raaf probeert weer uit de greep van Eenoog te ontsnappen, maar de vingers van de soldenier wurgen hem bijna.

'Deze cnape was de eerste die ik tegenkwam op mijn zoektocht naar het heilige relikwie,' gaat broeder Momme verder. 'Hij dook op in Coevorden, in de kapel, in het klooster, en is nu hier, waar wij bijeen zijn omdat we allemaal de hoorn willen vinden. Het is alsof een onzichtbare hand hem langs het pad van het relikwie leidt, zonder dat hij er weet van heeft.'

'Omdat hij een dief is,' zegt de Bastaard.

'Ik heb een andere verklaring,' reageert broeder Momme. 'Minder eenvoudig en minder waarschijnlijk.'

'Vertel, broeder Momme,' zegt heer Reinold. 'Ik ben erg nieuwsgierig.'

'Luister dan, maar wees geduldig. Alles zal duidelijk worden, mits u maar geduldig bent.'

'Ja, ja, schiet nu maar op,' schampert de Bastaard.

'De Grote Dood woedt in de Duitse landen. Het is een vreselijke ziekte,' begint broeder Momme. 'Een vader spuugt bloed en een paar dagen later zijn de moeder, de kinderen, de honden, de katten, de kippen, de geiten en zelfs de ratten dood. Er is geen tijd voor het Laatste Sacrament en niemand om de doden naar hun graf te dragen. De angst voor de ziekte is enorm.'

'Dit weten we,' zegt heer Reinold, 'dus waarom vertelt u dit?'

'Uw geduld vroeg ik, niet meer dan dat,' antwoordt broeder Momme. 'Maar ik zal kort zijn. Zijne Heilige Eminentie de bisschop van Münster zoekt bescherming tegen de Grote Dood. Daarom eist hij het relikwie terug dat ooit uit Münster is gestolen.'

'De hoorn is een relikwie van het kwaad,' zegt de abt verontrust.

'Integendeel. U weet toch ook dat het relikwie genezende krachten bezit wanneer het in handen van de Kerk is? Krachten die het heilige dier toebehoorden dat deze hoorn droeg en waarmee Zijne Heilige Eminentie de Grote Dood wil verjagen.'

'Met alle respect voor Zijne Heilige Eminentie, maar zelfs de Franse geleerden weten niet waar de Grote Dood vandaan komt,' zegt de Bastaard, 'laat staan hoe die te verjagen is. Het enige wat je kunt doen is de builen wegsnijden.'

'Dankzij de Lieve Maagd en de heilige Christoffel en Sebastiaan zijn er zieken genezen,' protesteert de abt.

'Zieken die de Grote Dood zelf over zich hebben afgeroepen. Door hoenders te eten, of te veel vis,' reageert de Bastaard. 'Door hun eten in regenwater te koken, waar de dood in zit. Door te veel wijn te drinken...' Hij loert naar de heer van Coevorden.

'U heeft gelijk: niemand weet waar de Grote Dood vandaan komt. Maar Zijne Heilige Eminentie gelooft in de kracht van het relikwie,' zegt broeder Momme. 'Hij stuurde mijn bisschop een brief waarin hij sprak over de "hoeder van de hoorn", een naam die verwijst naar de monniken die het relikwie beschermden. We weten dat er een paar dagen terug iemand in het bos door wilde honden is verscheurd. Ik vermoed dat hij degene is die door Zijne Heilige Eminentie is gestuurd: de hoeder van de hoorn.'

'Onzin,' roept de Bastaard. 'Er is geen hoeder van de hoorn, die is er nooit geweest.'

'Wel volgens Zijne Heilige Eminentie,' zegt broeder Momme kalm. 'De hoeder van de hoorn zou het relikwie halen en naar

Münster terugbrengen. Heer abt, u kunt dit toch bevestigen?'

'Er is inderdaad een lichaam gevonden, of wat ervan over was,' knikt de abt. 'De kleren waren verscheurd, maar er was nog genoeg om hem aan te herkennen. Het was dezelfde man die een nacht in ons klooster doorbracht. Een Duitser. Hij zei dat hij voor het relikwie kwam. Broeder Hubertus heeft met hem gesproken. Hij verdween de volgende dag zoals hij was gekomen.'

'Broeder Momme, u vroeg ons geduld te hebben, maar wat wilt u precies tegen ons zeggen?' vraagt heer Reinold.

'Het is onverstandig en onwenselijk om Zijne Heilige Eminentie te berichten dat het relikwie nog altijd niet is gevonden en dat degene die hij stuurde is gedood,' antwoordt broeder Momme.

'Maar de hoeder ís dood, dat zei u net zelf,' zegt heer Reinold steeds ongeduldiger. 'Dus wat wilt u van ons? Dat we een dode tot leven wekken?'

'De hoeder is een nederig dienaar, iemand van eenvoudige komaf,' zegt broeder Momme. 'Iemand als deze cnape. Zou ik een goedgelovig man zijn, dan zou ik denken dat hij de nieuwe hoeder van de hoorn is.'

'Broeder Momme, bent u dol geworden?' vraagt heer Reinold.

'Verhalen reizen nogal ver, heel gemakkelijk van Utrecht naar Münster en zelfs tot Rome,' zegt broeder Momme. 'De hoeder van de hoorn is misschien dood, maar dat weten alleen wij. Laat deze cnape de nieuwe hoeder van de hoorn zijn.'

'Onzin,' bromt heer Reinold.

'Bijgeloof,' mompelt de abt onverstaanbaar voor de anderen. 'Broeder Hubertus was in de war...'

De Bastaard kijkt berekenend naar Raaf, die nog steeds stevig in de greep van Eenoog zit. 'Als u al een hoeder wilt om de bisschop blij te maken, dan wijzen we er zelf een aan. Een van mijn mannen, en zeker niet een dief die ík heb gevangen.'

'Zo werkt dat niet!' protesteert de abt. 'De hoeder moet natuurlijk een monnik zijn. Iemand uit het klooster.'

'Ik zie geen enkel nut in dit plan,' zegt heer Reinold. 'Bovendien moet iemand die "hoeder van de hoorn" is altijd van nobele geboorte zijn.'

'Het is vaak de nederigste die is uitverkoren,' zegt broeder Momme zacht. 'Zodra ik deze cnape in Coevorden zag, wist ik dat hij op een of andere manier met het relikwie was verbonden. Bovendien zou het moeilijk zijn uit ons midden een hoeder te kiezen. De keuze van Van Ruynen zou niet die van u zijn en omgekeerd.'

'En wat heb ik eraan om u te helpen?' vraagt de Bastaard. 'Ik beschuldig deze cnape van diefstal en ík heb hem gevangen. Wilt u dat ik hem zomaar opgeef? Wijs een of andere boer aan en maak die tot uw hoeder,' zegt hij spottend.

'Mijn bisschop is nog lang niet vergeten dat uw vader, de heer Van Ruynen, zijn invloed op het oude klooster wilde doen gelden,' antwoordt broeder Momme. 'Dat is, zo weten we allemaal, de ware reden dat de broeders en zusters het hebben verruild voor het klooster aan de Reest. Mijn bisschop kan u helpen uw geboorterecht te krijgen. Ook heb ik gehoord dat er wilde honden bij u in de buurt rondzwerven. We moeten natuurlijk voorkomen dat uw naam in verband wordt gebracht met de onfortuinlijke dood van een afgezant uit het bisdom Münster.'

'Ja, dat moeten we zeker,' geeft de Bastaard wrevelig toe.

'Ah, we zijn aan het onderhandelen!' roept heer Reinold. 'In dat geval: wat is míjn voordeel om u te helpen?'

'Heer Reinold, uw voordeel is al even groot,' antwoordt broeder Momme. 'U vertelde me zelf dat een schip uit Münsterland met een volle lading zandsteen en hout is teruggestuurd en dat de schipper is bedreigd. Dit gebeurde ook met een schip vol rogge, wol en canvas. En schippers weigerden om stokvis, traan en kaas naar Bentheim en Münsterland te vervoeren, allemaal uit angst voor de Grote Dood. De invloed van Zijne Heilige Eminentie is groot en het relikwie kan de angst verjagen. Dan moeten wij wel het spel van Zijne Heilige Eminentie meespelen en daarin komt de hoeder van de hoorn voor, die het relikwie terugbrengt. Uw medewerking is dus voor iedereen profijtelijk.'

'Goed, uw verhaal is duidelijk,' zegt heer Reinold na enige ogenblikken stilte. 'Kennelijk is u er veel aan gelegen dat we deze cnape laten gaan. Zo veel zelfs dat u mij daarmee een winstgevende handel voorspelt. U zult wel uw redenen hebben. Dus cnape, je hebt geluk,' zegt hij voor het eerst rechtstreeks tot Raaf. 'Je hebt mijn valk gevangen en dankzij broeder Momme krijg je daarvoor van mij een stel nieuwe kleren en een gevulde buidel. Ik neem tenminste aan dat zelfs de nederigsten daar geen bezwaar tegen hebben,' grapt hij. 'Van Ruynen, heer abt, zijn jullie het met me eens?' vraagt hij.

De abt kijkt bewegingloos voor zich uit, de Bastaard hult zich in nors stilzwijgen.

'Dat is dan geregeld,' besluit heer Reinold. 'Maar denk eraan: je dient ons, begrijp je dat?'

Raaf knikt, duizelig van ademnood.

Eindelijk verslapt de wurggreep van Eenoog. Maar als Raaf denkt hiermee van de soldenier te zijn verlost, dan vergist hij zich. Bovendien, een nog veel groter kwaad staat hem te wachten.

DE BELOFTE VAN ZIJNE HEILIGE EMINENTIE

'HOEDER VAN DE HOORN!'

Breed lachend stapt broeder Momme de tent in. Achter hem komt Tobias binnen, zijn wangen bol van boosheid. 'Een gedrocht,' mompelt hij kwaad. 'Ik, de dwerg van Montalban een gedrocht! Ik kan altijd nog een kopje kleiner, zegt hij. Blij dat je een oogje toeknijpt, zei ik. Ha, ha, wie is er nou leuker? Die lelijke cycloop heeft geluk. Nog één woord en ik had mijn kanonskogel van Jeruzalem gedaan. En dan mijn gal in zijn oog gespuugd, zodat hij nu blind was.'

'Je vriend is heetgebakerd,' lacht broeder Momme. 'Maar zoals hij zich tegenover Eenoog gedroeg: dapper, erg dapper,' voegt hij er waarderend aan toe. 'Ik kon ze nog net losrukken en zo ontdekte ik dat hij je vriend is.'

'Alle dwergen van Montalban zijn dapper,' beaamt Tobias ernstig. 'Het was mijn plicht om Raaf te redden, toen die in handen van die Eenoog was. Ik wist natuurlijk niet dat hij al gered was.'

'En daarom sloop hij rond de tent waar Eenoog hem betrapte. O, wat was hij woest. Je vriend Tobias is een beroemde dwerg. Ik hoorde al over hem praten. Kinderen en soldaten verschillen weinig als het aankomt op verhalen,' zegt broeder Momme.

'Ik, beroemd?' vraagt Tobias gevleid. 'Och ja, een beetje misschien. Maar niet zoals mijn grote vriend Raaf hier, de hoeder van de hoorn. Ik heb alles gehoord! En wat is dat: wilden ze soep van je maken?' Verlekkerd kijkt Tobias naar de tobbe warm water, waar de damp nog af slaat. Het water is vettig van de olie, rozenblaadjes kleven aan het zachte linnen waarmee het hout is bekleed. Naast de tobbe ligt een stuk zeep van loog en reuzel. 'En dan je kleren. Je bent nu een echte... hoeder?'

Raaf kijkt nog steeds enigszins verwonderd omlaag naar zijn bruine laarzen, zijn lichte broek en zwartkatoenen tuniek. Om zijn middel draagt hij een leren riem met zijn buidel, die gevuld is met rammelende muntstukken. Job zou hem zo eens moeten zien... *Je hebt geen harnas nodig om een echte ridder te zijn,* zei Tobias, maar een hoeder van de hoorn heeft kennelijk wel nieuwe kleren nodig. Zijn mes heeft hij gelukkig weer terug. Hij is eraan gehecht, maar niet zoals aan dat andere mes. Het mes dat Eenoog voor zijn gezicht heen en weer zwaaide. In het lemmet was een letter gegraveerd. Een van de weinige letters die hij kent, omdat niet alleen zijn naam maar ook die van zijn vader ermee begint. Maar nee, dat kan niet, hij moet zich vergissen. Hij was immers duizelig van ademnood.

'Allemaal een geschenk van heer Reinold, de burggraaf,' legt broeder Momme uit. 'Hij is dankbaar voor het terugbrengen van zijn lievelingsvalk.'

Tobias kijkt omlaag naar zijn eigen wollen kleed en grimast.

'Broeder Momme,' zegt Raaf, 'waarom zei u tegen de anderen dat ik de hoeder van de hoorn ben? U weet dat het niet zo is. En ik ben natuurlijk ook geen dief,' voegt hij er snel aan toe.

'Natuurlijk niet,' zegt broeder Momme. 'Welk recht heeft hij om iemand van stropen te beschuldigen, als zijn eigen rechten nog niet zijn erkend en er geen moeras of bos is waarvan hij zich heer mag noemen? Kort voordat we de tent binnengingen voor onze besprekingen, nam de abt me apart. Hij vertelde me dat broeder Hubertus jou in zijn ijldromen de hoeder van de hoorn had genoemd. Hij zei me ook dat er een geheimzinnige bezoeker in het klooster was: de monnik die in het bos is gevonden. Hij zou aan broeder Hubertus de komst van de Vier Ruiters hebben voorspeld. Dat schoot me te binnen toen Van Ruynen je beschuldigde. Zonder twijfel een valse beschuldiging. Ik heb beloofd je te helpen en nu sta je niet alleen onder míjn bescherming, maar ook onder die van heer Reinold, de abt en zelfs die van Van Ruynen.'

'Bedoelt u dat het verhaal over de hoeder van de hoorn verzonnen is?' vraagt Tobias teleurgesteld.

'Zeker niet,' antwoordt broeder Momme. 'De hoeder van de hoorn is zo echt als het relikwie zelf. Zo echt als de Orde van de Hoorn.'

'De Orde van de Hoorn? Een ridderorde?' vraagt Tobias, ineens weer stralend.

'Zijne Heilige Eminentie de bisschop van Münster heeft de Orde een paar jaar geleden opgericht, net toen de Grote Dood met zijn zeis levens begon weg te maaien,' zegt broeder Momme. 'Het relikwie zou de macht hebben om alle ziektes te genezen, ook de Grote Dood met zijn vlekken van verdoemenis. Die macht was de hoop van de bisschop. Die hoop kon hij ook anderen geven, net zoals de geselbroeders dat doen met hun leugens over verlossing. Hoop is macht in deze dagen. Dus kleedde hij zijn ridders met een witte tuniek en een zwarte broek, hing hij een karmozijnrode mantel om hun schouders waarop een witte hoorn was geborduurd. Ze hadden wimpels van goud en aquamarijn, met ook daarop de hoorn. Hun pages droegen mantels van rood en groen fluweel en gewaden van goudlaken. Allemaal moesten ze zweren in naam van Zijne Heilige Eminentie de hoorn te beschermen.'

'Neemt de Orde dwergen aan? Ik heb nog ergens een harnas, weet u.'

'Geen dwergen en ook geen ridders meer,' antwoordt broeder Momme ernstig. 'De bisschop richtte de Orde op zodat zijn ridders hem in triomf het relikwie zouden brengen. Hij wilde een grootse intocht houden, waarbij alle huizen bekleed zouden zijn met zijde en hermelijn. De straten zouden zijn bedekt met een tapijt van rozenblaadjes, zo hoog dat je er tot de knieën doorheen zou waden. Maar zoals dat gaat bij ridderordes moest er eerst een steekspel worden gehouden en feest worden gevierd. Ze zaten net aan tafel toen de eerste ridder voorover viel. Alsof ze vergif hadden gedronken vielen de anderen van hun stoel. De ridders die niet door de Grote Dood werden gegrepen, renden naar de deuren. Maar buiten wisten ze al wat er binnen aan de hand was. De grendels gingen erop, de vensters werden gedicht en de stervenden werden met de doden opgesloten. Ze hadden eten en drinken voor meer dan een maand, maar al na een dag was alles over.'

'Ze zijn dood?' vraagt Tobias teleurgesteld.

'*Sic*,[9] allemaal. Zover ik weet heeft Zijne Heilige Eminentie geen ridders meer. Hij heeft alleen nog zijn belofte dat het relikwie naar Münster zal worden gebracht en de Grote Dood zal verdrijven.'

'En de monnik in het bos?' vraagt Raaf. 'Was hij dan de echte hoeder van de hoorn?' In zijn hoofd klinken weer het gejank en het geblaf van de honden en de ijselijke kreten van de monnik.

'Van Ruynen zei me dat hij op een stroper jaagde, maar heeft intussen de dood van de hoeder van de hoorn op zijn geweten. Dat denkt hij tenminste,' antwoordt broeder Momme.

'Broeder Momme, mijn hoofd begint te tollen,' zegt Tobias. 'Is Raaf nu de hoeder van de hoorn of niet?'

Broeder Momme glimlacht zonder een antwoord te geven.

'En wat wilt u van me?' vraagt Raaf wantrouwig. 'U helpt me toch niet voor niets?' Want, weet hij, dat is het verschil tussen mensen en dieren: de bedoeling waarmee ze iets doen.

'Ik wil niet zoveel,' antwoordt broeder Momme. Hij legt zijn beide handen op Raafs schouders. 'Op mijn zoektocht naar het re-

---

9. Ja.

likwie sprak ik in Coevorden met de poorters. Ze vertelden me over de vreemde jongen die iets kwam verkopen. Daarna ging ik naar Karl, in de hoop dat hij verhalen over het relikwie had gehoord. Hij ontvangt vreemdelingen van buiten de stad en als iemand iets van het relikwie weet, dan hoort Karl het. Toen kwam jij binnen. Je zei dat je je broer zocht. Ik vertelde dat ik op zoek was naar het relikwie en je schrok. Dat was reden genoeg om je bij me in de buurt te houden. Hoe klein de kans ook, misschien wist je iets, iets wat je had gehoord of gezien. En als dat zo was, dan zou ik het te weten komen.'

Raaf kijkt hem ongemakkelijk aan. Zijn eerdere gedachte klopt: broeder Momme is gevaarlijk slim.

'Ik was erg verbaasd toen ik je in het oude klooster zag. En nog verbaasder toen je in de tent verscheen. Wat ik zei, dat meen ik. Het is alsof een onzichtbare hand je langs het pad van het relikwie leidt. Of je bent zelf op zoek naar het relikwie, wat betekent dat je het niet hebt, maar er wel iets van weet. Is dat zo?'

Raaf ziet Tobias verstijven. Hij denkt aan Job en aan het goud. Wat moet hij antwoorden?

'Mijn eigen zoektocht naar het relikwie heeft tot nog toe weinig opgeleverd,' vertelt broeder Momme tot zijn opluchting verder. 'Ik heb er nu bovendien een nieuwe opdracht bij: de moordenaars vinden van broeder Lucius. Zei je me in het oude klooster niet dat je tekens had gezien? Toen, in de kapel? Kun je ze voor me natekenen?'

Raaf knikt. Hij knielt. Met een vinger trekt hij de lijnen na die hij in Biscoppesberge zag. Als donkere vegen verschijnen ze in het fijne zand op de vloer.

'Hmm, ik hoopte een naam te lezen,' merkt broeder Momme op. 'Dit woord zegt me niets. Maar ik ben ervan overtuigd dat ik de hoorn en de moordenaars gemakkelijker vind wanneer jij de hoeder van de hoorn bent.'

‘Waarom? Hoe kan dat helpen?’ vraagt Raaf. Hij is licht teleurgesteld dat broeder Momme de tekens ook niet begrijpt. Of hij verbergt wat hij weet. In dat geval is het maar goed dat hij zelf ook niets heeft gezegd.

‘Waarom? Omdat ik in je geloof,’ antwoordt broeder Momme. ‘Kijk maar niet zo verbaasd. En waarom zouden anderen niet ook in je geloven? Verhalen reizen ver en kunnen wonderen doen. Laat iedereen maar weten dat de hoeder van de hoorn er is, ook de onbekende moordenaars in de kapel. De moordenaars zoeken het relikwie. Ze moeten wel tevoorschijn kruipen uit welk hol het dan ook is waar ze zich verstoppen. Raaf, ik wil dat je de reis naar Münster maakt.’

DE BASTAARD VAN RUYNEN

VIJF ZOMERS GELEDEN HIELP RAAF zijn vader bij het vangen van een sperwer. Ze stopten een jonge ekster in een zelfgevlochten vangkooi en zetten hem bij de Tafel van de Reuzen. Raaf herinnert zich die middag nog goed, want het beest pikte zijn hand bijna kapot. De volgende dag troffen ze de sperwer gevangen in de kooi. De ekster was ongedeerd en vloog verontwaardigd krijsend weg zodra ze hem vrijlieten.

Nu gebruikt broeder Momme hém als lokvogel. De moordenaars in de kapel, wie het ook zijn, zullen geloven dat híj het relikwie heeft. Waarom zou hij anders naar de stad gaan die Münster heet? Ondertussen is het relikwie nog steeds niet terecht en heeft hij zelf in zijn verlangen het te vinden Job nog altijd niet opgespoord. Misschien zoekt iedereen wel tevergeefs en is het relikwie gewoon bij zijn broer in de stropershut. Waarom ligt hij hier dan onrustig te wachten tot de ochtend komt? Omdat hij, net als de anderen, in de ban is van de hoorn? Hij kan in ieder geval niet ontsnappen aan de plannen die de anderen ermee hebben. *Vaak zijn het de nederigsten die zijn uitverkoren*, zegt broeder Momme. Ja, omdat die geen keuze hebben, denkt Raaf. Morgen vertrekt hij naar Münster. Een bedevaart noemt Tobias het, maar het is eerder een ballingschap. Broeder Momme heeft beloofd hem te zullen volgen, maar dat is nauwelijks een geruststelling. Dat doet de monnik omdat hij verwacht dat de gezichtloze en gewetenloze moordenaars uit de kapel hem achterna zullen komen.

Hij hoort voetstappen, maar de gedachten zoemen zo luid in zijn hoofd, dat hij er nauwelijks aandacht aan besteedt. Iemand die stil denkt te lopen, maar te luidruchtig is voor de nacht, denkt hij verstoord. Tobias die gaat plassen?

'Mijn meester wil je spreken, monnikenknecht.' Iets kouds en scherps drukt tegen zijn keel. Eenoogs kiezen knarsen als een molensteen. Bij elk woord spat hij speeksel in Raafs nek. Het mes op zijn keel weerhoudt Raaf ervan te schreeuwen.

Sackerm– Hij heeft zich alweer laten verrassen.

De Bastaard van Ruynen wacht hem op in de tent. Zijn gele tuniek is slordig losgeknoopt. Zweet glinstert op zijn smalle voorhoofd en zijn ogen schitteren van de koorts.

'Ja, ik ben ziek van verdriet,' zegt hij alsof hij Raafs gedachten leest. 'Want bijna had ik de hoorn en nu is hij weg. Als ik mijn ogen dichtdoe, dan zie ik hem voor me: zijn glans en zijn kracht. Zo echt en zo dichtbij, dat ik hem bijna vast kan pakken.'

Raaf kijkt spiedend rond. Donkere kleden liggen op de grond, met daarop een tafel met drie walmende kaarsen. Bij een zijdoek staat het houten geraamte van een bed. Aan het voeteneinde hangen botjes en vogelschedeltjes. Ze tinkelen zachtjes.

Eenoog staat achter hem met getrokken zwaard. Als de Bastaard en de soldenier kwaad willen, dan is er weinig kans dat hij levend de tent uit komt. Maar waarom dan de moeite nemen hem hier te brengen?

'Het relikwie beschermt tegen alle ziektes, ook tegen de Grote Dood die uit de Tartarus komt, de hel zelf,' gaat de Bastaard verder. Hij giechelt als een vrouw. 'Het relikwie is de hoorn van de eerste eenhoorn, die leeft op het eiland van onvergelijkbare weelderigheid. Het is het paradijs tussen de Tigris en de Eufraat, ver voorbij het rijk van Pape Jan, koning van een land van overvloed. Het land waar de bron van de eeuwige jeugd is. Waar Pape Jan heerst zijn geen stenen, alleen rotsen van zilver en goud. Begrijp je nog wat ik zeg, stropersjong? Als Pape Jan koning is van een land van overvloed, dan komt de hoorn daar ook vandaan. Want dat is het, een hoorn van overvloed. Van goed en van kwaad, van leven en van dood. Broeder Momme is blind, want hij ziet de magie niet. Hij wil alleen maar zijn bisschop dienen en het relikwie vinden. Gelooft hij nu echt dat jíj hem daarbij kunt helpen? Dat hij van een stropersjong zomaar de hoeder van de hoorn kan maken? Waarom is iedereen toch zo blind? Ik ben ook blind, want ik zie niet waar het relikwie nu is. Die onbetrouwbare dief!' De Bastaard spuugt de woorden uit als vuur. 'Ik had het relikwie, ik hád het!' knarst hij. 'Het werd uit het klooster gestolen en mijn honden vingen de dief. Maar een jongen ging ermee vandoor. En hij gaf het aan de Vader en zijn geselbroeders. Hoe ik dat weet? De Vader liet de jongen achter om mij te bespotten. Hij sloot hem op in het oude klooster, waar mijn mannen hem vonden. Ik vertrouwde de Vader. Ik vertelde hem van het relikwie en zijn kracht. Van het Klooster van Kennis, waar alle geheimen worden bewaard, ook die van de hoorn. Ik betaalde hem om mij te helpen en hij bedroog me. Want hij heeft het relikwie en gaat ermee naar een magische plek in het oosten. Die verrader! Bij volle maan gebruikt hij de kracht van de hoorn voor zijn eigen kwaad. Macht over leven en dood, dat is wat hij zoekt. Maar ík wil het relikwie en jij gaat me helpen. Kom hier!'

Raaf voelt het zwaard van Eenoog in zijn rug. Hij stapt naar voren. Het zweet van de Bastaard ruikt zuur en ziek.

De Bastaard pakt zijn hand en drukt hem tegen zijn borst. 'Voel je dat?' zegt hij. 'Ik draag een hemd van paardenhaar, mijn kleed van boete. Ik draag een mantel van zorgen, gevoerd met verdriet. Lijden zit me als gegoten. Ik ken je, hoeder van de hoorn. De pastoor van het dorp vertelt me dingen. Geld is een machtig middel. Je vader was een stroper en je moeder liep naar de hel. Ik kan je zelfs de plek wijzen waar ze zich heeft verdronken. Maar jij? Wie of wat ben jij? Ik hoopte dat de hoeder van de hoorn een heilige kracht zou hebben, maar zelfs je hand op mijn borst laat mijn hart koud.'

Raaf wil zijn hand losrukken uit de klamme greep. Zijn palm is vochtig.

De Bastaard lacht en laat hem los.

'Als je echt de hoeder van de hoorn bent, dan breng je me het relikwie,' zegt hij. 'Zo niet...' Hij draait zich om en pakt iets van de tafel. 'Hou je hand op.'

Raaf steekt zijn hand uit. Het zweet in zijn palm is opgedroogd en jeukt.

Geruisloos komt de Bastaard een stap dichterbij. 'Alsjeblieft,' fluistert hij. 'De rest krijg je als je me het relikwie geeft.'

Met trillende hand legt de Bastaard iets kleins in de palm van zijn hand, kleiner dan de kleinste veldmuis. Het weegt bijna niets.

Vol afgrijzen kijkt Raaf naar het ding. Dat bleke en kille ding, licht gebogen alsof het slaapt. Aan het eind is het roze vlees gerafeld. De nagel is blauw en afgekloven.

'Die jongen die het relikwie aan de Vader gaf, was je broer. Hij heeft me veel verteld en een tong liegt niet bij brandend ijzer. Als jij de hoeder van de hoorn bent, dan breng je me het relikwie nog vóór de volle maan. Dat en de macht die de Vader zoekt. Doe je het niet, dan breng ik je de rest van je broer. Elke dag een klein stukje. Deze pink is het begin.'

DEEL II

—

DE GROTE DOOD

HET BOZE OOG

'DE HEILIGE CHRISTOFORUS DRAAGT ONS op zijn arm als het Kindeke Jezus en brengt ons weer veilig thuis.' Tobias staat naast de ezel als een ridder naast zijn strijdros. Het dier is bepakt met dekens, tentdoek, een tas met brood en vlees en een varkensblaas vol bier. Tobias' bolle wangen gloeien. Met stralende ogen wijst hij naar de verte, waar een regenboog als een poort aan de hemel staat. 'En daar moeten we heen. Haast je, Raaf, je mondhoeken kunnen hier niet blijven hangen. We hebben een opdracht te vervullen!'

Raaf knikt, maar met tegenzin. Nog steeds voelt hij het koude gewicht van de pink in de palm van zijn hand. Dat zoiets kleins zo zwaar op hem kan drukken. Hij moet de Vader en het relikwie vinden of Job is dood. Rijc God, het is een taak waarbij het stelen van het goud zoiets was als het plukken van een appel. De Vader moet het relikwie toen al hebben gehad. Zat Job op dat moment nog gevangen in het oude klooster of was hij al in handen van de Bastaard? Raaf durft Tobias en broeder Momme niet in vertrouwen te nemen. Want broeder Momme heeft zijn eigen plannen en gebruikt hen alleen maar als lokvogels. Hoeveel waarde zou hij hechten aan het leven van Job? En Tobias praat veel. Eén woord aan anderen en Job is dood, beloofde de Bastaard. Raaf twijfelt er niet aan.

De dagen zijn helder, de nachten zijn droog. Slechts één weg leidt oostwaarts en stenen markeren de route. De Vader en zijn geselbroeders volgen dezelfde richting om naar de 'magische plek in het oosten' te gaan, vermoedt Raaf. Ze zullen minder snel reizen en nauwelijks onopgemerkt blijven. Ergens op de weg naar Münster zal hij ze inhalen. Intussen moet hij de weg achter zich in de gaten houden. Zodra de moordenaars uit de kapel horen dat de hoeder van de hoorn op weg is naar Münster zullen ze achter hen aan komen. Dat is tenminste de gedachte van broeder Momme.

Verder dan Coevorden is Raaf nooit geweest. Waarom reizen als elke dag anders is, waar je ook bent, leerde zijn vader hem. Maar de grond begint te glooien en de kleur van de aarde verandert. De bomen worden dikker, maar het vee in de velden magerder. Alleen de dagen blijven dezelfde. Zelden komen ze mensen tegen. Het herinnert Raaf aan wat broeder Momme zei in de tent: de Grote Dood woedt in de Duitse landen...

Op de derde dag begint het te regenen. Waterstroompjes gutsen langs het pad omlaag. De weg verandert in een rivier en Raaf en Tobias besluiten een hogergelegen karrenspoor te volgen.

'Als we niet snel een plek vinden om te schuilen, roesten mijn botten zo hard als mijn harnas,' klaagt Tobias. Hij trekt zijn doorweekte kap verder over zijn hoofd. 'Waarom loop je niet wat sneller,' moppert hij tegen de ezel. Die draait zijn kop en lacht hem uit met een zacht gebalk.

'Daar,' wijst Raaf, 'mensen.'

Vrijwel op hetzelfde moment rent een vreemde figuur schreeuwend en zwaaiend op ze af. 'Het was de duivel! De duivel was het!' schreeuwt hij. Zijn benen bewegen zo wild als zijn armen. Vlak voor hun voeten stort hij in de modder, klauwend naar Tobias' benen. 'Het was de duivel, het Boze Oog! Híj heeft het gedaan, niet ik!' Zelfs in de kleurloze schemer van de regen ligt er een glans van angst over zijn gezicht. Een gezicht als een hol masker, begroeid met mossig haar.

'Tobias, kijk!' waarschuwt Raaf.

Vooruitgesneld door boze kreten komen de mensen aangerend. 'Sla hem dood, sla hem dood,' schreeuwen ze.

Zodra ze bij Raaf en Tobias zijn, sleuren ze de man aan zijn haren overeind.

'Nee, neem hem mee. Hij moet verschijnen voor God,' beveelt een stem.

'Voor de duivel zal hij verschijnen!' roepen de mensen.

Kluiten modder vliegen door de lucht. Een ervan treft Raaf op zijn borst. Tobias blaast zijn wangen bol en steekt zijn armen omhoog. 'In naam van God, wij zijn pelgrims!'

Wanneer ze de dwerg zien, komen de mannen van verbazing bij zinnen. 'Wie zijn jullie?' vraagt de grootste van hen bars.

'Pelgrims die onderdak zoeken voor de nacht,' antwoordt Tobias. 'Deze kerel kwam op ons af gerend. Wat heeft hij misdaan?'

'Niet jullie zaak, pelgrim,' antwoordt de man. Hij draait zich om naar de vluchteling, die als een lappenpop tussen twee anderen in hangt. 'Vervloekt is hij om wat hij heeft gedaan.' De vluchteling kreunt en schudt zijn hangende hoofd.

'Jullie zijn pelgrims, maar ik zie geen staf of pelgrimsteken,' zegt de man wantrouwig. 'Neem het pad voorbij de beek, daar is een schaapskooi waar jullie kunnen schuilen.' Hij gebaart naar de mannen die de vluchteling vasthouden. 'Voer hem naar het dorp, daar spreken we recht. En pelgrims,' hij draait zich naar Tobias en Raaf, 'waag het niet om voor zijn ziel te bidden.'

Zwijgend lopen Raaf en Tobias de weg af door het dorp. De beek kruist kolkend hun pad. Een tweede voetpad ontspringt. Het is zo smal dat ze achter elkaar moeten lopen. Tobias voorop, dan Raaf en de ezel. Het pad loopt omhoog, verdwijnt over een glooiing en eindigt bij een muurtje van gestapelde stenen. Verderop is het muurtje tot de grasbodem afgebrokkeld. Daarachter, door de sluier van regen, ontwaart Raaf de schaapskooi.

'Bind de ezel vast. Ik kijk of we vuur kunnen maken,' roept Tobias boven het geraas van de regen uit. Met de kap diep over zijn ogen getrokken holt hij naar de kooi.

De schaapskooi is gebouwd met dezelfde stenen als het muurtje. De kooi heeft een afdak van stammetjes die zijn bedekt met plaggen. Het loopt schuin af naar de open voorkant. Daar verzamelt het water zich in diepe plassen, om vervolgens de heuvel af te stromen.

Raaf zoekt een plek om de ezel vast te binden. De regen valt zo hard, dat alles om hem heen lijkt te zwemmen.

Wanneer hij de schaapskooi in stapt, rookt er al een vuurtje. Rond de vlammen ligt een kring van platte stenen, met daarop het brood en de ham. Het platgetrapte stro in de schaapskooi is oud en vochtig. Her en der liggen grijsbruine vlokken wol en keutels die op stenen lijken. In de hoeken vormen zich plassen met drijvend stro.

Tobias trekt zijn natte kleren uit en hangt ze aan de balken van het afdak. Rond zijn lijf slobbert een wollen hemd. 'Trek die kleren uit of je vat kou,' zegt hij vaderlijk tegen Raaf. Hij blaast tegen de gloeiende strootjes en het vuur laait op. 'De ezel?' vraagt hij.

'Die staat vast,' antwoordt Raaf. 'Wat zou die kerel van daarnet hebben gedaan?'

Tobias haalt zijn schouders op. 'Zoals de man al zei: dat gaat ons niets aan. Morgen zijn we hier weer weg.'

Buiten de lichtcirkel van het vuur verdikt de duisternis zich tot een stroperig zwart. Het razen van de regen verandert in een geruststellend geruis. Een luid gekraak schrikt ze op. De ezel steekt zijn kop door het gordijn van regen, trekt zijn bovenlip op en stapt de schaapskooi in.

'Je had hem toch vastgebonden?' vraagt Tobias. Rode vlammetjes blikkeren op het mes waarmee hij de ham snijdt.

'Dat had ik ook,' antwoordt Raaf. 'En een dier krijgt mijn knopen heus niet los. Kijk...' Hij wijst op het touw dat als een strop rond de nek van het dier bungelt. 'Het einde is gerafeld: hij heeft het stukgebeten.'

De ezel zakt door zijn poten en gaat op zijn zij liggen.

'Dat beest beseft niet dat het een ezel is,' zucht Tobias. Hij rolt zich met zijn buik naar het vuur en slaat zijn te lange hemd als een deken om zich heen.

Raaf gaat aan de andere kant van het vuur liggen, met zijn rug naar de ezel. De geur en het geluid van de regen doen hem ineens denken aan thuis, de hut in het bos.

Het is vreemd dat hij en Job zo uit elkaar zijn gegroeid, ze zijn immers broers. Job lijkt op hun moeder, terwijl hij, Raaf, meer van zijn vader heeft. Maar hun vader en moeder hielden toch van elkaar? Waarom zij dan niet, als broers? Misschien, denkt Raaf, is verdriet wel net zo'n erge ziekte als angst. Hij zou er al het goud en elk relikwie voor overhebben, beseft hij plotseling, als hij weer thuis kon zijn, zoals vroeger. Maar vroeger is voorbij en als hij er ook maar iets van wil bewaren, dan moet hij Job redden. Hij moet de Vader inhalen, het relikwie vinden en naar de Bastaard brengen. Volgens de abt doet het relikwie kwaad in handen van de verkeerde. Heilig en heidens is het, gevaarlijk. Wat gebeurt er als iemand zoals de Vader of de Bastaard het gebruikt? Brengt het relikwie dan ziektes waarbij het *Sint-Antoniusvuur* of de Grote Dood niet meer zijn dan een niesbui? Broeder Momme zei dat het relikwie genezende krachten bezit wanneer het in handen is van de Kerk. In handen van het kwaad zijn de krachten misschien precies tegenovergesteld.

'Tobias?' vraagt Raaf.

'Hmm?'

'Waarom gaan we eigenlijk naar een stad die Monster heet?'

'Münster,' verbetert Tobias hem, 'de stad heet Münster.'

Even is alleen het druppelen van de regen en het sissen van het vuur te horen. De ezel veegt met een schurend geluid zijn neus door het stro.

'We gaan omdat broeder Momme het wil,' antwoordt Tobias. 'Omdat het hem helpt om het relikwie te vinden. Wanneer we er zijn, is Zijne Heilige Eminentie misschien ook dankbaar voor het beetje goud dat we hebben. En och, al wijst Onze-Lieve-Heer de weg, we kiezen hem uiteindelijk toch zelf. Als dat niet zo zou zijn, denk je dan dat een dwerg een ridder of een pelgrim kan zijn? En misschien gaan we wel omdat het relikwie ons die weg wijst. Jij bent immers de hoeder van de hoorn.'

Raaf zwijgt. Gelooft Tobias dat écht? Moet hij hem zeggen dat hij zich helemaal niet de hoeder van de hoorn voelt en zeker niet van plan is om te doen wat broeder Momme wil? Dat hij eigenlijk geen belangstelling meer heeft voor het goud en alleen maar Job wil redden? Raaf knijpt zijn ogen dicht. Het is nog maar net volle maan geweest. De nacht zal steeds grotere happen uit het licht nemen, tot het enkel nog een gat in de hemel is. Dan groeit de maan weer aan, steeds een klein beetje, stukje na stukje. Van een scherpe sikkel verandert ze in een volle, gele bol. Voordat het zover is en de maan weer rond aan de nachthemel staat, moet hij het relikwie aan de Bastaard hebben gegeven. Zo niet, dan gebruikt de Vader de kracht van het relikwie voor zijn eigen kwaad.

En sterft Job.

NAGELS VAN DE DUIVEL

'PELGRIMS, ZIJN JULLIE WAKKER?'

Een vrouw staat voor de schaapskooi. In haar hand houdt ze een dichtgeknoopte doek. Zodra Tobias zich naar haar toe draait, valt haar mond van verbazing een stukje open. De dwerg begroet haar met het knipperen van zijn ogen.

'Goedemorgen, vrouwe.' Hij gaapt, zet zijn armen achter zijn rug en gaat zitten. 'Heb ik me verslapen?' vraagt hij.

'Jullie zijn de pelgrims? Jullie reizen naar Palestina en het heilige graf?' vraagt de vrouw vanuit het ochtendlicht. Haar tong vormt vreemde klanken, maar haar woorden zijn voor Raaf en Tobias goed te begrijpen.

'Ja, zoiets, vrouwe. Wij zijn de pelgrims,' antwoordt Tobias. Hij krabbelt overeind, trekt de klamme deken van de balk en slaat hem om zich heen. Hij lijkt op een kind in een te lange mantel.

'Er komen hier niet veel reizigers,' zegt de vrouw aarzelend. 'En bijna nooit pelgrims. De weg ligt meer naar het zuiden. Van de winter was er wel een reiziger. Hij ging naar het westen. Wat is er in het westen?' vraagt ze. 'Zijn daar meer mensen zoals... jij?'

'Heel veel, vrouwe,' antwoordt Tobias. 'In het westen leven bijna geen lange mensen.'

'Jullie pelgrims moeten niet denken dat we niet gastvrij zijn, omdat jullie in een schaapskooi hebben geslapen,' zegt de vrouw verontschuldigend.

'Zeker niet, vrouwe,' zegt Tobias opgewekt. 'We mochten hier overnachten, dat is voor ons gastvrij genoeg. Toch, Raaf?'

Raaf knikt. Net als Tobias wrijft hij de slaap uit zijn ogen. De ezel achter hem tilt zijn kop op.

'Ik heb eten en drinken meegebracht. De pap is nog warm,' zegt de vrouw. Ze knoopt de doek los. Door de sluier van licht reikt ze hun een kom aan en een kruik. Ze glimlacht schuchter.

'Wat kan een pelgrim meer wensen?' zegt Tobias. 'Zeker na alles wat er gisteren is gebeurd.' Dankbaar neemt hij de maaltijd aan.

De glimlach van de vrouw verdwijnt van haar gezicht. Rond haar ogen verschijnen lijntjes van verdriet. 'Jullie zijn pelgrims. Ik wilde jullie vragen... Willen jullie voor haar bidden?'

'Zeker vrouwe, dat zullen we zeker doen,' antwoordt Tobias. 'Vertel eens, wat is haar naam?' Zijn stem klinkt onverwacht zacht.

'Isabel heette ze en ze zong zo mooi als de vogeltjes.' De vrouw begint zachtjes te huilen.

'Wat is er gebeurd?' vraagt Tobias voorzichtig.

Door haar tranen kijkt ze hem aan. 'Isabel kwam niet thuis. Toen zijn we haar gaan zoeken. We dachten dat ze in het water was gevallen en liepen de rivier af. We vonden haar in het oude dorp. Ze lag in de kerk bij de put. De moordenaar heeft haar...' Ze slaat een hand voor haar mond.

'...vermoord?' raadt Raaf.

'Erger nog. Hij heeft dat arme zieltje gevild als een konijn,' snikt ze.

Zodra ze hebben gegeten en gedronken, trekken Raaf en Tobias hun nog half natte kleren aan. De ezel heeft zijn bek vol stro en kijkt kauwend toe. Tobias bromt iets onverstaanbaars. Zuchtend loopt hij naar het dier. Voordat hij het een klap op de kont kan geven, sjokt het de schaapskooi uit. Het stapt door de plassen en begint met zijn tanden het gras los te trekken.

Ze volgen het muurtje dat vanaf de schaapskooi dwars over de heuvel loopt. Waar de heuvel afdaalt naar de rivier buigen ze af. Tot de volgende bocht gaan ze heuvelopwaarts langs het water, waarna ze de stroom achter zich laten. De vrouw heeft ze de richting gewezen. Voorbij het oude dorp zullen ze de hoofdweg vinden, die in oostelijke richting naar Münster leidt.

Het meisje is gevild als een konijn, piekert Raaf. Wat zei Job ook alweer, die laatste avond bij de hut? *...de duivel... Hij heeft een meisje gevild met zijn lange, kromme nagels en toen haar huid opgegeten.* Hij stelt het zich voor, een meisje zonder huid. Het kan geen toeval zijn dat het hier nu ook is gebeurd. Maar als het geen toeval is, wie kan het dan hebben gedaan en waarom? Is dit veroorzaakt door hetzelfde kwaad dat thuis door de bossen sloop en in de kapel was? Hebben zij het achter zich aan gelokt? Of is de duivel overal tegelijk?

Het oude dorp is een spookdorp, tot de grond vergaan. Wat rest van de huisjes zijn aarden richels, soms manshoge muurtjes, waar Raaf en Tobias omheen lopen, omdat je nooit weet of er nog geesten wonen. In een van de vormen herkent Raaf een kerkje, kleiner nog dan dat van Sandkop. Het lijkt op een boot die met stenen en aarde op de grond is getekend. In het midden van de boot zijn twee verse stammetjes met repen boombast tot een kruis aan elkaar geknoopt.

'Hier hebben ze het meisje gevonden,' roept Tobias. 'Isabel...' Door het uitspreken van haar naam geeft hij haar een gezicht. De ezel graast tussen de ruïnes. Het dier trekt zich weinig aan van geesten.

Raaf loopt naar de resten van het kerkje. Vlak voor Tobias' voeten is de grond bruin gekleurd, ziet hij. De kleur van bloed en aarde. Hij hurkt.

'Arm kind. Zou ze nog hebben geleefd toen het gebeurde? Ik bedoel, die duivel heeft haar met zijn nagels gevild... Een monster is het. Hoe kan iemand zoiets doen?' vraagt Tobias. 'Raaf?'

Langzaam en zonder te antwoorden staat Raaf op. Hij loopt weg, zijn ogen zijn op de grond gericht. Hij volgt een spoor naar de put, die te midden van de lemen overblijfselen van de lang verdwenen huisjes staat. Het is weinig meer dan een brede, holle boomstam in de grond met tot kniehoogte een kring gestapelde stenen. Raaf draait zich om en kijkt langs Tobias en het kruisbeeld. 'Daar zijn ze naartoe gegaan,' zegt hij, wijzend in de verte.

'Wie is waar naartoe gegaan?' vraagt Tobias.

'De mensen die dit hebben gedaan, ze zijn daarnaartoe gegaan. Het waren er drie, niet één.'

'Drie? Hoe weet je dat?'

'Ze droegen trippen. De man gisteren was op blote voeten. Ze hebben haar naar de kerk gesleept, maar toen was ze al dood. Kijk maar, in de put.'

Nieuwsgierig komt Tobias naar Raaf toe. Hij buigt zijn korte lijf over de brokkelige rand van de put. 'Ik zie niks,' zegt hij. Zijn stem klinkt hol. 'Wacht... Daar is iemand. Hé daar!' roept Tobias omlaag.

'Er is niemand,' zegt Raaf.

'Hoezo? Ik zie toch iemand?' antwoordt Tobias.

'Ze hebben haar meegenomen naar de kerk. Daar is ze...' Raafs stem hapert even, 'daar is ze gevild. In de put, dat is niet iemand. Dat is... haar huid.'

'Wát!' Verschrikt tuimelt Tobias achterover. Vol afschuw schudt hij zijn hoofd. 'Haar huid? Dat doet toch niemand met een meisje? Wie doet nou zoiets?'

'Niet de man van gisteren in elk geval,' antwoordt Raaf.

'Ik wil hier weg,' zegt Tobias. 'Nu!'

Raaf kan de gedachten aan het dode meisje maar moeilijk afschudden. De duivel laat geen sporen na, mensen wel. Dus wie heeft dat gruwelijke kwaad op zijn geweten? Heb je wel een geweten als je zoiets doet? Wie het ook heeft gedaan, het is iemand die ook thuis was in de buurt van Sandkop. Hoe kwam Job anders aan zijn verhaal over de duivel die zomaar de huid van een meisje af had getrokken?

Met het spookdorp bijna een dag achter ze, is Tobias weer net zo opgewekt als anders. Hij praat zelfs vriendelijk tegen de ezel, die chagrijnig terugkijkt. 'Dit is de weg naar Münster,' zegt hij, en hij staart over het brede pad naar de verte. 'Lang geleden, in de tijd van de eerste christenen, is de weg aangelegd. Helemaal vanuit het oude Rome liep ze. Stel je voor, hierlangs kwamen mannen zoals wij: helden, dichters en veroveraars. Maar kijk eens...' Tobias wijst naar de grond. 'Overal gaten. De stenen zijn losgewrikt om er een schaapskooi en muurtjes van te bouwen. Geen benul van grootsheid hebben de mensen!'

De grote weg uit het verleden is al na een paar mijl weinig meer dan een bospad. Steeds vaker struikelen ze over de stenen die als kleine zerken uit de aarde steken. Ze zien geen levende ziel, wel twee dode. Ze liggen in elkaars armen langs de weg. 'We moeten ze begraven,' zegt Tobias. 'Misschien waren ze ziek,' oppert Raaf. Dode dieren laat je maar het beste liggen, waarom dan geen mensen?

Bomen en struiken verdringen het grasland. De steeds zeldzamere akkers raken verwilderd. 'Hier zaaien de boeren alleen nog armoe,' merkt Tobias op. Af en toe ontwaren ze verlaten hutjes op de glooiende hellingen. Leem, stro en steen, dat het langzaam aflegt tegen regen en wind.

'Daar,' wijst Raaf ten slotte. 'Daar is iemand.'

Op een steen voor haar hutje zit een oude vrouw. Een *rozenkrans* hangt bewegingloos tussen haar graatmagere vingers. Ze is kaal. Alleen achter haar oren steken een paar plukken lang wit haar. Haar grijze ogen staren hun kant op.

'Hallo daar, vrouwe,' roept Tobias. 'Wees niet bang, want we komen in vrede.'

De oude vrouw blijft bewegingloos. Zelfs haar ogen knipperen niet.

'Leeft ze?' vraagt Tobias.

Raaf knikt. 'Als ze dood was, kon ze niet zo rechtop zitten. Het is al winter geweest.' Want in de winter vindt Raaf soms stijf bevroren vogeltjes. Ze zitten op de grond en het is alsof ze uitrusten, om bij de eerste dooi verder te huppelen.

Wanneer ze vlak bij haar zijn en Tobias aarzelend zijn hand uitsteekt, gaat ineens haar mond open. De houten kralen van de rozenkrans stromen tikkend tussen haar gratige vingers door. 'Wie zijn jullie?' vraagt ze met scherpe stem.

Tobias springt achteruit.

Ze heeft geen tanden meer, ziet Raaf.

'Pelgrims, op zoek naar een heilig relikwie,' antwoordt Tobias. 'Pff, ik schrok me rot,' lacht hij opgelucht.

De vrouw knikt langzaam. De plukken haar achter haar oren knisperen als dode rietpluimen.

'Bent u alleen? Is er iemand om voor u te zorgen?' vraagt Tobias. Hij kijkt om zich heen. Het hutje van de vrouw staat eenzaam in een veld met boomstronken, takken, verkoold hout en ondiepe kuilen. Daarachter begint een bos.

'Drie pelgrims kwamen hier langs, net als jullie. Ze namen mijn kleindochter Beatrijs mee, daarheen,' zegt de oude vrouw zonder hem een antwoord op zijn vraag te geven. Het getik van de houten kralen stopt. Met een spichtige vinger wijst ze naar de bosrand. 'Ze is uitverkoren, zeggen ze. Ze kon hier niet blijven. Ik krijg een huis in de hemel, daar ga ik wonen.' Haar glimlach verschrompelt. Ze houdt haar hoofd een beetje scheef, alsof ze luistert naar iets in de verte.

'Oude vrouw, oude vrouw!' zegt Tobias.

Maar de vrouw antwoordt niet.

'Ze gaat dood,' fluistert Raaf. 'Het is net als bij oude dieren. Ze eten niet en dan gaan ze dood. Ze kan niet eten, want ze heeft geen tanden meer.'

'Oude vrouw...' Tobias legt zijn hand op haar smalle schouder. Roerloos staart ze langs hem in de verte. 'We kunnen haar niet helpen,' zegt Tobias, die ineens begrijpt wat Raaf bedoelt. 'Dat arme mensje is dol en heeft niemand meer. Kijk maar om je heen. Ze zal blij zijn als ze niet meer wakker wordt.'

'Tobias...' begint Raaf.

'Ja?'

'Kijk naar de grond, de afdrukken. De vrouw zei dat hier drie pelgrims waren. Ze droegen trippen. Net als in het dorp met de put.'

'Heilige Maria,' roept Tobias verschrikt. 'Die zogenaamde pelgrims hebben dat meisje bij de put vermoord. En nu hebben ze de kleindochter van deze arme vrouw te pakken. Raaf, ze is in gevaar. We moeten Beatrijs redden!'

DE DODE RIVIER

DE WOLKEN LEUNEN STEEDS ZWAARDER op de zojuist nog heldere dag. De lucht kleeft als een klam hemd aan hun lijven. Een miezerige regen breekt door. Dan vallen dikke druppels in hun gezicht, groot en warm als klodders spuug. Met de rug van zijn hand veegt Raaf ze uit zijn ogen.

De voetafdrukken die hij volgt, staan net zo ver uiteen als zijn eigen passen. Ze zijn vlak en gelijkmatig. Haast hebben de mannen dus niet. Tussen de sporen in lopen kleinere en lichtere afdrukken: die van het meisje. Sommige afdrukken staan vol water; de regen begint ze al uit te wissen.

'Ze probeerde te ontsnappen,' zegt Raaf zonder op te kijken. 'Kijk, de sporen lopen door elkaar. Hier slepen haar voeten over de grond, je ziet de strepen. Verderop gaan ze weer gewoon door.'

'En dat betekent?' vraagt Tobias hijgend.

'Dat het meisje terug rende en twee mannen achter haar aan gingen, terwijl een van hen wachtte. Ze pakten haar beet en sleepten haar mee tot ze weer zelf ging lopen.'

Tobias loopt gebogen en tuurt gespannen omlaag. 'Ik ben dichter bij de grond dan jij en zie niks. Van wie heb je dat geleerd?'

'Van mijn vader,' antwoordt Raaf. 'Hij kon nog zien of een mier kreupel was.'

'Hij heeft het je goed geleerd!'

Raaf knikt. 'Mijn vader had zelfs aan de voetstappen kunnen zien welke kleur haar het meisje heeft.'

Het stopt met regenen, de lucht blijft zwaar en vochtig.

Ze komen meer sporen tegen. De grond is omgewoeld en de lage begroeiing is vertrapt. Her en der liggen afgekloven botjes, alsof ze zijn uitgestrooid door de heksen van Ermelo. De meeste liggen rond verkoolde stammetjes. Als Raaf knielt en met zijn vingers door de as gaat, kleeft die als grijze klei aan zijn vingers. Hij snuift de lucht op. Het mos zweet een weeïge geur.

'Zijn het gemalen mensenbotten?' vraagt Tobias.

'Nee. Maar kijk, trippen. Het zijn dezelfde sporen als bij de put.'

Breed stromend water kruist hun pad. De rivier ruist en gorgelt als de laatste adem van een stervende. In het water staan de resten van een brug. Het lijken de granieten benen van een reus. Het water borrelt en schuimt rond de enkels, boven de knie zijn de benen verbrokkeld. Aan de overkant van de rivier ontdekt Raaf nog twee pilaren.

De afdrukken van wel honderd paar voeten komen samen bij de oever. Daarna buigen ze opzij en lopen ze stroomafwaarts langs het water. De grond lijkt te zijn omgewoeld door duizenden ratten en de sporen van de trippen zijn niet langer te onderscheiden.

'Kijk.' Tobias wijst. Tegen de oever drijft een boomstronk. Het afgebroken einde heeft zich in de modder gegraven. Ontbladerde takken liggen ingeklemd tussen ronde keien. Het water bruist tussen de gestrekte vingers van het hout, zilveren draaikolkjes fonkelen.

Raaf ziet direct wat Tobias bedoelt.

Verstrengeld tussen de takken, wiegend op de stroom, drijft een lichaam, half op de zij gedraaid. Het gezicht ligt voorover, de lange haren liggen uitgewaaierd op het water. Een voet en een knie zijn in een vreemde hoek gevouwen.

'Moet je de armen zien,' zegt Tobias. De polsen van de dode zijn op de rug gebonden. Waar het touw loopt, is het vlees gezwollen.

Voorzichtig loopt Tobias naar de waterkant. Hij raapt een stok op en port ermee tegen het lichaam. 'Het is een vrouw,' zegt hij, als het lichaam draait. Lange strengen grijs-blond haar wikkelen zich rond haar hals.

'Rijc God,' fluistert Raaf zodra het gezicht naar hem toe draait. Want al is haar gezicht gezwollen en zijn haar ogen wit, hij herkent haar bij de eerste blik. Ze hoort bij de geselbroeders. Ze leende hem een mantel voor de nacht.

Vanaf dat moment ziet Raaf een lichaam in elke schaduw. De meeste keren is het een dode vis, of zand en grind die door het water tot kleine eilandjes zijn opgehoopt. Eén keer niet. In een bocht van de rivier deinen vier lijken, die door de stroom tegen de kant zijn gedrukt en waarvan de benen in elkaar verstrengeld zijn geraakt. Ook van deze doden zijn de handen gebonden, behalve van de zuigeling. Zijn lijfje is glazig als een vis.

Zo snel ze kunnen en met zo weinig mogelijk gedachten lopen ze er voorbij.

De rivier versmalt zich en stroomt langs een verwilderd graanveld, waarvan de aren zwarte bonen dragen. Daar zien ze opnieuw een lichaam, half in het water en doodstil ondanks de stroming.

'We gaan er met een boog omheen,' stelt Tobias voor. Raaf knikt instemmend.

Maar dan, als ze bijna bij het lijk zijn, gebeurt er iets volkomen onverwachts.

'Builenbrengers,' roept het lichaam. 'Wij zijn de builenbrengers!'

'HEILIGEMARIAMOEDERVANCHRISTUS,' brult Tobias. 'Hij leeft!'

Het lichaam dat zo doodstil lag, duwt zichzelf uit de modder, komt overeind en wankelt naar ze toe. 'Builenbrengers!' schreeuwt het met waanzinnige stem. 'Builenbrengers!'

'Pas op, blijf bij hem vandaan, ' roept Tobias. 'Kijk, die builen. Hij draagt de siecte, de Grote Dood!' Hij stapt naar Raaf en trekt hem naar achteren, weg bij de rivier en het dansende lijk.

'Builenbrengers!' Plotseling staat het lichaam stil. Het begint te trillen en te schokken. Het lacht en krijst en brabbelt en schuimbekt. Het valt op de grond, trapt met zijn benen, slaat met zijn armen en schudt met zijn hoofd. Dan, na een rochel en een schreeuw, is het over. De mond en ogen van de man zijn wijd geopend. De tong kruipt als een donkere slak over zijn verkrampte lippen.

'Hij is dood,' zegt Raaf als ze een tijdje met knikkende knieën hebben toegekeken of het lijk niet opnieuw tot leven komt.

'Ja, hij is dood,' zegt Tobias opgelucht. 'Heilige Maria, Moeder van God, bid voor ons zondaars, nu en in het uur van onze dood. Amen en wegwezen.'

Raaf kijkt niet om. De dode vrouw is niet de enige die hij heeft herkend, ook het dansende lijk zag hij eerder.

Het is Pisgezicht.

DE HUT AAN DE STEIGER

'EEN HUT!'

In de rivierbocht steekt een steiger het water in. De palen zijn schuin in de modder geslagen en lopen zo'n tien voet van de oever. Waar de stroom aan de palen trekt, geven ze krakend mee.

Aan het begin van de steiger staat een al even gammel hutje. Een verweerde deur hangt scheef in leren scharnieren. Naast de deur zit een venstergat. Plaggen zijn van het dak gegleden, waardoor het geraamte van stammetjes blootligt.

Tobias is er als eerste. Wanneer hij de deur opentrekt, kreunt het hout en kraakt het leer. Binnen ruikt het naar vocht, aarde en mos. Zodra hij over de drempel stapt, stoot zijn voet tegen een konijnenschedeltje, dat over de aarden vloer hobbelt. Het stopt pas bij een hoopje spierwitte botjes in het midden van de ruimte.

Raaf veegt stro bijeen en plukt mos en twijgjes van de binnenkant van het dak. Uit zijn buidel neemt hij wat van het in blad gevouwen boomhars en tondeldoek. Na een paar keer het vuursteentje langs de vuurslag te hebben geslagen, vat de tondeldoek aarzelend vlam. Hij steekt er nog wat stro en twijgjes bij en de rode tongetjes van de vlammen schieten omhoog. Het hout sist als een nest vol adders.

Langzaam vult de kleine ruimte zich met een lauwe gloed. Hoewel het brood dat ze eten van de vorige dag is, ziet Raaf tot zijn verbazing dat er al een laagje groenwitte schimmel op zit.

Tobias staart zwijgend in het vuur.

Raaf is moe van wat hij bij de rivier heeft gezien, en zijn gedachten dwalen naar de laatste keer dat Job en hij samen het eten deelden. Dat was de dag dat hij het relikwie kreeg. Ze aten een van de konijnen die hij had gevangen. Job was al tijden niet meer met iets te eten thuisgekomen. Raaf heeft spijt dat hij er zijn broer om uitlachte. En dat hij niets geloofde van de verhalen die Job vertelde. Over de ridder zonder hoofd en het meisje dat door de duivel was gevild, bijvoorbeeld. Hij luisterde vaak niet eens wanneer zijn broer wat zei. Job voelde zich niet thuis in het bos, beseft Raaf. Achter elke boom zag hij wel een wit wief. Hij had een hekel aan de maanjacht en hij had er een hekel aan een dunnevangher te zijn. Hun vader wist dat en daarom nam hij Job zelden mee. Zijn broer bleef liever thuis, bij hun moeder. Arme Job, waarom heeft Raaf dat niet eerder bedacht? Job moet haar meer hebben gemist dan hijzelf. Misschien is hij van verdriet dol geworden.

Raaf voelt weer het gewicht van de pink die de Bastaard in zijn hand legde. Is dat het laatste wat hij van Job zal zien, een afgekloven pink? Nee. Want ze hebben het spoor van de geselbroeders gevonden. Hij zal de Vader inhalen, het relikwie afpakken en hem dwingen te zeggen welk kwaad hij ermee wil aanrichten. Hij móét. De sporen bij de put leidden naar de dode geselbroeders in de rivier. Zij hebben dus het meisje gevild en misschien hebben ze ook wel broeder Lucius in de kapel vermoord. In handen van iemand die zo slecht is als de Vader is het relikwie een gruwelijk instrument met kwade krachten. Hij moet het relikwie afpakken en ervoor zorgen dat de Vader zijn plannen niet kan uitvoeren, wat die ook zijn. Dan, nog voor volle maan, is hij terug bij de Bastaard. Hij zal Job redden. En wanneer ze weer samen zijn, zal hij hem vragen om hem te vergeven voor alles wat hij over hem heeft gedacht.

Tobias zit zo ver over het vuur gebogen, dat de schaduw van zijn voorhoofd over zijn gezicht valt. Alleen het puntje van zijn stompe neus is te zien.

'Tobias?' vraagt Raaf.

'Hmm?'

'Wie zijn de dwergen van Montalban?'

Tobias' krullende mondhoeken duwen zijn ronde kin met het baardje ondeugend naar voren. De vraag montert hem zichtbaar op.

'Ah, de dwergen van Montalban zijn het oudste dwergengeslacht van Italië, misschien wel van de hele wereld. We gaan duizend generaties terug. We waren er al toen de bergen nog gebouwd moesten worden en we zullen er zijn als de zeeën zijn opgedroogd. De dwergen van Montalban voerden legers aan, rijdend op de rug van wolven. We bouwden steden en kastelen, stichtten koninkrijken en brachten ze weer ten val. We hoefden niet groot te zijn om groots te wezen.'

Bij het zien van Raafs verbaasde blik begint Tobias te lachen. 'Och, het spijt me. Allemaal verzinsels, je hebt gelijk. Montalban betekent witte berg. Mijn vader had last van schilfers op zijn hoofd. Dat gaf altijd een hele berg op zijn schouders, daarom. Hij was een dwerg, net als mijn moeder. Ik ben geboren in een wagen langs de weg. Ze leerden me zes ballen in de lucht te houden, want daarmee kon ik altijd mijn brood verdienen, zeiden ze. Dat is zo'n beetje alles wat ik weet en alles wat ik hoef te weten. Wat ik niet weet, verzin ik er gewoon bij. En als de mensen geloven dat mijn verzinsels echt zijn, dan zal het ook wel zo zijn, want waarom zouden ze ongelijk hebben?'

'Waar zijn je vader en moeder nu?' vraagt Raaf. 'Leven ze nog?' Hij legt wat takjes op het vuur.

'Dat weet ik niet,' antwoordt Tobias. 'Op een dag heb ik mijn zes ballen gepakt en ben ik vertrokken. Ik heb ze nooit meer gezien – mijn ouders bedoel ik. En jij? Waar kom jij vandaan?'

Aarzelend kijkt Raaf hem aan over het vuur. Het gezicht van Tobias baadt in een donkerrood schijnsel. 'Sandkop,' antwoordt Raaf. 'En ik had een zusje maar ze werd ziek en ging dood. Nu is ze een zieltje in het moeras. Dat was mijn moeders schuld, zei de pastoor, omdat ze haar niet snel genoeg had laten dopen. Mijn moeder ging elke dag naar het moeras om naar haar zieltje te kijken. Toen mijn vader ook dood was, ging ze kijken of hij bij haar was. Op een dag is ze er gewoon in gelopen en verdronken.' Raaf weet niet waarom hij dit aan Tobias vertelt. Hij weet niet eens waarom hij er nu zo ineens aan denkt.

Een vonk spat uit het vuur. Tobias glimlacht meewarig. 'Je moeders schuld, zegt de pastoor? Iets is altijd wel iemands schuld en die iemand is altijd een ander.' Hij trekt zijn te lange mantel strak om zich heen en kijkt zwijgend in het vuur.

'De lichamen in de rivier zijn van de geselbroeders,' zegt Raaf. 'Ik heb ze herkend. Het spoor dat we volgen is van hen.'

Tobias knikt. 'Daar dacht ik ook net aan. Het zijn dieven en moordenaars. En ze zijn nog dol ook. Waarom noemde die kerel zichzelf anders een builenbrenger? Die lui zijn gevaarlijk en dragen de dood bij zich. Ik denk dat ze de rivier volgen en iedereen met de siecte in het water kieperen. Willen ze dat de hele wereld ziek wordt? Ik snap niet wat ze hier doen, tenzij ze net zoals wij op weg zijn naar Münster. Weet je wat ik nog meer denk? Ik denk dat ze dat meisje bij de put hebben vermoord en dat ze nu dat andere meisje hebben meegenomen. Moge de duivel ze halen! Als we het arme meisje niet moesten redden, dan was ik het liefst omgekeerd, pelgrim of niet. Dit oord wordt vreemder en vreemder.'

De Vader heeft het relikwie, weet Raaf. Hij gaat niet naar Münster, maar naar een magische plek in het oosten. En hij moet hem ver voor de eerste volle maan hebben ingehaald, of Job sterft. 'Geloof je dat we het relikwie zullen vinden?' vraagt hij.

Tobias kreunt en rekt zich uit. 'Het relikwie vindt ons.'

Die nacht steekt de wind op. Het hout van de hut begint te rammelen. Het water van de rivier murmelt en fluistert. Raaf droomt van het onheil dat de wind voorspelt. In zijn slaap smelt de maan aan de nachthemel en groeit ze weer sneller aan dan hij kan rennen. Te laat, je bent te laat, roept Job hem verwijtend toe. Zijn broer steekt zijn armen uit. Zijn handen hebben geen vingers meer.

De volgende ochtend ontwaakt hij met een bonzende hoofdpijn. Tobias is al buiten en staat bij de steiger. Wanneer Raaf de hut uit komt, draait hij zich om. 'Zijn er vannacht geesten langs geweest?' vraagt hij. 'Je gezicht is grauw als as.'

'Het is niks,' liegt Raaf. Hij knippert met zijn ogen tegen het helgrijze licht. Zijn mond en keel zijn droog. Hij neemt een slok uit de waterzak. Het smaakt muf.

Uit de richting van de bosrand komt de ezel aangesjokt. Het dier heeft zich die nacht kennelijk weer losgerukt.

Raafs blik dwaalt naar de rivier. Plotseling voelt hij het trillen van de aarde en ziet hij de ezel die omkijkt. De vogels vliegen op en de dieren bij de bosrand schieten ritselend weg.

'Tobias!' waarschuwt Raaf.

EEN SCHEDEL VAN IJZER

MANNEN STORMEN VANAF DE BOSRAND OMLAAG. Ze houden zwaarden en bijlen in hun leren vuisten en brullen woest. Voorop rijdt een soldaat. Zijn helm klemt als een ijzeren schedel rond zijn hoofd. Zijn zwaard is getrokken en de punt wijst naar Raaf.

Raaf heeft zijn mes al in zijn hand. Hij kijkt opzij naar Tobias, die nog zenuwachtig zijn wapen zoekt. De ezel is weggerend en kijkt toe vanaf de hut. Voor hen zijn de mannen, achter hen de rivier.

'Staan blijven, dwerg!' Een kruisboog zwenkt naar Tobias.

Tobias houdt zijn hand vlak boven zijn mes en beweegt niet meer.

'Waar zijn jullie vrienden?' brult de soldaat op het paard.

'Wie, heer?' roept Tobias. 'Wie bedoelt u?'

De soldaat drijft zijn paard op Raaf af. Raaf wil opzij springen, maar het plat van een zwaard knalt tegen de zijkant van zijn hoofd. Hij valt op zijn knieën en verliest zijn mes.

'Waar zijn ze naartoe, welke kant op?' schreeuwt de man.

Raafs hoofd bonst, zijn gezicht brandt. Bloed stroomt langs zijn slaap.

'De rivier langs,' roept Tobias. 'Ze zijn de rivier langs. Heer, we kennen ze niet, we zijn pelgrims!'

'Ik weet wie jullie zijn,' klinkt het antwoord.

Een gezicht schuift tussen Raaf en de grauwe hemel.

'Jij?' mompelt Raaf.

'Ja, ik ben het, monnikenknecht. Broeder Momme en mijn meester zijn er niet om jullie te beschermen.' Eenoog grijnst van onder zijn ijzeren schedel. 'En je weet wat dat betekent,' fluistert hij dreigend. Zijn gezicht verdwijnt.

'Dood ze!' beveelt Eenoog.

'Heer, een misverstand!' schreeuwt Tobias. De ezel balkt oorverdovend.

Nog duizelig van de klap grijpt Raaf zijn mes en hij krabbelt overeind. De mannen komen al op hem af. Een bijl gaat omhoog. Het blad blikkert, het snijvlak glanst. Raaf ziet de krassen en butsen. Dan suist het blad omlaag.

'Ren naar de rivier, nu,' klinkt een stem.

Met een dof geluid slaat het bijlblad naast zijn voet in de grond.

Raaf kijkt op, recht in het gezicht van Benne, het valkenjoch. Zonder te aarzelen duikt hij opzij. Hij duwt de verraste man voor hem aan de kant en rent naar de rivier. Hij hoort Tobias en draait zich om.

Zijn vriend is ingesloten.

Sneller dan hij kan denken rent Raaf op de mannen af. Hij schopt een van de kerels in zijn knieholte, duikt langs hem en ziet vanuit zijn ooghoek hoe Tobias als een kanonskogel langs de mannen rolt. Tobias komt overeind en samen hollen ze naar het water.

Twee soldaten versperren de weg.

Plotseling is daar de ezel. Hij schopt zijn achterpoten zo hoog de lucht in, dat hij met zijn kont lijkt te willen vliegen. De soldaten tollen door de lucht. Een pijl zoeft voorbij en verdwijnt tot de veer in de hals van het krijsende dier. Een andere soldaat duikt op, groot en breed en met een enorm zwaard.

Wanhopig stort Raaf zich naar voren, recht op hem af, zijn enige kans.

Dan...

Hij staat oog in oog met Boele, de soldaat uit Coevorden. Boele grijnst en stapt opzij. Raaf schiet langs hem. Met Tobias rent hij naar de steiger, ze springen en belanden met een plons in de rivier.

Een pijl suist langs Raafs oor en verdwijnt sissend in het water. Met snelle slagen zwemt hij naar Tobias, die ternauwernood zijn gezicht boven houdt. Zijn mantel zuigt zich vol water en dreigt hem naar de diepte te trekken. Hij slaat met zijn armen en trapt met zijn benen om de tegenoverliggende oever te bereiken. Raaf grijpt de mantelspeld en geeft een ruk. Tobias worstelt zich vrij en de mantel drijft weg, meegevoerd door de stroom.

Raaf hapt naar adem en een golf water vult zijn mond. Hij kokhalst en spuugt.

Steeds verder sleurt de rivier ze mee. De mannen en hun kreten verdwijnen, de hoge oever beneemt het zicht. Een koude hand slaat tegen Raafs wang. Het is een dode vis, half aangevreten en met losse schubben. Raaf drijft recht op een steen af. Hij heeft Tobias vast en kan de kei niet ontwijken. De klap slaat de kracht uit zijn lijf.

Hij zinkt.

Tobias zit naast Raaf geknield. 'Heb ik je al gezegd dat dwergen kunnen zwemmen als vissen?' zegt hij met een grijns. 'Alleen zit onze staart van voren en hebben we geen kieuwen.'

Kreunend komt Raaf overeind. Zijn schouder doet pijn van de klap waarmee hij tegen de steen sloeg. Hij steekt een vinger in zijn keel. Bruin water en slijm stromen naar buiten.

'Je ging kopje-onder toen we bij de oever waren,' zegt Tobias. 'Gelukkig kon ik staan. Man, wat ben jij zwaar.' Hij grijnst weer. 'We zijn die Eenoog mooi te slim af geweest. Het enige wat hij te pakken heeft is een dode ezel en twee dekens. Hij zal boeten voor dat dier, ik begon die lastpak net te mogen.'

Raaf voelt aan zijn riem. Zijn mes en buidel heeft hij nog. 'Benne en Boele hebben ons gered,' zegt hij. 'Ik snap het niet, wat deden ze bij Eenoog, en wat deed Eenoog hier?'

'Benne en Boele, wie zijn dat?' vraagt Tobias.

'Benne het valkenjoch en Boele de soldaat. Ze zijn van het kasteel van Coevorden,' antwoordt Raaf. 'Als zij er niet waren geweest, dan had Eenoog ons gepakt.'

'Ze zaten achter de geselbroeders aan, dat kan niet anders. Als jouw Benne en Boele van het kasteel komen en samen met Eenoog op pad zijn, dan hebben de heer van Coevorden en de Bastaard allebei hun mannen achter de Vader aan gestuurd. De geselbroeders hebben iets uitgevreten wat de heren niet bevalt of de Vader heeft het relikwie.'

Raaf kijkt schuldbewust naar de grond. 'De Bastaard wist het,' zegt hij aarzelend. 'Hij wist dat de Vader het relikwie had. Hij heeft het me zelf verteld, de nacht voordat we vertrokken.'

'O?' Tobias kijkt verbaasd.

'Ik was in zijn tent. De Vader zoekt macht over leven en dood, zegt de Bastaard. Daarom gaat hij met het relikwie naar een plek in het oosten.'

'O ja?'

'Eh, ja... Hij wilde dat ik achter hem aan ging.'

'En je hebt me daar niks van gezegd?' vraagt Tobias.

'Ik... Nee,' antwoordt Raaf.

'Je wist het dus al die tijd al, al die dagen dat we samen waren? Waarom heb je niks gezegd? We zijn toch vrienden op een heilige zoektocht? We hebben elkaar zelfs het leven gered.' Tobias kijkt hem met grote ogen aan. 'O, ik snap het al. Ik ben natuurlijk maar een dwerg, een halve vriend.'

'Nee, natuurlijk niet,' reageert Raaf. 'Dat is het niet. Het is mijn broer...' Raaf wil uitleggen waarom hij heeft verzwegen wat hij wist. Omdat de Bastaard anders Job misschien zou doden.

Maar Tobias is al opgestaan en loopt weg door het gele gras.
'Tobias, waar ga je heen?' roept Raaf. 'Kom terug!'
Tobias zwaait, maar kijkt niet om.

IV

Rome, 953 na Christus

Izaak overleefde het pak slaag in de haven van Constantinopel. Hij weigerde de hoorn te verkopen aan Amalfi, de koopman. Het verhaal van de Jood en de hoorn leidde inmiddels een eigen leven. Het reisde mee op een handelsschip naar Genua en vervolgens naar Rome, waar het werd verteld tot binnen de muren van het Vaticaan.

'Stel je voor: een Jood in Constantinopel die een heilig relikwie naar de kalief brengt. Het is godslastering. Toen hij de hoorn niet vrijwillig wilde geven, heeft Lorenzo Amalfi geprobeerd hem te kopen,' zei Umberto Barone, koopman, avonturier en volgens sommigen een spion in dienst van zowel Zijne Heilige Eminentie Paus Agipatus II als zijn tegenstrever prins Alberik.

'De hoorn is een heilig relikwie?' vroeg de jonge Giacomo Vespazi, priester en kenner van ten minste duizend vergiften.

'Dat vertelde Amalfi in elk geval aan de priesters in Constantinopel. Het is de hoorn van de eerste eenhoorn, die alle ziektes geneest. Hij is gevonden bij de berg Ararat, waar de Ark van Noach strandde. Je weet hoe bijgelovig onze Amalfi is. Bovendien is een relikwie veel geld waard, dus hij zal de eerste zijn om de hoorn heilig te noemen. Waarschijnlijk wist Amalfi dat de priesters in Constantinopel het dan wel graag zouden willen hebben, zeker als ze wisten dat het voor de kalief bestemd was.'

'En, is het hem gelukt?'

'Wie, Amalfi? Ja en nee. De Jood is ontsnapt met de hoorn en de priesters betalen hem nu om het relikwie terug te vinden. Want een christelijk relikwie van een Bijbels dier dat door een Jood naar de kalief wordt gebracht moet wel van de Kerk zijn gestolen. Wat dat

betreft is Amalfi dus in zijn opzet geslaagd.'
'En wat hebben wij er precies mee te maken?' vroeg de jonge Giacomo.
'Omdat de priesters in Constantinopel de hoorn zo graag willen hebben, zit Rome er nu ook achteraan. Dat ding is een fortuin waard, of het nu magisch is, heilig of gewoon een hoorn. Als we hem vinden zijn we rijk, mijn vriend, héél rijk. We moeten naar Córdoba.'

Uit: *Het Boek van de Hoorn*, Vierde Deel

GEHEIMZINNIGE KLANKEN

RAAF VOLGT TOBIAS' VOETSPOREN HET BOS IN. Zijn vriend was boos of teleurgesteld, maar zal toch wel ergens op hem wachten? Goed, misschien had hij het eerder moeten zeggen van de Vader en het relikwie, maar Tobias gaf hem toch ook niet echt de kans om uit te leggen dat hij zijn broer moet redden? Had hij hem dan moeten zeggen dat hij elke avond bang is om naar de hemel te kijken, omdat er dan weer een stukje van de maan is verdwenen? En wat een onzin dat hij het niet zou hebben verteld omdat Tobias een dwerg is, een halve vriend...

Het spoor van Tobias voert hem steeds dieper het bos in. Hij volgt een pad dat eindigt bij een open plek. Kale boomstammen zijn door een reuzenhand geveld. Sommige hebben geen bast en liggen erbij als gevilde dieren.

Aan de andere kant van de open plek staat een stenen gebouw. De muur is massief, met op regelmatige afstand steunberen en verticale vensternissen. Tussen twee steunberen zit een deurtje, de enige zichtbare toegang tot het gebouw. Het puntige silhouet van een toren steekt boven de muur uit.

Raaf loopt de open plek op. Na nog geen drie stappen staat hij stil. Zijn gevoel verraadt hem zelden: hij heeft iets over het hoofd gezien...

'Bukken,' fluistert een stem. Een arm trekt hem omlaag.

'Tobias!'

'Sst.' Zijn vriend zit gehurkt achter een gevelde boom en gebaart hem stil te zijn. Raaf knielt naast hem en gluurt over de stam.

Op dat moment gaat het deurtje in het gebouw open. Een gebogen gestalte komt naar buiten. Hij loopt achterwaarts en sleept een vormeloze zak achter zich aan. De gestalte schuifelt de open plek over. Bij de bosrand verdwijnt hij.

'Dit is een vreemd oord,' fluistert Tobias, 'dat voel ik.'

Raaf knikt. Hij voelt hetzelfde. Het sombere gebouw en de stille plek met de bomen hebben iets eenzaams en verdrietigs. Iets... doods?

Na een poosje te hebben gewacht, zien ze de gestalte weer de open plek op stappen. Langzaam maar zonder zak loopt hij terug naar het gebouw, waar hij door het deurtje verdwijnt.

Raaf komt overeind. Vanuit het bos klinkt een steeds luider geruis. Een regendruppel warm als bloed valt op zijn wang. Hij draait zich om naar Tobias en kijkt hem schuldbewust aan.

'Ik heb je niks gezegd, omdat de Bastaard mijn broer Job gevangen houdt,' begint hij. 'Als ik hem niet op tijd het relikwie breng, dan vermoordt hij hem. De Vader heeft de hoorn en gaat ermee naar het oosten. We moeten hem tegenhouden en het relikwie terugbrengen. Het spijt me dat ik het je niet eerder heb verteld.'

'En ik had niet boos moeten worden,' antwoordt Tobias. 'Het was de schrik en alles wat we hebben meegemaakt. Dat van een halve vriend, dat meende ik niet. Je hebt mijn leven gered, ik het jouwe en we zijn allebei grote vrienden.'

'Vrienden!' Raaf knikt. Ze omhelzen elkaar.

'Goed, goed, laat me nu maar los,' zegt Tobias met een jongensachtige grijns. 'Zo onweerstaanbaar ben ik ook weer niet. Regen hier, gebouw daar, dus kom mee, dan kijken we of we naar binnen kunnen.'

'Naar binnen? Je vond het toch een rare plek?' zegt Raaf.

'Ja, en dat vind ik nog steeds. Maar niet alleen zijn we nat, we zijn ook verdwaald. Als we de Vader en het relikwie willen vinden en je broer willen redden, dan moeten we weten waar we zijn. Binnen is er in elk geval iemand die ons dat kan vertellen. Je hebt de kerktoren toch gezien? Dit is een klooster.'

Raaf stapt als eerste door het deurtje. Zodra hij de drempel over is, snuift hij de warme geur op van steen, wijn en hout. Zijn maag gromt zo luid dat hij er zelf van schrikt.

'Hierbinnen zitten monsters,' grapt Tobias achter hem.

Langs een van de muren zijn houtblokken gestapeld. In een hoek ligt een bundel takken. Daarnaast staan tonnetjes en ligt kniehoog een stapel zakken. Aan de muur hangt een zeef van paardenhaar. Het is een voorraadkamer, een tussenvertrek. Met niks te eten, ontdekt Raaf.

'Heila, is daar iemand,' roept Tobias, te zacht om gehoord te kunnen worden.

Raaf loopt naar de andere kant van de ruimte. Hij kijkt een gang in en luistert. Halverwege de gang, aan de rechterkant, is een rond deurtje. Het staat op een kier.

'Wacht op mij,' fluistert Tobias zodra Raaf nieuwsgierig de gang in stapt.

Buitenlucht. Raaf ruikt het nog voordat hij iets kan zien. Kennelijk komt de gang uit op een binnentuin. Bij het ronde deurtje staat hij stil en gluurt naar binnen. Traptreden verdwijnen omlaag in de duisternis. Uit het onderaardse donker stijgen sombere klanken op. Ze bezorgen hem koude rillingen.

'Wat zei ik ook alweer?' fluistert Tobias achter zijn rug. 'Dit is een vreemd oord. Volgens mij is hier niemand, maar dat kan niet, want *iemand* ging naar binnen. We kijken of we droge kleren en eten vinden. Zo niet, dan zijn er in elk geval dekens in dat kamertje. Kom.'

Raaf volgt Tobias de gang door. Zoals hij al vermoedde, komen ze bij een binnentuin. Ook deze heeft een galerij, net zoals die in het klooster aan de Reest. Vierkante zuilen ondersteunen het schuine afdak, waarlangs de regen veel te luidruchtig omlaag stroomt.

'Daar,' wijst Tobias geschrokken. 'Mensen.' Midden in de tuin staan bewegingloze gestalten. Zwijgend. Wachtend.

Raaf schudt zijn hoofd. 'Het zijn geen mensen, maar beelden,' zegt hij.

Ietwat gerustgesteld lopen ze langs de muur van de galerij. Om de paar passen zitten deurtjes, zo hoog als Tobias lang is. De dichtstbijzijnde staat open. Raaf bukt en kijkt naar binnen. Hij ziet een nis met een stenen zitje. In de muur daarboven is een hoofdgroot gat, afgedekt met een houten rooster.

Het ruisen van de regen wordt minder. Het maakt de stilte luider en zo massief als de stenen. Het gordijn van water begint te rafelen. Een koele luchtstroom strijkt langs Raafs lippen.

Ineens klinken de schelle klanken van een bel. Zo stil als de beelden blijven Raaf en Tobias staan. Terwijl het geluid nog nazingt in hun oren, klinkt de bel opnieuw, dit keer langer.

'Genoeg, we gaan hier weg!' fluistert Tobias. 'Ik zei het al: het spookt hier!' Hij trekt Raaf mee.

Zonder nog te praten gaan ze terug zoals ze zijn gekomen. Door de galerij en vervolgens de gang in. Ze lopen langs het ronde deurtje dat op een kier staat. Raaf spitst zijn oren, maar hoort geen klanken meer. Tobias' haast is aanstekelijk. Opgelucht stapt hij achter zijn vriend aan de voorraadkamer in. Maar iets is veranderd.

In de voorraadkamer ruikt het niet langer naar steen en wijn, maar naar bos en regen. De deur naar buiten staat wagenwijd open. Iemand heeft iets op de drempel achtergelaten.

'By ons Heerens billen. Wijn!' roept Tobias verheugd, en hij houdt de kruik de lucht in. Zonder aarzelen neemt hij een slok. 'Goed spul,' zegt hij waarderend. 'Verdrijft de smaak van water. En hier, eten! Onze spoken zijn gastvrij.'

Raafs vingers graaien in de houten kom die naast de kruik op de drempel staat. Het brood is niet vers, maar hij propt het in zijn mond alsof het *herenbrood* is en de bakker net op zijn hoorn heeft geblazen. Tobias geeft hem de kruik aan en hij spoelt het brood weg met een slok. Met twee vingers lepelt hij zachte reuzel naar zijn mond. Hij slikt zonder te kauwen. Pas als de kom halfleeg is, haalt hij weer adem. Hij geeft de kom aan Tobias. Plotseling tolt zijn hoofd van vermoeidheid. Loom leunt hij tegen de muur.

Dan, zonder waarschuwing, trekt Tobias hem naar achteren. Hij drukt een vinger tegen zijn lippen en wijst naar de schemering buiten.

'Dats, de deur staat open,' klinkt een stem.

'Ay, we kunnen zo naar binnen!'

OPGESLOTEN!

TWEE FIGUREN TEKENEN ZICH AF tegen de avondlucht. De een is lang en mager, de ander klein en dik. Hun gestalten zijn schemerig als het einde van de dag zelf. Wanneer ze dichterbij komen, vullen hun schaduwen de deuropening.

Raaf en Tobias duwen zich tegen de muur het verst van de ingang. De weg naar buiten is afgesloten, maar zolang ze in het donker blijven zijn ze onzichtbaar. De vreemden in de deuropening kunnen geselbroeders zijn, of mannen van Eenoog. Wie het ook zijn, op deze plek betekent hun komst weinig goeds.

'Wees stil, misschien is er iemand,' zegt een van de schaduwen.

'Dats, ben je bang voor een stelletje oude monniken? Doe de deur dicht en leg de balk ervoor. We gaan binnendoor naar de poort.'

Het buitenlicht verdwijnt. Raaf hoort hoe de balk in de ijzeren haken wordt getild. Dan klinken doffe slagen.

'Ay, het is hier donker als de hel!'

'In de hel is het nooit donker, want daar brandt vuur.'

Raaf en Tobias schuiven langs de muur naar de gang. Raafs hart klopt veel te luid, maar dat is omdat hij Tobias zo diep hoort ademen. Raaf heeft de stemmen van de schaduwen herkend. Het zijn de mannen die zich bij de geselbroeders aansloten, de dag dat hij het goud van de Vader stal. Hoewel het een eeuwigheid geleden is, weet hij het zeker. *Vak oeportem krissie mortem,* riepen ze.

Voetje voor voetje schuifelen ze opzij. Hun ruggen schuren

langs de muur van de gang. Dan stoot Tobias tegen een deurklink.

'Hoor je dat?' klinkt het vanuit de voorraadkamer.

'Wat?'

'Dat geluid. Kom mee!'

Voetstappen komen hun kant op. Aan het einde van de gang is de schemer van de binnentuin. Wanneer de twee geselbroeders de voorraadkamer uit komen, zijn hij en Tobias zo zichtbaar als konijnen in het maanlicht, beseft Raaf. Er is maar één uitweg.

Zachtjes tilt Raaf de klink van het ronde deurtje op.

'Daar is het weer. Hoor je het?' zegt een van de geselbroeders.

Raaf trekt de deur op een kier en ze glippen naar binnen. Als Tobias hem achter zich heeft dichtgetrokken, is het aardedonker. Alleen hun eigen ademhaling is te horen. 'Je staat op mijn teen,' fluistert Tobias.

De voetstappen klepperen voorbij.

Raaf houdt nog steeds zijn adem in. Vanuit de duisternis beneden denkt hij heel zacht een somber gezang te horen. Het is zijn verbeelding natuurlijk... Een stroompje koud zweet kruipt langs zijn ruggengraat. Hij reikt langs Tobias. Zijn handen glijden langs het hout van de deur en stuiten op iets puntigs. Een pin. Hij tilt hem op; aan de andere kant van het hout gaat de klink omhoog.

Haastig lopen ze terug naar de voorraadkamer. Op de tast steken ze het vertrek door.

De deur naar buiten is gesloten. Tobias probeert de balk uit de ijzeren haken te tillen, maar krijgt er geen beweging in. 'Jij aan de andere kant,' zegt hij. Raaf bukt en zet zijn schouder onder de balk. Met de tanden op elkaar geklemd duwt hij zich met volle kracht omhoog. Er kraakt iets, maar hij weet niet of dat het hout is of zijn schouder. De balk lijkt te zijn vastgenageld. Geen beweging in te krijgen.

Een nieuw geluid schrikt ze op. Het komt van de binnentuin.

Stemmen en voetstappen.

Heel veel stemmen en voetstappen...

Fakkels brengen met hun schijnsel de beelden in de binnentuin tot leven. De stenen gezichten van de heiligen grimassen en de granieten plooien wapperen op een bries van licht en schaduw. Tussen de beelden door zwerven mannen, vrouwen en kinderen. Ze dragen gescheurde kleren en hemden die spookachtig oplichten in de avond. In hun midden staat een man, beweginglozer dan de beelden. Zijn gezicht is mager, op zijn hoofd staat een zwarte punthoed.

'De Vader,' fluistert Raaf.

Naast de Vader staat het Stekelvarken. Hij wijst hun kant op. De andere geselbroeders knikken. Vier van hen steken de tuin door.

Raaf en Tobias sluipen terug de duisternis van de gang in.

'Uit de kelder, zei je?' roept een van de geselbroeders. Hij heeft een bijna doorschijnend gezicht en waterblauwe ogen.

'Kom,' fluistert Tobias zenuwachtig. 'We moeten hier weg!'

Zodra Raaf de deur van de voorraadkamer achter zich heeft gesloten, legt hij zijn oor tegen het hout. Het licht van de fakkel druppelt door een scheur.

'Hoor zelf maar, het is zingen,' zegt een stem.

'Schiet op dan en open die deur.'

Een luid gekraak.

'Jij eerst,' bromt iemand.

'Geef me dan de fakkel,' zegt een ander.

De lichtdruppel verdwijnt. Door de scheur kijkt Raaf de gang in. Tobias staat op zijn tenen en kijkt mee. Een van de mannen verschijnt, gevolgd door de fakkel en een arm. Dan...

Een monnik struikelt de kelder uit. Zijn hoofd stoot tegen de muur. Zijn haar is grijs, maar schijnt zilver in het licht. Zijn baard is wit als sneeuw en valt tot op zijn borst. De geselbroeders lachen.

'Dus jullie bidden nu in de kelder?' roept een van hen. 'Zo dicht bij de duivel en zo ver van God. Breng hem naar de Vader!'

Raaf luistert naar zijn ademhaling en het bonken van zijn hart. *In het donker verbergen zich alleen je eigen angsten.* De kelder is leeg, er is niets om zich zorgen over te maken. Zijn voeten zoeken de treden van de trap, zijn handen volgen de leuning. Achter hem klinkt de adem van Tobias. Veel te snel... Na negen stappen zijn ze beneden.

'Zie je, niks om bang voor te zijn,' fluistert Tobias, alsof hij Raafs ongerustheid voelt.

Raaf schuifelt weg bij de trap, stoot zijn teen en struikelt. Hij valt op zijn knieën. Hij, de hoeder van de hoorn, kruipend als een dier.

'Wat is er zo leuk?' vraagt Tobias.

Raaf had niet door dat hij grinnikte.

De ruimte klinkt hol. Raaf denkt aan die andere kelder, waar hij samen met broeder Momme was opgesloten. Het lijkt lang geleden. Een paar keer haalt hij diep adem. Hij ruikt... bos. In het donker hoeft hij zijn ogen niet dicht te doen om zich voor te stellen dat hij thuis is. Dat hij onder de Tafel van de Reuzen is gekropen om te slapen. Het is de wijn natuurlijk...

'Heb ik al gezegd dat dit een slecht idee is?' zegt Tobias. 'Als die geselbroeders weer beneden komen, kunnen we geen kant op.'

'Boven ook niet,' antwoordt Raaf. 'Misschien vinden we hier iets om de balk voor de deur los te krijgen.' Maar hij wil niet weg. De Vader is hier en dus ook het relikwie. Tobias had dus gelijk met wat hij gisteren zei in de hut: de hoorn heeft hén gevonden. Hij kan zijn broer redden!

'In dit donker vinden we niks,' merkt Tobias op.

Raafs handen raken iets zachts. 'Hier,' zegt hij. 'Dekens. We slapen in elk geval warm en droog.'

Het is zo donker in de kelder, dat ze daarvoor hun ogen niet eens dicht hoeven te doen.

DE MONNIK DIE DOOR MUREN LOOPT

'DIMITTE NOBIS DEBITA NOSTRA...'[10]

Perkamentdunne stroken licht liggen als glimmende schubben op de keldervloer. Overdag in het bos drijven er ook lichtvlekken op de grond, denkt Raaf slaperig. Ze zijn mooi om naar te kijken, soms beweeglijk als water omdat de wuivende bladeren ze doen dansen. Het is fijn om in dat licht te staan.

Hij wrijft de slaap uit zijn ogen. Ondanks de nabijheid van de geselbroeders heeft hij geslapen als het varken van Sandkop. Misschien wel omdat de kelder geen hemel heeft en de maan en daarmee de tijd even niet bestonden. Naast hem ligt Tobias te snurken. Zijn vriend heeft zich opgerold als een kat en lijkt te spinnen.

'*...sicut et nos dimittimus debitoribus nostris...*'[11]

Dat geluid...

Plotseling is Raaf klaarwakker. Hij gaat zitten en kijkt om zich heen.

De kelder is breed als de voorraadkamer, maar dieper omdat hij vanaf de buitenmuur tot onder de gang loopt. Een ronde balk met een draaihendel staat schuin tegen de muur. Langs een andere muur zijn draden gespannen waaraan kruiden hangen. Onder de trap staan vaatjes. Grotere tonnen liggen op schragen, met daar-

10. 'Vergeef ons onze schulden...'
11. '...gelijk ook wij vergeven onze schuldenaren...'

naast een stapel tinnen schalen. Raafs blik valt op een vorm achter in de kelder. Het is het beeld van een monnik. En er is iets vreemds aan…

'Je bent gebleven, mijn zoon,' zegt een stem. 'Zette ik dan geen eten en drinken neer zodat je verder kon gaan op je reis? Dit klooster is geen plek voor de levenden.'

Het beeld praat!

Heel even denkt Raaf een geest te horen, maar dan beseft hij wie er in de kelder is. Iemand die hier niet zou kunnen zijn: de monnik van de vorige avond. Hij herkent hem aan de witte baard die tot op zijn borst valt.

'Hoe bent u aan de geselbroeders ontsnapt?' vraagt Raaf, die zijn schrik probeert te verbergen.

'Ik ben niet aan ze ontsnapt, mijn zoon. Ik ben hier voor jou,' antwoordt de monnik.

'Voor mij? Waarom? Wie bent u?' vraagt Raaf.

'Geen tijd. Luister, ze komen.'

Raaf draait zich om. Boven aan de kelderdeur klinkt gemorrel. Als hij weer kijkt, is de monnik verdwenen.

'Tobias, wakker worden. Ze komen…' Raaf schudt zijn vriend heen en weer.

'Hè, wat?' vraagt Tobias slaperig.

'Kom mee.' Raaf trekt hem overeind.

'Hier,' fluistert een stem.

Waar de monnik stond, is een nis met een kruisbeeld. Raaf en Tobias glippen door een nauwe opening. Een valse muur draait geruisloos achter ze dicht.

Ze staan in een tweede kelderruimte. Licht valt door verticale tochtgaten hoog boven hun hoofd. Enkele stralen weerspiegelen op de zilveren kommen, schalen, potjes en kruiken die zijn uitgestald op tafels die het grootste deel van de ruimte in beslag nemen.

In het midden van het vertrek staat een koperen bouwwerk van kolven en buizen, met vier olielampen op de hoeken. Raaf snuift. De kelder ruikt naar verbrande honing.

'Dit is de Kamer van de Alchemist,' zegt de monnik in antwoord op hun verbaasde blikken. 'Het is een van de Zeven Kamers, die lopen tot onder de kerk en de kloosterschool. Ik ben Père-Cheval, de laatste broeder van het Klooster van Kennis.'

Het Klooster van Kennis... Raaf is er zeker van dat hij die naam eerder heeft gehoord, maar hij weet niet meer waar, wanneer en bij wie. 'Bent u zo aan de geselbroeders ontsnapt? Via een geheime deur?' vraagt hij. Hij wijst naar de wand die zo stil achter ze is dichtgedraaid.

De monnik knikt. 'Dit klooster is gebouwd met stenen en geheimen. Maar kom nu, jullie moeten hier vertrekken. Deze grond is niet langer heilig. Ik wijs de weg naar buiten.'

'Nee,' zegt Tobias, die nu ook helemaal wakker is. 'Eerwaarde, er is een meisje, Beatrijs. We hebben haar spoor gevolgd. De geselbroeders houden haar gevangen.'

'Sic, de bruid. Ik hoorde over haar praten,' antwoordt Père-Cheval.

'De bruid? Weet u waar ze is?' vraagt Tobias.

'Ik weet waar de man is die ze de Vader noemen en kan jullie bij hem brengen. Maar zijn jullie er zeker van dat je niet liever de gang naar buiten volgt?'

'Ja, dat weten we zeker,' antwoorden Raaf en Tobias tegelijkertijd. Want Raaf wil niet vertrekken zonder het relikwie en Tobias niet zonder het meisje.

'Volg me dan.' Père-Cheval draait zich om en loopt naar een kast, die op weinig meer dan een handbeweging opzijschuift. Met dezelfde vanzelfsprekendheid waarmee hij ze aanbood te ontsnappen, leidt de laatste broeder van het Klooster van Kennis ze dieper het vreemde gebouw in, dat nog diezelfde dag tot as zal vergaan.

DE MUREN HEBBEN OGEN

DE GANG DIE ZE VOLGEN IS NIET VEEL breder dan Raafs schouders. Overal sijpelt licht door de kieren van de muren en het lage dakgewelf. Hij loopt met zijn hoofd gebukt en nog steeds strijken zijn haren langs de stenen. De lichtste aanraking maakt gruis los, dat als poeder in zijn nek valt. Montalban, witte berg. Raaf veegt zijn voorhoofd af. De rug van zijn hand is grijs.

Ze gaan een deurtje door, een trapje met gladde treden op, slaan een hogergelegen gang in en zelfs Raaf, die in dicht struikgewas de weg vindt en gewoonlijk beter nog dan de wind weet welke richting hij op moet gaan, heeft geen idee waar hij is.

Na een splitsing houdt de gang op. Smalle traptreden cirkelen omhoog. Om zijn evenwicht te bewaren, drukt Raaf zijn hand tegen de muur. Stap voor stap beklimt hij de treden, waarbij hij weinig meer ziet dan zijn eigen tenen en de rug van de monnik. Tobias volgt.

Boven zwaait geruisloos een deur opzij. Monsters staren hem aan met wijd opengesperde ogen, glimmend in het licht dat door de boogvensters van een kerk valt. Ze moeten aan de andere kant van het klooster zijn, waar de kerktoren boven het dak uitsteekt, bedenkt Raaf.

Père-Cheval pakt een van de duivels bij zijn bokkenhoorn. De deur draait achter ze dicht, en verandert in een houten wandversiering die glanst van de bijenwas.

Ze bevinden zich op een balkon. Père-Cheval legt een vinger op zijn lippen en wijst. Tussen de dicht op elkaar staande spijlen van een balustrade door kijken ze omlaag. Een groepje mannen staat beneden in de kerk met elkaar te praten. Het holle gebrom van hun stemmen stijgt op.

'De Vader?' fluistert Tobias.

Père-Cheval loopt naar de zijkant van het balkon. Hij sluit zijn hand om een van de spijlen in de balustrade en trekt. Een hekje draait open. Een stenen omloop kruipt hoog boven de grond langs de kerkmuur. Het is niet meer dan een paar voet breed en alleen door een laag wit muurtje van de diepte gescheiden. Van beneden zijn ze nauwelijks zichtbaar en wie ze wél ziet, zou aan zijn ogen twijfelen.

Als vliegen tegen de muur volgen ze Père-Cheval over de omloop. Raaf verbaast zich over het gemak en de zekerheid waarmee de oude monnik zijn voeten neerzet. Tobias schuifelt achter de monnik aan en drukt zich zo veel mogelijk tegen de kerkmuur, weg bij de afgrond. Om de paar stappen passeren ze het achterhoofd van een heilige. Dan is er een verbreding. Tobias haalt opgelucht adem.

Een witte engel buigt zich met gespreide vleugels over de diepte en kijkt vanuit de hemel omlaag. 'Woorden zijn als rook,' fluistert Père-Cheval in Raafs oor.

Raaf buigt voorover. Even duizelt hij van de hoogte. Beneden staat de Vader. Hij herkent hem aan zijn kale hoofd. Naast hem ziet hij het Stekelvarken en een geselbroeder met net zo kort gesneden haar. Tegenover hen, op zijn knieën, zit een man. Het eerder holle gebrom van hun stemmen klinkt zo helder, dat het is alsof hij vlak naast ze staat. Het is de engel, begrijpt Raaf. Die vangt als een wonder hun woorden met zijn vleugels.

'Hoe bedoel je, "ontsnapt"?' hoort hij de stem van de Vader ver onder zich. 'Hoe kan de oude monnik zijn ontsnapt? Is hij veranderd in een rat en door een gat geglipt? Is hij door de muur gelopen? Hij was er toen je keek. Heb je goed gekeken?'

'Ja, Vader, ik zweer het!' klinkt het antwoord van de geknielde man. 'De deur was op slot, zoals u heeft bevolen. Niemand kan bij hem zijn geweest.'

'Zweer je het op je ogen? Kijk me aan! Zweer je het op je ogen dat je goed hebt gekeken?'

'Ja Vader, ik... ik zweer het,' antwoordt de man.

'Zit dan stil.'

Tobias heeft al zijn moed verzameld en hurkt naast Raaf. Tussen de vleugels van de engel door tuurt ook hij omlaag.

'Hou hem vast,' gebiedt de Vader.

Het Stekelvarken en zijn kameraad pakken de armen van de geknielde man en trekken hem half overeind.

'Vader, ik zweer het! Ik ben u altijd trouw geweest,' roept de man.

'Ik geloof je,' fluistert de Vader. Hij strijkt met zijn hand over het blonde haar van de man. Door welk wonder kan Raaf zelfs deze zachte woorden horen?

'Maar mijn zoon, deze monnik die je hebt laten ontsnappen, is de beroemde Père-Cheval, de kruisridder en Morenvriend die monnik werd. Hij kent de geheimen van dit klooster en nu is hij weg. Je begrijpt toch wel dat ik je geloof? Juist daarom... Hou zijn hoofd stil,' zegt de Vader. In zijn hand verschijnt een mes.

De mannen grijpen de andere geselbroeder stevig vast. Het Stekelvarken pakt zijn haren en trekt zijn hoofd naar achteren. De ogen van de man zijn groot van angst. Ze kijken recht omhoog, recht in die van Raaf, die gespannen zijn adem inhoudt. Hij herkent de man, de geselbroeder met zijn bijna doorschijnende gezicht en waterblauwe ogen. Hij was in het dorp waar ze verlossing zouden brengen en waar hij Tobias zag, toen zogenaamd de schildknaap van de ridder zonder hoofd.

'Vader! Ik zie...'

'Wees stil, mijn zoon. Doodstil.'

'Maar Vader, daarboven...'

Vol afschuw ziet Raaf het mes van de Vader omhooggaan en weer zakken.

'Aaargh!'

De punt boort zich in een oog. De man gilt en schudt zijn hoofd. Het mes zinkt dieper in de oogkas. Rode tranen vloeien over zijn wang. De man gilt luider.

'Sancta Maria, Mater Dei, ora pro nobis peccatoribus,'[12] bidt Père-Cheval achter Raaf.

'Hou hem stil, zei ik,' klinkt het van diep beneden. De Vader trekt zijn mes omhoog. De geselbroeder zakt door zijn knieën, alleen de armen van het Stekelvarken houden hem nog overeind.

'Vader?'

'Kijk wat jullie hebben gedaan. Nu gaat hij dood. Waar is het meisje?' vraagt de Vader.

'Ze heeft zich opgehangen,' antwoordt de geselbroeder naast het Stekelvarken. 'Vanochtend, met haar eigen hemd. Maar haar lichaam was nog warm toen we haar vonden.'

Raaf voelt Tobias naast zich verstijven.

'Haar lichaam was nog warm? Is er iemand bij haar geweest?'

'Nee, Vader, niemand!'

'Niemand is haar kamer binnengegaan? Niemand heeft haar aangeraakt tussen het moment dat de deur op slot ging en het moment dat jullie haar vonden?'

'Niemand, Vader!'

'Dan is ze dus nog rein.'

'Is ze rein als ze zichzelf heeft opgehangen?' bromt het Stekelvarken.

12. 'Heilige Maria, Moeder van God, bid voor ons zondaars.'

‘Hmm, ja. En als we nu haar huid nemen, kunnen we die later toch niet meer gebruiken,’ zegt de Vader peinzend. ‘Zorg dat niemand haar lichaam ziet. Zodra we hebben gegeten, brengen jullie me Père-Cheval. Ergens onder dit vervloekte klooster moet de Kamer van Kennis zijn. Ik wil de *Codex Animalia*, want daarin staat het ritueel. We beginnen direct met zoeken!’

‘Kom,’ fluistert Père-Cheval. Hij staat bij een luik dat zojuist nog onzichtbaar was. Een ladder loopt omlaag en zou in de weidse leegte onder hen moeten verdwijnen. In plaats daarvan staren Raaf en Tobias in een smalle, schijnbaar bodemloze put.

Père-Cheval daalt als eerste af. Teleurgesteld kijkt Tobias hem na. ‘We zijn te laat,’ zegt hij tegen Raaf. Dan draait hij zich om en volgt de monnik door het luik.

Wanneer Raaf na een lange klim weer vaste grond onder zijn voeten voelt, wacht Père-Cheval hem op. ‘We moeten ons haasten,’ zegt hij. ‘Met Gods hulp zijn we nog op tijd.’

‘Op tijd waarvoor?’ vraagt Tobias somber. ‘U heeft het gehoord: het meisje is dood. Wilt u alleen haar huid redden?’

‘De Heer vergeve ze om wat ze hebben gedaan,’ antwoordt Père-Cheval, ‘maar het andere meisje kunnen we misschien nog redden.’

‘Is er nog een ander meisje dan?’ vraagt Raaf verrast.

‘Ja, degene die de Vader zijn bruid noemt. Over haar hoorde ik praten,’ antwoordt Père-Cheval. ‘Ik denk nu dat ik weet waar ze is. Sommige *novices* kwamen tegen hun wil naar dit klooster. Voor hen hadden we speciale kamers, waar ze niet gemakkelijk uit konden. Daar moeten ze haar hebben opgesloten. Volg me,’ zegt hij.

Raaf en Tobias glimlachen.

Er is nog hoop.

De kerk heeft een dubbele muur, beseft Raaf, en ze zitten er als muizen tussen. Wanneer de gang een scherpe hoek maakt, weet hij dat ze aan de achterkant van de kerk lopen. Aan de gang zelf lijkt geen einde te komen. Hij schat dat ze inmiddels weer terug in het kloostergedeelte zijn.

'Hier is het,' zegt Père-Cheval. Langs de muur loopt een stenen richel, een soort drempel. De monnik kijkt naar Tobias, ziet kennelijk dat hij te klein is en gebaart Raaf op de richel te gaan staan. 'De muren hebben ogen,' zegt hij, en hij trekt een stokje uit de muur.

Raaf stapt op de drempel, buigt voorover en loert door het gat.

Een kamer...

In een van de hoeken ziet hij een slaapnis met een matras en een deken. Aan de muur hangt een kruisbeeld. In de andere muur zit een smal venster met in het midden één enkele spijl.

In de schaduw beweegt iets.

Het meisje zit in een tegenoverliggende hoek en heeft de armen rond haar knieën geslagen. Haar *hovetcleet* verbergt haar haren. De grijze jurk die ze draagt zou haar vormeloos moeten maken, maar omdat haar knieën zijn opgetrokken, is de stof strakgetrokken.

'Dat is ze,' fluistert Raaf. Hij heeft haar niet eerder gezien, maar zo stelde hij haar zich voor. Wie anders kan ze zijn? 'Hoe krijgen we haar vrij? Is er een sleutel? Nog een geheime deur?' vraagt hij zacht.

Vriendelijk duwt Père-Cheval hem opzij. Hij steekt zijn vinger in het kijkgat. Geluidloos draait de muur open.

Tobias en Raaf kijken elkaar aan. De dwerg knikt.

Raaf duwt de geheime doorgang verder open en stapt de cel in. Hij maakt geen geluid, want hij wil het meisje niet laten schrikken. 'Psst...'

Het meisje springt overeind, en sissend als een wilde kat werpt ze zich op hem. Door de klap struikelt Raaf achteruit en slaat de verborgen deur dicht. Het meisje pakt zijn haren en trekt zijn hoofd naar achteren. De nagels van haar hand krassen over zijn gezicht. Ze bijt naar zijn neus, maar hij grijpt haar polsen. Hij is bang dat hij haar arm breekt. Ze krabt en wil hem bijten. Haar lichaam drukt tegen het zijne. Hij voelt haar hijgende adem bij zijn lippen.

'Au,' zegt hij. 'Je doet me pijn.' Hij duwt haar polsen opzij, drukt haar lichaam naar beneden, en ze draait haar hoofd weg.

Dan ziet Raaf nóg een beweging, buiten de cel.

Omdat het meisje al naar voren leunt, verliest ze haar evenwicht. Hij draait met een ruk haar armen weg. Plotseling ligt ze op de grond. Snel duwt Raaf haar naar de deur. Hij verbergt zich tegen de muur en trekt haar tegen zich aan. Eén hand houdt hij rond haar nek, de andere tegen haar mond. Ze kan niet schreeuwen en niet bewegen.

Voetstappen komen dichterbij en stoppen. Een schaduw valt over hen heen. Raaf klemt zijn hand stevig om haar mond. Ze probeert hem te bijten. De schaduw verdwijnt, vervolgens ook de voetstappen.

'Je heet Beatrijs,' fluistert Raaf in haar oor. 'Ze hebben je meegenomen uit je dorp. We komen je redden, dus wees stil.'

Het meisje stopt met vechten. Ze kijkt hem aan met grote, groengrijze ogen.

'Niet schreeuwen,' zegt hij zacht. 'Beloof het me.'

Ze knikt.

Raaf haalt zijn hand weg.

Ze schreeuwt.

DE KAMER VAN KENNIS

ZODRA DE VERBORGEN DEUR OPENDRAAIT, sleurt Raaf het meisje achter zich aan de gang in. De deur sluit met een klik, de duisternis slokt ze op.

'Deze kant,' klinkt de stem van Père-Cheval. Twintig passen verder schuift een stuk muur opzij. Struikelend rennen ze naar het licht.

Raaf knippert met zijn ogen. Hij is terug in de kerk. De witte engel kijkt vanaf de andere kant op ze neer. Schuin boven hem is het balkon. Spiedend kijkt hij rond. Hij laat het meisje los en wrijft over zijn kaak. Die doet pijn van de klap die ze hem heeft gegeven.

In een van de zijbeuken van de kerk is een serie biechthokjes met stenen bankjes. Ze volgen Père-Cheval, die het derde deurtje opent. De monnik haakt zijn vinger achter een duimlange scheur in een van de zijpanelen. Een droge klik en het paneel draait open. Ze stappen door de opening. Frisse lucht stroomt ze tegemoet. Ze zijn bij de binnentuin, beseft Raaf.

Ineens ziet hij voor zich hoe de kerk en het klooster van elkaar zijn gescheiden en toch ook weer niet. Vanaf het balkon kunnen de monniken ongezien de mis bijwonen. Vanuit de hokjes nemen ze de biecht af, zonder het klooster uit te hoeven. En wanneer ze dat toch willen, dan zijn er allerlei geheime gangen en deuren waardoor ze onzichtbaar als geesten kunnen komen en gaan.

'Wie zijn jullie?' vraagt het meisje wanneer Père-Cheval eindelijk stilstaat. Haar stem is hees en beeft licht. Verbaasd maar zonder angst staart ze naar Tobias. Dan kijkt ze Raaf aan. Haar ogen zijn groen. Niet als gras, maar als een vijver in het voorjaar. Helder, met een zweem van grijs.

'Ik ben Père-Cheval, mijn kind,' antwoordt de monnik. 'Deze kloeke kerels zijn hier gekomen om je te redden. Ik wijs ze slechts de weg.'

Tobias' borst zwelt van trots. Hij glundert, zichtbaar blij dat het meisje Beatrijs ongedeerd is. 'Eerwaarde, vergeef ons,' zegt hij met hernieuwd zelfvertrouwen. 'Ik weet niet wat dit voor klooster is, maar we kunnen hier beter niet blijven. De geselbroeders zijn bandieten en moordenaars. U moet met ons meekomen.'

Père-Cheval schudt zijn hoofd. 'Nee, mijn zoon. Je hebt de man gehoord die zich de Vader noemt. Hij zoekt de Kamer van Kennis, want daar ligt de *Codex Animalia*. Welk ritueel het ook is dat hij in het *handschrift* denkt te vinden, ik moet hem tegenhouden.' De monnik glimlacht naar Beatrijs. 'Nu je bent ontsnapt, zullen ze de verborgen deur zoeken. Het duurt niet lang voor ze de gang ontdekken.'

'De Vader heeft een relikwie. We moeten het zien te pakken,' zegt Raaf. 'U kunt ons de weg door het klooster wijzen.'

Père-Cheval schudt zijn hoofd. 'Nee, mijn zoon. Dit is het Klooster van Kennis en ik ben de laatste broeder. Het is mijn heilige plicht om de kennis tegen de ogen van het kwaad te beschermen. Die plicht is me heiliger dan welk relikwie dan ook. En zie: hebben jullie niet net een leven gered? Is dat niet waardevoller dan een relikwie?'

'Eerwaarde, misschien kunnen wij vinden wat de Vader zoekt,' stelt Tobias voor. 'Of iets wat ons meer over zijn plannen en het relikwie vertelt. Dit relikwie is van de Kerk. Het is ónze plicht het te vinden. Raaf hier is namelijk de hoeder van de hoorn.'

Het gezicht van Père-Cheval klaart op. 'Met kennis kan ik jullie nog wel helpen,' zegt hij. 'De Kamer van Kennis bewaart alle herinneringen. Wat de Kamer weet, zal ze met jullie delen.'

Père-Cheval leidt ze in zo veel richtingen, dat zelfs Raaf al na de derde hoek is verdwaald. Om de paar passen hebben de gangen een vertakking, en elke nieuwe zijgang staat haaks op de volgende. Sommige zijmuren werpen schaduwen die de schijn van een doorgang wekken, andere lopen juist schijnbaar dood en geven toegang tot een nieuwe tunnel. Uiteindelijk lijkt het alsof alle gangen samenkomen bij twee hoge deuren, diep onder het hart van het klooster.

De deuren zijn hoog en zwaar, als de poorten van een kathedraal. Maar wanneer Père-Cheval met zijn vingertoppen tegen het hout duwt, zwaaien ze geruisloos open.

De Kamer van Kennis is hoog en achthoekig. Boeken verbergen de muren van vloer tot gewelf. Het zijn er duizenden, nee, ontelbaar veel. Het gewelf zelf is als de binnenkant van een omgekeerd schip. In het midden van dat schip, zo'n zeven passen breed, is een komvormige uitsparing. De bodem van de kom is ingelegd met schubben van zilver en goud. Ze weerkaatsen het licht, dat door gaten in de kom witgeel de kamer binnenstroomt. Raaf verrekt bijna zijn nek, zo veel geheimzinnige pracht is er te zien.

Recht onder de kom staan zeven boekstandaarden. Twee ervan zijn leeg. Op een tafeltje staan potjes en kommetjes voor de pigmenten: kalk, verkoold hout en *malachiet*; poeders met een parelglans, azuurblauw of rood als gedroogd bloed.

'Het *scriptorium*,' zegt Père-Cheval.

Beatrijs dwaalt langs de wanden met boeken. Af en toe raakt ze er een aan, maar zonder hem te pakken. Plotseling draait ze zich om. Vastberaden loopt ze op Raaf af, die zich naast Tobias in het midden van de Kamer staat te verwonderen. Met haar handen op haar heupen blijft ze voor hem staan. 'Wie zijn jullie?' vraagt ze. 'En waarom hebben jullie me gered?'

'Ik...' begint Raaf. Waarom is hij plotseling zo van slag door het meisje dat voor hem staat?

Tobias schiet hem te hulp. 'We waren op reis en kwamen door je dorp. Je grootmoeder zei ons dat drie mannen je hadden meegenomen. Kort daarvoor was een ander meisje... verdwenen. We wilden je helpen, dus volgden we je spoor. En hier zijn we!'

'En mijn grootmoeder? Hoe was het met haar? Was ze alleen?' vraagt Beatrijs zacht.

Raaf denkt aan de oude vrouw zonder tanden. Op een steen wachtte ze geduldig tot de dood haar kwam halen. Wat moet hij tegen het meisje zeggen?

'Hier is de *Codex Animalia,*' klinkt het tot zijn opluchting. 'Dit is wat de Vader zoekt.'

CODEX ANIMALIA

'DE CODEX ANIMALIA.'

Père-Cheval legt het boek op een standaard. Het is meer dan een el hoog en een vuist dik. Het omslag is van donker leer, versierd met gouden letters. Met een zucht blaast hij het bovenste laagje stof weg. Dan slaat hij de *codex* open.

'Het perkament is van het fijnste kalfsleer. De haarzijde is al net zo zuiver als de vleeszijde,' zegt hij bewonderend. 'Kijk, hier is een oude tekst afgeschraapt en overgeschreven. En de *miniaturen* lijken te leven, zo helder is de verf nog.'

Raaf, Tobias en Beatrijs komen naast hem staan. Tobias op zijn tenen, want de standaard is te hoog voor hem.

Père-Cheval bladert door de codex en de vreemdste wezens duiken op.

Een beest met het lichaam en de klauwen van een adelaar, maar met het hoofd en de borsten van een vrouw...

Een vogel met slangenstaart...

Raaf huivert van een griezelig genot. Hij voelt dat Beatrijs naast hem zich wat verder vooroverbuigt.

'Prachtig mooie dieren,' merkt Tobias droogjes op. Staand op zijn tenen kan hij meekijken, maar het kost hem moeite. 'Maar zolang we niet weten wat de Vader zoekt, hebben we er niet veel aan.'

'De Vader is op weg naar het Woud van de Griffioen,' zegt Beatrijs onverwacht. 'Ik hoorde hem erover praten.'

Verbaasd kijkt Raaf haar aan.

'Ah, de griffioen!' Père-Cheval slaat de bladzijden om. Een kaart met steden en bossen, bergen en meren komt open te liggen. Rondom is de zee. 'Wij zijn hier,' Père-Cheval wijst, 'in het midden waar de bossen zijn.' Vlak onder zijn vinger loopt een rivier. 'En dit is een van de landroutes van de *Hanze*; de route die van Keulen, Dortmund en Osnabrück naar Hamburg en Lübeck voert en dan verder over zee.' Zijn vinger glijdt dwars over de kaart.

Het is verbazend de wereld zo te zien, alsof je er als een vogel boven hangt, denkt Raaf. Geen boom is hoog genoeg om het land zo te zien. Hoe kan dit worden getekend? In gedachten steekt hij de rivier over en volgt de weg terug die hij gekomen is. 'Waar is Coevorden?' vraagt hij.

'Die plaats ken ik niet,' antwoordt Père-Cheval. 'Maar hier ligt Hamburg. Is dat soms bij Coevorden?' Hij wijst op een plaats bij een diepe inham. Een breed stuk land steekt de zee in. Daarnaast loopt een lint van eilanden. Raaf heeft van eilanden gehoord die in het land van de Friezen liggen, een paar dagen ten noorden van Sandkop.

De wijsvinger van Père-Cheval dwaalt alweer verder, naar de bovenkant van de kaart. Bossen strekken zich uit van helemaal landinwaarts tot de kust. Midden in dat eindeloze woud is een vliegend monster afgebeeld, een leeuw met vleugels en klauwen.

'De griffioen draagt twee naturen in één: de leeuw en de roofvogel,' zegt Père-Cheval. 'Zijn land ligt vele dagen hiervandaan. Waar het bos het dichtst is en de bomen het hoogst zijn, bouwt hij zijn nest. Voorbij dat Woud van de Griffioen ligt alleen nog het rijk van de Teutoonse Ridders van het Hospitaal van de Heilige Maria in Jeruzalem.'

Tobias staat nu helemaal gestrekt op zijn tenen en vergaapt zich aan de afbeelding. 'Maar waarom wil de Vader naar het Woud van de Griffioen?' vraagt hij zich hardop af.

‘Hij wil naar een plek in het oosten om het relikwie te gebruiken voor zijn eigen kwaad,’ antwoordt Raaf.

‘En daarom zoekt hij de codex, omdat hierin een ritueel staat. Dat zei de Vader toch?’ merkt Tobias op.

Raaf knikt. ‘Het is een ritueel waarbij hij het relikwie nodig heeft. Wil hij soms een griffioen vangen?’

‘Eerwaarde, leven er nog meer dieren in het Woud van de Griffioen?’ vraagt Tobias plotseling opgewonden. ‘Dieren zoals de... eenhoorn?’

Père-Cheval knikt waarderend. ‘De eenhoorn leeft inderdaad diep in de bossen, ver buiten het zicht van de mensen. Als er ergens een plek is voor hem, dan is het wel in het Woud van de Griffioen. Laat me eens kijken...’

Hij bladert verder. Een nieuwe afbeelding maakt zich los uit de codex. Het is een paard, witglanzend met lange manen en een staart die bijna tot op de grond valt. Het dier kijkt trots, met ogen van helder aquamarijn. Op zijn voorhoofd prijkt de hoorn, die Raaf onmiddellijk herkent. Maar deze hoorn is lang als een lans, terwijl het relikwie slechts de lengte heeft van zijn onderarm. Beide draaien spiraalsgewijs tot een punt. Ooit moet er een stuk van de hoorn zijn afgezaagd om het relikwie te maken, bedenkt hij.

Dunne inktregels zijn in nette rijen onder het dier gestapeld. De letters zijn op lijntjes gezet, die van links naar rechts zijn getrokken tussen kleine gaatjes aan de zijden van het perkament.

Père-Cheval begint te lezen. Zijn stem trilt door de Kamer van Kennis en het stof danst in het licht.

‘De Grote Dood waart door het woud
en baant zijn pad van angst en pijn.
Zijn adem gloeit, zijn knekels koud,
zaait zweren waar zijn stappen zijn.

In vraatzucht is hij lang voldaan;
hij knielt om dorst te blussen,
aan water, van leven al vergaan,
zijn tandeloze slokken zijn dodelijke kussen.

Daar verschijnt, in paarlemoeren pracht,
de Eenhoorn, dat goddelijke wezen.
Haar hoorn vervult de bron van kracht,
de poel glanst dra van helder leven.

De Dood deinst terug en grauwt en brult.
De Eenhoorn, duizend jaren oud,
verheft zich, in nevelen gehuld,
en verdwijnt spoorloos in het woud.'

DE EENHOORN

'DE EENHOORN: HET PUURSTE, EDELSTE en machtigste van alle wezens,' vertelt Père-Cheval. 'Het is een Bijbels dier, waarover ook de oude Grieken schreven. De eenhoorn was te laat om aan boord van de ark te gaan die Noach had gebouwd. Van elk dier dat op het land leeft, bestaat er een in de zee, dus zo kan het zijn dat hij de zondvloed heeft overleefd.'

Père-Cheval knijpt zijn ogen samen en brengt zijn gezicht dichter bij het manuscript. Zijn lange witte baard bedekt een deel van de bladzijde. Hij mompelt een verontschuldiging en duwt de haren opzij.

'Het veulen van de eenhoorn kan alleen worden geboren op een maanloze nacht,' leest hij met zachte stem. 'Zodra de moeder de plek op zijn voorhoofd likt, begint zijn hoorn te groeien. De jonge eenhoorn is goud van kleur. Pas na twee jaar verandert de vacht in zilver. Is hij een jaar of zeven, dan is hij zuiver wit met gouden hoeven en een blanke hoorn. Na honderd jaar is de eenhoorn volwassen, maar de hoorn is pas na duizend jaar volgroeid. Dan ook pas veranderen zijn ogen van zwart naar azuurblauw. Haal je de hoorn van zijn hoofd, dan verandert het paarlemoeren dier in een mager wit paard.'

Raafs ogen dwalen naar een andere, pinkgrote afbeelding op de bladzijde. Een meisje in een wit gewaad staat voor de eenhoorn. Het dier knielt op één been en heeft zijn hoofd naar haar toe gebogen. Met haar wijsvinger raakt ze de hoorn aan. Het is dezelfde afbeelding als op het goud van het relikwie, beseft hij. Dezelfde ook als op de steen in de kloostertuin aan de Reest.

'Kijk met wat voor fijne hand deze *miniatuur* is gemaakt,' zegt Père-Cheval bewonderend. 'Breng me die glazen bol eens.' Hij wijst naar een tafeltje met een ronde kom. De kom is van zuiver kristal, helder en doorschijnend als de bol van een oog. De bodem van de kom is met water gevuld.

Beatrijs loopt naar de kom. Met twee handen tilt ze hem op. Ze loopt er zo zorgvuldig mee terug, dat het water in de ronde sfeer nauwelijks heen en weer beweegt.

Père-Cheval neemt de kom van haar over, voelt of de onderkant droog is en plaatst hem op het perkament, dat hij met zijn hand zorgvuldig heeft gladgestreken. 'Kijk door het oog van de profeet,' zegt hij.

Raafs mond valt open. De bol met water brengt het beeld op magische wijze dichterbij. Het meisje in het witte gewaad heeft lichtbruine haren, groengrijze ogen en zachte wangen. Zo onopvallend mogelijk kijkt Raaf opzij naar Beatrijs.

'Haal de hoorn van zijn hoofd en het dier verandert in een mager paard. Waarom zou iemand dat doen?' vraagt Tobias.

'Omdat de eenhoorn magische, genezende krachten heeft. Dat staat ook in de tekst. Die krachten zitten in de hoorn.' Père-Cheval slaat de bladzijde om. 'Maar dit is vreemd,' zegt hij, mijmerend boven de pagina in de codex. 'Dit blad is dunner en ouder. Het heeft allerlei handschriften en is door verschillende monniken in meerdere tijden geschreven. Het merkwaardige is: de hoorn die hier is afgebeeld lijkt niet op die van de eenhoorn.'

Raaf en Beatrijs buigen zich over het manuscript, Tobias rekt zich uit tot zijn tenen kraken.

'Arabisch schrift,' legt Père-Cheval uit voordat Raaf kan vragen wat de vreemde tekens zijn. 'Kennis uit Bagdad, de Stad van de Vrede.'

Raaf herkent de symbolen: ze stonden op het relikwie. Dan ontdekt hij andere tekens langs de rand van het vel. Halve en hele cirkels, en de letter 'R', die hij ook in zijn naam draagt. Hij ziet de monnik weer voor zich, broeder Lucius, ineengezakt in de kapel. Met zijn bloed schreef hij zijn laatste boodschap op het altaar.

Père-Cheval murmelt onverstaanbare woorden. Hij begint te lezen.

'Ooit, staat hier, was er een hoorn die al het Goede bracht. Hij bracht gezondheid, liefde, geluk en een lang leven. Maar er was ook een hoorn van het kwaad. Die bracht verleiding en hebzucht, vruchten en goud. Nog voor het begin der tijden is de hoorn van het kwaad gesmolten in het hellevuur, maar de symbolen bleven bestaan. De twee hoornen werden één. Dat is het woord dat je hier ziet: "*Cornucopia*", de hoorn van overvloed.'

'Cornucopia...' herhaalt Raaf langzaam. Het woord heeft een vorm en een klank, maar nog nauwelijks betekenis. Was dit woord zo belangrijk dat de stervende monnik het met zijn bloed opschreef? Omdat hij in het moment van zijn dood begreep wat het relikwie werkelijk was? 'Maar dit is niet het relikwie,' zegt Raaf teleurgesteld. 'Deze hoorn is anders.' Want de hoorn in de miniatuur is krom als die van een bok, niet recht zoals die van de eenhoorn.

'Ze zijn anders in hun vorm, maar wil dat zeggen dat ze verschillend zijn?' vraagt Père-Cheval. 'De hoorn van het goede gaf gezondheid, liefde, geluk en een lang leven. Hier wordt hij de hoorn van de Ultima Dea genoemd, de Laatste Godin. De eenhoorn geneest ziekten. Hij heeft meer macht dan de heilige Rochus, Christoffel, Adrianus en Sebastiaan tezamen. De twee hoorns hebben dus dezelfde magie.'

Peinzend kijkt de monnik op. Zijn ogen ontmoeten die van Raaf. 'Als de Grieken al over de eenhoorn schreven, dan stamt zowel de hoorn van de Laatste Godin als die van de eenhoorn uit de tijd van de Ouden. En dat was vóór het begin van ónze tijd, voor de zondvloed de wereld onder water zette. Het relikwie dat jullie zoeken en dat de Vader heeft, is misschien de échte cornucopia, de hoorn van al het goede. Daarom verschilt hij van de hoorn die de vorm heeft van de bok, wat immers een symbool is van het kwaad.'

Père-Cheval ziet de verwarring op Raafs gezicht. 'Ik had je moeten waarschuwen: kennis opent de deur naar nieuwe vragen.' Zachtjes doet hij de codex dicht. 'Het is tijd om te gaan,' zegt hij.

'Maar er is hier nog meer kennis, boeken vol!' roept Tobias. 'En we weten toch nog altijd niet welk ritueel de Vader zoekt. Wat moest hij met de meisjes? Welk kwaad wil hij doen met het relikwie?'

'Er is altíjd meer kennis,' antwoordt Père-Cheval. 'Ooit kwam ik hier te paard, zoekend naar de graal van kennis. Het enige wat ik ontdekte was dat die graal geen bodem heeft en nooit leeg raakt. Dat is de vloek die mij aan dit klooster gekluisterd houdt. Kom mee nu, want het is tijd.'

Raaf legt zijn hand op de codex, aarzelt, slaat dan het boek open en terwijl hij luid hoest, scheurt hij er een vel uit. Snel stopt hij het onder zijn tuniek.

'Alle kennis gaat op in rook...' mompelt Père-Cheval met zijn rug naar hem toe.

Met tegenzin volgt Raaf hem de Kamer van Kennis uit. Beatrijs en Tobias staan al in de gang. Hij kijkt om naar de hoge deuren. Hij zou willen blijven tot hij alle antwoorden heeft, maar hoe lukt dat als hij de juiste vragen niet kent? Zonder de monnik en zijn kennis houden de boeken hun geheimen achter hun rug verborgen.

Door de schemerige gang klinkt een geluid als het rommelen van een maag. Alsof het klooster honger heeft.

'De tunnel loopt recht en de bodem is vlak,' zegt Père-Cheval wanneer ze uit de doolhof van gangen komen. 'Volg hem en je komt buiten.' Hij wijst in de richting van het donker. 'Ga en kijk niet om.'

'En u?' vragen ze met één stem.

'Mijn plaats is hier,' antwoordt Père-Cheval. 'Ik heb de broeders begraven die de Grote Dood wilden overwinnen. Hun kennis was groter dan hun geloof. Het vlekkeloos oog van de Allerhoogste zag wat we deden en strafte ons met de zweren. *Domine, miserere super peccatore.*[13] Dat is de vloek die over dit klooster is gekomen. De vloek van kennis moet worden afgewend en wat de Vader zoekt mag hij niet vinden. Ga!'

Ze stappen de tunnel in. Achter hen sluit de deur. Raaf laat Tobias en Beatrijs voorop gaan. Het relikwie is nog in het klooster. Hij kan niet weggaan en het achterlaten. Hij moet Job redden. Zo dicht bij de hoorn komt hij nooit meer...

Aan het einde van de lange tunnel schemert licht. Raaf staat stil. Tobias en Beatrijs merken het niet en lopen verder. Dan neemt hij een beslissing.

Hij draait zich om en holt terug het donker in.

---

13. Heer, wees de zondaar genadig.

SPIEGEL VAN WATER

‘RAAF! RAAF!’ WANHOPIG ROEPT Tobias de naam van zijn vriend. Hoe kan hij deze vuurzee overleven? Beatrijs trekt aan zijn mouw. Zwijgend lopen ze achteruit, weg van de tunnel en het brandende klooster. Tobias voelt tranen opwellen, maar ze verdampen zodra ze in zijn ogen staan.

De vlammen verlichten de hemel als een zonsondergang. Hun hitte vormt een muur die hen steeds verder tussen de bomen naar achteren dwingt. De regen die eerder zo zwaar is gevallen, voorkomt dat de vlammen en vonken van het klooster overspringen en het bos rondom hen in lichterlaaie zetten.

Plotseling beeft de aarde. Een enorme donderslag doet het bos schudden. Takken en bladeren vallen omlaag. Voor hen rolt een deken van rook de heuvel af. De tunnel braakt vlammen.

Beatrijs zinkt op de grond. Ze legt steentjes voor zich neer en bidt een rozenkrans. Tobias knielt naast haar. Hij wil zijn arm om haar heen slaan, vooral om zichzelf te troosten. Dan ziet hij haar glimlach...

Hoestend verschijnt Raaf tussen de bomen. Zijn gezicht en kleren zijn donker van het roet.

‘Je leeft!’ roept Tobias terwijl hij op hem af rent. ‘Moet je zien, het lijkt wel alsof je aan het spit hebt gehangen. Vanbuiten verbrand en vanbinnen een halvegare.’

Raaf grijnst, maar schudt dan bedroefd zijn hoofd.

'Wat zeg je? Is je tong verbrand?'

'Ik heb het relikwie niet,' antwoordt Raaf. 'Ik zocht de Vader, maar toen kwam het vuur. Het was overal. De gangen waren één grote, brandende schoorsteen. Ik vluchtte door de tunnel, maar door de rook verdwaalde ik. Ik dacht dat ik nooit meer buiten zou komen...'

'Ja, dat dacht ik ook. Je had niet terug het klooster in moeten gaan,' zegt Tobias beschuldigend. 'Je laat je vrienden toch niet in de steek? Wat had er van ons terecht moeten komen?'

'Ik moest wel,' zegt Raaf ernstig. 'Job...'

'Ja, ik weet het,' knikt Tobias. 'Père-Cheval heeft dus de boel in brand gestoken. Laten we hopen dat de Vader met alle kennis is verbrand en dat de monnik aan het vuur is ontsnapt. Kom, je moet wat drinken.'

De wind is gedraaid. Een vuurgloed strijkt als een warme bries langs Raafs gezicht. Van onder zijn halfgesloten oogleden kijkt hij naar Beatrijs, die met natte haren van de beek komt. Even sluit ze haar ogen. In dat moment ziet hij dat ze tere oogleden heeft met fijne blauwe adertjes. Haar hovetcleet zit los, de mouwen van haar jurk zijn opgerold. Ze is blootsvoets en haar schoenen draagt ze in haar handen. Zijn buik voelt warm als zijn wangen. Hij leunt tegen de boom en doet alsof hij slaapt. Ze weet niet dat hij kijkt. Dat Beatrijs zich ook bij de beek verder kan aankleden, komt niet bij hem op.

Beatrijs loopt naar hem toe en gaat naast hem zitten op het mos. Met een hand strijkt ze haar natte haren naar achteren. 'Waar brengen jullie me heen?' vraagt ze.

Zwijgend kijkt hij haar aan.

'Brengen jullie me naar huis? Je bent er eerder geweest, je weet de weg. En is dat niet waarvoor jullie gekomen zijn? Voor mij? Om mij te redden?' Ze legt haar handen op zijn knieën en kruipt dichter naar hem toe. Een waterdruppel glanst als een zilveren sieraad aan haar oor.

Ze heeft haar keel ingesmeerd met honing, denkt Raaf. Hij maakt haar handen los en duwt haar zwijgend van zich af.

'Wie ben jij voor iemand?' roept ze. Boos springt ze op. 'Ik smeek je me te helpen en je duwt me weg! Waarom red je me als je me daarna in de steek laat?'

'Smeken? Je vroeg me wat,' zegt Raaf botter dan hij wil. 'We kunnen je niet naar huis brengen, want we moeten het relikwie vinden,' zegt hij. 'De Vader heeft de hoorn. We moeten hem volgen, waar hij ook heen gaat.' Want als hij het niet doet, dan wordt Job in kleine stukjes gesneden, stukjes zo klein als zijn pink. Maar dat zegt hij niet. Ook niet dat Beatrijs thuis niets meer heeft te zoeken. Thuis vindt ze een leeg dorp en een grootmoeder dood op haar steen. Hij weet wat het is om thuis te komen en niks meer te vinden wat het tot een thuis maakt.

'De Vader is dood, hij is verbrand,' zegt Beatrijs. 'Je hoeft hem dus niet te volgen. En het relikwie dat je zoekt is verbrand, samen met al het andere in het klooster.'

'De Vader leeft,' zegt Raaf met kalme stelligheid. 'Hij kan maar één kant op zijn gevlucht: met de wind mee weg van het vuur. Zodra ik kan, volg ik zijn spoor.'

'Je hoeft hem niet te volgen,' zegt Beatrijs, 'want ik weet waar hij naartoe gaat. Naar het Woud van de Griffioen, waar de eenhoorn leeft. En als ik met jullie mee mag, dan zeg ik precies waar dat is.' Uitdagend kijkt ze hem aan.

'Wát, je weet waar? Waarom heb je dat niet eerder gezegd?' vraagt Raaf.

'Neem je me mee als ik het vertel?'

'Ja,' antwoordt hij.

Triomfantelijk zet Beatrijs haar handen in de zij. 'De Vader is naar Greifswald, een stad in het oosten. Hij had het over een plek in het bos dicht bij het klooster Hilda. Het is een magische plek, zei hij. Daar zou hij me naartoe brengen, omdat ik zijn uitverkoren maagd ben, zijn bruid.'

'Naar Greifswald.' Raaf proeft de naam. 'Je had het eerder moeten zeggen,' zegt hij verwijtend. 'Vertelde de Vader soms ook waarom je zijn uitverkoren maagd bent, zijn bruid?'

'Omdat ik mooi ben natuurlijk, daarom!' antwoordt Beatrijs, nijdig om Raafs ondankbaarheid.

Raaf kijkt naar de grond. Hij stelt zich haar voor in een dun, doorschijnend gewaad, zoals het meisje in de codex droeg. De eenhoorn komt naar haar toe en legt zijn hoorn in haar schoot. Dan verschijnt de Vader... Wacht eens, dat is het! Hij wilde Beatrijs gebruiken om de eenhoorn te vangen!

'Waarom zeg je niks terug?' vraagt ze.

'Misschien heeft de Vader nog een andere reden,' zegt Raaf.

'Een andere reden dan dat ik mooi ben is niet nodig,' reageert Beatrijs boos. Ze draait zich om en loopt weg.

Raaf kijkt haar na. Ze is verwend en vervelend. En ze is mooi.

Hij is opgelucht wanneer Tobias terugkomt van het uitgebrande klooster.

'Je hebt gelijk,' zegt Tobias tegen Raaf. 'De grond is omgewoeld als sneeuw. De geselbroeders zijn voor het vuur uit gevlucht. Arme Père-Cheval. Als hij nog leeft, dan zouden we hem moeten helpen – zoals hij ons heeft geholpen,' voegt hij eraan toe.

Water ruist langs het pad, over keitjes en kiezels. Het glinstert als zilver en klatert als goud. Af en toe kruisen sporen van klein wild hun weg. De pootafdrukken zijn smaller dan die van een hond; Raaf herkent er een vos in. Of hij ziet lange poten met vier teenafdrukken en bij het gras de kogelronde konijnenkeutels. Hij kijkt opzij, naar Beatrijs. Ze loopt mooi, vindt hij. Stil en verend, als een dier in het bos. Een zonnestraal tovert een glinstering in haar ogen. Even houden ze hem gevangen. Hij struikelt.

Tobias loopt al een poosje eenzaam voor hen uit. Hij is vreemd stil.

'Wat ben je van plan als we ze vinden?' vraagt Beatrijs aan Raaf. 'Zij zijn met z'n velen, wij zijn alleen maar samen.'

Alleen maar samen, dat klinkt mooi, vindt Raaf. 'Ik weet het als het zover is,' antwoordt hij.

'Dat lijkt me niet echt een goed plan,' zegt Beatrijs.

'Het is geen plan,' zegt Raaf naar waarheid. 'Misschien vinden we ze als ze slapen. Dan kunnen we de hoorn stelen en wegsluipen. Ik heb het eerder gedaan.'

'Echt waar? Wanneer?'

Terwijl ze lopen, vertelt Raaf van zijn ontmoeting met de ridder zonder hoofd en de geselbroeders. Hoe Tobias uit zijn harnas sprong en hij erin slaagde het goud van de Vader te pakken. Over de vreselijke dingen in het bos en in de kapel zegt hij niets, alleen over de mooie dingen. Het voelt goed dat er iemand naar hem luistert. Iemand zoals Beatrijs.

'Waar is Tobias?' vraagt Raaf nadat ze een tijd hebben gepraat en gelopen. Verbaasd kijkt hij rond. Het is alsof zijn vriend van de aardbodem is verdwenen. 'Wacht hier,' zegt hij tegen Beatrijs, 'ik ga hem zoeken.'

Raaf volgt het pad terug. Hij is boos op zichzelf dat hij niet eerder merkte dat Tobias was verdwenen. Zo liep zijn vriend voor hen uit, zo was hij weg.

Na zo'n vijftig stappen ziet hij de voetafdrukken. Hij knielt en kijkt naar de gebroken takjes, de gekneusde bladeren en de indrukken in het zand. Tobias liep voor ze, bleef staan en wachtte langs het pad tot ze pratend voorbij waren gekomen. Hoe kan hij hem niet hebben gezien, denkt hij. Nadat ze hem voorbij zijn gelopen, is Tobias teruggegaan naar vanwaar ze kwamen. Om ervandoor te gaan met het goud? Raaf kijkt beschaamd naar zijn voeten. Zijn vriend verdient dat wantrouwen niet. Het moet een flard zijn van de gedachten die het relikwie in hem heeft achtergelaten. In elk geval is er niets ergs gebeurd. Geen geselbroeders of soldeniers die zijn vriend in stilte hebben verrast.

'Waarom? Waar is hij naartoe?' vraagt Beatrijs als Raaf vertelt wat hij heeft ontdekt. 'Eerst jij in de tunnel, nu Tobias. Doen jullie dat de hele tijd, zo plotseling verdwijnen?'

'Ik weet het niet, maar we moeten ook terug,' antwoordt Raaf. 'Hij kan nog niet ver zijn.'

'En waarom zou hij alleen zijn weggegaan als hij niet alleen wilde zijn?' vraagt Beatrijs.

Daar weet Raaf geen antwoord op. 'En als hij verdwaalt?' vraagt hij.

Beatrijs lacht. 'Ben je zijn vader soms? Maak je niet ongerust. Hij heeft vast een goede reden. Als we niet te snel lopen, haalt hij ons wel weer in.'

Wanneer de zon net over haar hoogste punt is, stoppen ze bij een meer. De hemel is blauw, met her en der een losse wolk die dromerig van de kudde is afgedreven. Zonder een woord te zeggen, besluiten ze om die dag niet verder te gaan. Na alles wat er bij het klooster is gebeurd, kunnen ze wel wat rust gebruiken. Bovendien, denkt Raaf, vindt Tobias hen zo sneller.

Van takken, bladeren en mos bouwt Raaf een slaapplek voor Beatrijs. Dan maakt hij er ook een voor zichzelf, op enkele passen afstand, onder de bomen, gescheiden door struikgewas. Hij zoekt een stok, snijdt er een punt aan en loopt ermee naar het meer.

Verderop waadt Beatrijs tot aan haar heupen het water in. Raaf staart haar na vanaf de kant. Ziet hoe ze haar rok optrekt. Ziet haar benen en zelfs een deel van haar dijen. Op dezelfde manier waadt ze terug. Ze lacht. Snel kijkt Raaf naar de spartelende vis die hij bijna gedachteloos aan de punt van zijn stok heeft gespietst.

Maar die nacht ligt hij wakker en staart hij naar de sterren. Hij heeft zijn armen onder zijn hoofd gevouwen en denkt aan Beatrijs' lach. Raaf stelt zich de aarde voor, dan het meer en de kleine plek waar hij ligt, van haar gescheiden door de struiken. Rond de aarde draaien de zon, de maan en de andere hemellichamen waarvan hij de namen niet kent, maar die hem altijd kunnen helpen de weg te vinden wanneer alles donker is. Daarachter is de sfeer van de vaste sterren, die als een sluier tussen de aarde en de hemel hangt. In die hemel wonen engelen en heiligen, meisjes zoals Beatrijs. Hij luistert in de hoop hun muziek op te vangen. Van achter de struiken hoort hij haar licht ademen. Waarom zouden ze niet hier blijven, samen aan het meer? Hij kan een hut bouwen, vallen zetten en fuiken vlechten. Ze kunnen hier leven, want thuis hebben ze niks.

Maar Job dan?

Omdat hij niet kan slapen, staat hij op. In de smalle baan van het maanlicht loopt hij naar het meer. Het water is koud en bijt in zijn enkels. In het water spiegelen de sterren, de aarzelende lach van zijn moeder en de brede grijns van zijn vader. Snel kijkt hij op. Niets, geen engelen. Alleen de verre sterren die tussen hem en de hemel staan. De sterren en de maan, die, sinds zijn reis is begonnen, steeds meer van haar glans verliest. De maan, die de tijd aangeeft die hem rest om Job te redden.

Vroeg de volgende ochtend, met de slaap nog in zijn ogen, zegt Raaf tegen Beatrijs wat hij zelf niet wil horen.

'We moeten verder.'

TIJL UILENSPIEGEL

OVERDAG BEPAALT RAAF HUN RICHTING aan de hand van de zon, de bladeren aan de bomen en het mos op hun stam. 's Nachts kijkt hij naar de sterren, die naar het westen reizen terwijl zij oostwaarts gaan. Iets tussen hem en Beatrijs is veranderd, magischer geworden. Ze vinden het allebei moeilijker om te praten. Alsof ze bang zijn met woorden te verstoren wat onuitgesproken tussen hen is ontstaan. Iets wat ze niet kunnen benoemen. Dus lopen ze en zwijgen ze, denkend aan de nacht bij het meer.

Tobias is nog altijd niet terug, maar langzaam lopen wil Raaf niet langer. De maan is gekrompen tot minder dan haar halve dikte. Ze gaan naar het oosten, maar van de geselbroeders is nog geen spoor. De richting is goed, maar het oosten is weids. Soms vraagt hij zich wanhopig af hoe het hem moet lukken op tijd de Vader te vinden en het relikwie in handen te krijgen. *Het relikwie vindt ons,* zei Tobias, maar waar is zijn vriend? Kan hij niet beter naar huis gaan en daar proberen Job te redden? Hij klemt zijn tanden op elkaar en loopt zo snel, dat Beatrijs hem nog maar net bijhoudt.

Halverwege de achtste dag sinds hun ontsnapping uit het klooster hoort Raaf een geritsel naast het pad. *Blijf staan,* gebaart hij naar Beatrijs.

Een man stapt uit de struiken. Grijs haar valt in vette plukken van onder zijn capertje over zijn schouders. Hij heeft een spitse neus, een scherpe kin en twinkelende ogen. Op zijn rug draagt hij een reiskorf.

'Gegroet, vrienden. Mijn naam is Tijl Uilenspiegel, mars- en onzinkramer. Ik breng verhalen van verre en neem vertellingen mee. Toen ik jullie hoorde, ben ik van het pad gestapt. In deze bossen kun je zelfs de bomen niet vertrouwen. Gistermiddag nog ben ik in het zonnetje in slaap gedommeld. Ik voelde vingers langs mijn beurs glijden, pakte de arm van de dief en trok. Wat denk je? Een tak probeerde met zijn twijgjes mijn beurs te rollen!'

Raaf gaat wijdbeens voor Beatrijs staan. Dit is geen goede plek om vreemdelingen tegen te komen.

Tijl schudt de riemen van zijn korf los en zet zijn vracht op de grond. 'Ik ben op weg naar Mölln, voorbij Hamburg. En jullie?' vraagt hij opgewekt.

'Naar Greifswald, in het oosten,' antwoordt Beatrijs zorgeloos door zijn vrolijke stem. 'Kent u dat?'

'Greifswald, in het Land van de Griffioen,' antwoordt Tijl tot Raafs verrassing.

'Ja!' roept Beatrijs verheugd.

'Natuurlijk ken ik dat,' zegt Tijl. 'Net als Greifen, Greifenberg, Greifental en Greifenhain. Dat beest heeft meer nesten dan een duizendpoot tenen heeft. Voorlopig volgen we dezelfde weg, dus tot bij Hamburg kunnen we samen reizen. In mijn korf heb ik eten. Wat denken jullie ervan?' Tijl kijkt schattend naar de hemel. 'Het regende vorige week zo hard, dat ik de vissers hun netten in de lucht zag uitgooien. En een paar dagen geleden was er een vuur zo groot, dat de zon er bleek van werd. Water en vuur aan de hemel. Zou het een voorteken zijn? Hier, zodat jullie weten dat we vrienden zijn.'

Tijl spreidt zijn mantel op de grond en haalt allerlei spulletjes uit zijn korf. Een handmolen voor het malen van graan, een gladde steen voor het strijken van kleren, een spintol, een handvol kaarsen met streepjes om de tijd te meten, een zwart ei, een wichelroede en een rare, rode zotskap met twee lange punten en belletjes aan het einde. 'Ha, gevonden!' Met een brede glimlach tovert Tijl een kruik tevoorschijn. 'Te veel voor één, genoeg voor drie. Dan is er nog beschuit, reuzel en droog vlees. Eet wat je kunt!'

'Fijn!' roept Beatrijs.

Raaf perst zijn lippen op elkaar. Hij is jaloers, beseft hij, en dat bevalt hem helemaal niet.

'Maechdeken, mocht ick een wijle bi u zijn
Lieveken, ick custe aen dijnen mont
Soete lief, den langhen dag hier op die gront
Myn alre liefste lief, mits gi de schoonste maget zijt.'14

Vrolijk zingend loopt Tijl voor hem uit, Beatrijs naast zich. Haar kastanjebruine haren dansen van onder haar hovetcleet mee met haar stappen. Tijl zegt iets en ze lacht.

Raaf blijft een paar passen achter. Tijl lijkt slim en zorgeloos, maar is hij te vertrouwen? Kwamen ze hem wel bij toeval tegen? Raaf wantrouwt de man, maar tegelijkertijd weet hij wat hem echt bezighoudt: Beatrijs. Zou ze hem leuker vinden als hij vrolijk en zorgeloos was als die Tijl? Maar hoe kan hij zorgeloos zijn als Tobias al dagen is verdwenen, hij nog geen spoor van de geselbroeders heeft gevonden en de maan zich er nacht na nacht minder van aantrekt dat Job straks wordt gedood? Hij loopt sneller.

'Toen ik naar huis wilde, lieten de geselbroeders me niet meer

---

14. 'Meisje, mocht ik even bij je zijn,
Liefje, ik kuste je mond.
Zoet liefje, de lange nacht hier op de grond
Mijn allerliefste lief, omdat je het mooiste meisje bent.'

gaan,' hoort hij Beatrijs vertellen. 'Ze hielden me gevangen. Père-Cheval heeft me toen bevrijd.'

'Hebben ze je pijn gedaan?' vraagt Tijl vol medeleven.

'Nee, ze noemden me een prinses.'

'Dat ben je ook, een mooie prinses,' zegt Tijl.

En ik dan, denkt Raaf teleurgesteld. Heb ik je dan niet bevrijd?

Raaf heeft zijn armen rond zijn knieën geslagen. Van onder zijn wenkbrauwen kijkt hij naar Tijl, die met gestrekte benen behaaglijk tegen een boom leunt. De man likt de laatste kruimels beschuit van zijn lippen en kijkt glimlachend terug.

'Dus jij maakt een belangrijke reis. Iemand die op zo'n belangrijke reis is, kan misschien goede raad gebruiken?' begint Tijl.

'Heeft Beatrijs dat gezegd?' vraagt Raaf. Wat heeft ze nog meer verteld, denkt hij ongerust. Iets over het relikwie misschien?

Tijl knikt. 'Een bedevaart naar het klooster Hilda. Een verre en gevaarlijke reis voor iemand zo jong. De Grote Dood is overal. Mijn raad?'

'Dat hoeft niet,' antwoordt Raaf. 'Trouwens,' voegt hij eraan toe, 'u heeft wel gezegd waar u naartoe gaat, maar niet waar u vandaan komt.'

'Heb ik dat niet verteld? Ik kom uit Damme, een stad in Vlaanderen, het land van brave burgers en vlijtige boeren,' zegt Tijl. 'Ze zeggen dat je rond de aarde kunt reizen als een vlieg rond een appel en ik heb al zo veel dagen gelopen, dat ik straks wel weer voor de achterdeur van mijn huis zal staan. Eigen schuld. Ik wilde langs Rulle reizen, want daar is een kloosterbron die mij al veel problemen heeft gegeven. Zodra vrouwen het water van de bron drinken, worden ze zo vruchtbaar als vette klei. Ik wilde de bron dichtgooien. Maar toen ik daar was, kwam ik een *wijff* tegen met borsten zó groot, dat ze die op een kaasplank droeg. Ik kon haar niet zomaar aan haar lot overlaten. Ik moest haar wel helpen met het dragen van die zware vruchten. Ach, de liefde... Dankzij haar heb ik mijn plan maar laten varen, maar zelf ga ik nog steeds te voet, net als jij.'

Tijl lacht.

'In mijn korf zit iets wonderlijks,' zegt hij. 'Een magisch instrument dat praat zonder mond en wijst zonder vinger. Kun je raden wat het is?'

Raaf schudt zijn hoofd.

'Wacht, dan laat ik het zien.'

Tijl buigt opzij en pakt een gevorkte stok uit zijn korf. Vrolijk draait hij hem tussen zijn vingers.

'Het is een wichelroede. Maar niet zomaar een en zeker geen duivels instrument. Deze vindt geen water, maar liefde. Let op.' Soepel springt Tijl overeind. Hij houdt de wichelroede bij de twee uiteinden van de vork, zodat de punt schuin omlaag wijst. Een paar keer haalt hij diep adem. De wichelroede begint te zoeken. Eerst draait de punt in Raafs richting, maar dan wijst hij langs hem. Als een snuffelende hond speurt de roede de omgeving af. Het is net een hond aan de lijn die zijn baasje meesleept. Eerst een stap vooruit, naar Raaf, dan een pas zijwaarts. Ineens is het voorbij. Tijl laat zijn armen zakken en glimlacht.

'De wichelroede vindt de bron van liefde in ieders hart. Niets is belangrijker dan de liefde, moet je weten. Geen reis kan belangrijker zijn dan de reis die je hart maakt om je ware liefde te vinden.' Hij doet de wichelroede terug in de korf. 'Beatrijs is een lief kind, maar kun je wel goed voor haar zorgen?'

'Dat gaat u niks aan,' moppert Raaf.

'Als je haar hebt gered, dan ben je verantwoordelijk voor haar. Ze heeft niemand meer. Iedereen die ze kende, kreeg de zwarte zweren, dat heeft ze me zelf verteld. Ze heeft me ook gezegd wat jij voor haar hebt gedaan. Het schept een verplichting.'

Raaf knikt.

'Beatrijs kan morgen met mij mee naar Mölln,' zegt Tijl. 'Ze is een lief meisje, ik zal goed voor haar zorgen.'

'Nee,' roept Raaf. 'Beatrijs blijft bij míj. Ík heb haar gered, dus ík zorg voor haar.' De angst om haar te verliezen verrast hem.

'De Heilige Catharina heeft haar met schoonheid gezegend, dat zie je zelf ook wel. Kun je haar wel tegen andere mannen beschermen?' vraagt Tijl.

'Ja,' zegt Raaf zelfverzekerd. 'Ja, dat kan ik en dat zal ik. Ze blijft bij mij!'

Even ritselen de struiken, alsof ze door een meisjeshand zachtjes zijn beroerd. Beatrijs' glimlach blijft onzichtbaar voor Raaf.

ZWARTE ZWEREN

VROEG DE VOLGENDE OCHTEND zijn Beatrijs' ogen troebel van de tranen. Haar anders blozende wangen zijn bleek. Tijl heeft zijn arm troostend om haar heen geslagen. Met een angstige blik staart ze naar Raaf.

'Wat kijken jullie raar,' zegt Raaf. Hij duwt de takken van zich af die hij die nacht als deken gebruikte. Zittend schudt hij zijn mantel uit.

Beatrijs' ogen kleuren rood als een zonsondergang.

'Je bent ziek,' zegt Tijl. 'Laat je borst eens zien.'

'Mijn borst, hoezo? Ik ben niet ziek,' antwoordt Raaf.

'Je borst. Laat zien,' herhaalt Tijl.

Raaf wil weigeren, maar Beatrijs kijkt hem zo vreemd aan...

Hij haalt zijn schouders op en trekt zijn tuniek vanaf de hals omlaag.

'Het is alleen nog maar bij zijn nek,' fluistert Tijl luid genoeg voor Raaf om te horen. 'Op zijn borst is nog niks te zien.'

'Wat is er met mijn nek? Wat is er niet te zien?' vraagt Raaf ongeduldig. Hij wil opstaan. Tijl trekt Beatrijs naar achteren. 'Blijf waar je bent! Je wilt haar toch niet ziek maken?'

'Ziek maken? Ik zeg net: ik ben niet ziek.' Raaf brengt zijn hand naar zijn nek.

'Nee, afblijven,' roept Tijl.

Snel trekt Raaf zijn hand terug.

'Niet aan de zweer komen. Dan verspreidt het.'

'Wat? Verspreidt wat?' vraagt Raaf.

Beatrijs krimpt ineen.

'De zweer. Snap je het dan niet? Je hebt de siecte,' zegt Tijl, 'de Grote Dood.'

'Wat kunnen we doen?' smeekt Beatrijs. Ze slaat haar handen voor haar gezicht. 'Niks helpt tegen de Grote Dood. Je zou bij me blijven en nu laat je me in de steek, net als de anderen.' Ze kijkt hem aan met grote, bange ogen.

Raaf probeert de zwarte vlek bij zijn nek te zien. Het lukt niet, want probeer maar eens naar je nek te kijken. Hij voelt zich niet ziek, maar ja, hij heeft ook nog nooit de zwarte zweren gehad, dus hoe kan hij weten wat hij moet voelen? De rivier, bedenkt hij. Pisgezicht en de andere doden... Is het toen gebeurd? Of in het Klooster van Kennis, waar alle broeders aan de haestige siecte zijn doodgegaan? Tobias! Verdween hij omdat hij doorhad dat hij de siecte had?

Bij zijn schouder ziet hij ineens iets. Een plek, alsof hij zich heeft gestoten, maar zonder dat hij iets voelt. Begint het altijd zo, als een gevoelloze vlek? Een vlek die een zweer wordt? Een vlek uit de hel? Raaf haalt diep adem en denkt even nergens aan. 'Ik ga niet dood, dat zweer ik,' fluistert hij zonder dat Beatrijs hem hoort.

'Blijf zitten, beweeg niet,' zegt Tijl. 'Ik ben zo terug.'

Wanneer hij achter de struiken verdwijnt, blijven Raaf en Beatrijs zwijgend achter. Ze kijken elkaar aan, maar Beatrijs slaat haar ogen neer.

Tijl komt terug met een hand vol aarde en een vuist vol bladeren. 'Eerst maak ik iets voor je klaar, wat je op de zweer moet wrijven. Misschien dat het brandt, maar dat is goed.' Hij loopt naar zijn korf en haalt er een houten kom uit, waarin hij de aarde doet. Dan verschijnt er ineens een kruikje in zijn handen, niet groter dan een vinger. Hij trekt de kurk los en sprenkelt een beetje vocht in de kom. 'Heilig water,' zegt hij. 'Tranen van de Maagd.'

Beatrijs slaat een kruis. ‘Vrouwe, genadevolle bron, bij u vindt men alle kracht...’

Tijl pakt een stokje van de grond en begint in de kom te roeren. ‘Brandnetels,’ zegt hij tegen Beatrijs. ‘Ik heb brandnetels nodig.’

‘Hoe kan dat helpen?’ vraagt Raaf, maar hij weet eigenlijk het antwoord al. Toen hij een keer door bijen was gestoken, maakte zijn moeder een papje van brandnetels om erop te smeren. Ze zijn goed tegen gezwellen, net als maretak en goudsbloem.

‘De *humeuren* zoeken elkaar op: koude en warmte, vocht en droogte,’ legt Tijl uit. ‘De aarde verteert daarna alles.’

Zodra Tijl klaar is met roeren, zet hij de kom neer. Hij neemt de bladeren en drukt ze tegen zijn mond en neus. Met de kom in zijn vrije hand loopt hij naar Raaf. Op twee passen afstand blijft hij staan. ‘Je moet je gezicht van me afkeren, zodat je niet naar me ademt,’ zegt hij.

Raaf draait zijn hoofd weg. Laat Tijl zijn gang maar gaan, denkt hij. Zolang het Beatrijs minder ongerust maakt...

Tijl komt dichterbij, hurkt en zet de kom neer. Hij haalt de hand met bladeren weg voor zijn gezicht. ‘Smeer het erop,’ zegt hij. Hij drukt de bladeren weer voor zijn mond en neus en gaat staan.

Nadat Raaf de pestvlek heeft ingesmeerd, knikt Tijl goedkeurend. ‘Blijf zitten,’ zegt hij. Ineens trekt hij een mes, zo lang als zijn onderarm.

‘Wat doe je?’ roept Beatrijs geschrokken.

‘Hij heeft de siecte,’ zegt Tijl. ‘En er is maar één manier om te zorgen dat wij het niet krijgen...’ Hij stapt op Raaf af, het mes in zijn hand.

Bewegingloos kijkt Raaf hem aan.

‘Ik maak een snee in je huid, net onder de zweer,’ zegt Tijl. ‘Dan stop ik er een boon in, zodat de wond gaat etteren en de dood eruit druipt. Daarna geef ik je nog iets om te slapen.’

'Ik ben net wakker!' protesteert Raaf. Maar tegen de blik van Beatrijs kan hij zich niet verzetten.

Raaf droomt.

Hij waadt het moeras in, waarin de zieltjes van ongedoopte kinderen als kleine lichtjes ronddwalen. 'Rafaël... Rafaël...' Hij roept zijn eigen naam, maar met de stem van zijn moeder. Hij kan zich de laatste keer niet herinneren dat hij zijn naam zo heeft gehoord. 'Rafaël... Rafaël...' Dieper en dieper drijft zijn naam het moeras in. Hij volgt hem tot voorbij de dode bomen en de verdronken paden. Elke stap brengt hem dichter bij hemzelf, maar dan drijft de naam weer van hem af, zodat hij verder moet. Het moeras is overal om hem heen. De lichtjes zijn zo dichtbij, dat hij ze bijna kan aanraken. Maar als hij zijn hand naar ze uitsteekt, schieten ze naar achteren. Eén lichtje blijft stilhangen, net buiten zijn bereik. 'Rafaël...'

Een wee gevoel vult zijn maag. Hij verliest zijn evenwicht. Snel verzet hij een voet. Hij vindt geen steun. Tot zijn enkels zakt hij weg, dan tot zijn knieën. Hij kijkt omlaag. Het moeras is donker. Zwarte blaren wellen op. Het zijn bellen, gevuld met zwavel. Ze spatten uiteen in stinkende wonden. Steeds dieper zinkt hij weg, eerst tot zijn heupen, dan tot zijn middel. Het lichtje kijkt hem aan en wacht. De zwarte blaren bereiken zijn schouders, zijn hals en zijn lippen. Ineens raakt hij in paniek. Zijn armen slaan op het zwarte water, verdwijnen eronder. 'Rafaël... Rafaël...' roept hij met de angstige stem van zijn moeder.

Ze heeft zichzelf niet gedood, beseft hij ineens vol verdriet en opluchting. Ze zocht de ziel van haar kindje, zijn zusje. Ze ging te ver het moeras in en verdronk. Ze was bang en ze wilde leven!

'Raaf... Raaf...'

Hij opent zijn ogen.

'Beatrijs...'

ALS EEN VIS IN DE FUIK

'WAAR IS TIJL?' VRAAGT RAAF zodra hij goed wakker is.

Lachend wijst Beatrijs in de richting van het pad. 'Naar huis. Hij zei dat je beter zou worden en toen is hij vertrokken.'

Tijdens zijn slaap is de ziekte uit zijn lijf geëtterd en op de grond gedropen, precies zoals Tijl voorspelde. De vlek bij zijn schouder is verdwenen. Alleen de wond van het mes is nog te zien. Beatrijs is bij hem gebleven. Ze heeft naast hem gezeten en gebeden tot de Heilige Maagd en alle heiligen van wie ze de namen wist. Stiekem heeft ze er zelfs een paar bij bedacht.

Beatrijs is bij hem gebleven... Raafs maag lijkt zich te vullen met warme pap, zo vol en warm voelt hij zich vanbinnen. Het is wel erg toevallig dat hij de siecte kreeg toen ze net Tijl waren tegengekomen, vindt hij. En als hij er zo snel en gemakkelijk van geneest, dan is die Tijl een wonderdokter. Bestaan die? Hij zegt maar niets over zijn twijfel tegen Beatrijs. Want ze dacht dat hij doodging, ze kon ook ziek worden en bleef toch bij hem. Waarom zou hij haar zeggen dat Tijl volgens hem gewoon een *Meester Kackadoris* is en niets meer?

Ze lopen weer naar het oosten, maar zonder haast. Ze leven, ze zijn samen, dat is nu eventjes genoeg. Meer samen dan eerst. Als ze nu zwijgen, dan is de stilte iets wat hen verbindt, niet iets wat ze van elkaar scheidt. Wie die Tijl ook is, in één ding heeft hij gelijk: Raaf heeft Beatrijs gered en nu is hij verantwoordelijk voor haar. Hij moet voor haar zorgen en haar beschermen. Dat is net zo belangrijk als het leven redden van Job. Tobias zou het net zo'n heilige opdracht noemen als het vinden van het relikwie.

Het gevoel van rust duurt jammer genoeg maar even.

Elke nieuwe dag groeit zijn bezorgdheid. De maan is al minder dan een splinter aan de hemel en de volgende nacht zijn er alleen maar sterren te zien. Bij elke stap herhalen zich de vragen die hij met zich meedraagt. Om Job te redden moet hij zo snel mogelijk de Vader vinden, maar brengt hij dan niet juist Beatrijs in gevaar? Waar zíjn de geselbroeders? Waar is Tobias? Waarom vermoordde de Vader het meisje bij de put en wat wilde hij met Beatrijs? Over de vraag hoe hij het relikwie in handen moet krijgen om zijn broer op tijd te redden, wil hij niet nadenken. Dat antwoord zal vanzelf moeten komen, dus wat doet de vraag ertoe?

Op de dertiende dag na hun vlucht uit het klooster versmalt het pad zich.

'Vogelpoep,' wijst Raaf.

'Ja, en wat betekent dat?' vraagt Beatrijs.

'Vogelpoep betekent vogels en waar vogels zijn is water,' legt Raaf uit.

Door steeds dichter struikgewas dalen ze af naar een schuimende beek. De stroom doet de kiezels rollen en ratelen. Het geluid overstemt alle andere klanken.

Raaf kijkt omlaag. De grond is omgewoeld. Verderop liggen kippenbotjes en asresten binnen een kring van stenen. Plotseling op zijn hoede kijkt hij rond. Door het lawaai van de beek hoort hij niets en het dichte struikgewas belemmert zijn blik. Hij laat Beatrijs los en loopt naar het water. In de oever staan voetafdrukken, zacht en vers. Ook herkent hij de indrukken van trippen, houten zolen.

Hij kijkt om naar Beatrijs en ziet haar bezorgde gezicht. De lawaaierige beek, het dichte struikgewas, de verse sporen...

Rijc God, hij is een dwaas. Als een vis is hij in de fuik gezwommen!

De struiken bewegen. Een man met een punthoed duwt de takken opzij. Zijn ene oog is rood als een bloedblaar, zijn andere is blauw als de hemel op een winterdag. Achter Beatrijs doemt het Stekelvarken op. In zijn hand ligt een mes.

'Mijn bruid,' kraait de Vader. 'Je bent bij me terug!'

DE BRUID VAN DE VADER

'LAAT ME LOS. IK BEN JE BRUID NIET,' schreeuwt Beatrijs tegen de Vader. Ze trapt tegen het been van het Stekelvarken en bijt in zijn hand. Ze kermt als hij haar arm achter haar rug draait. Twee andere geselbroeders stappen tevoorschijn en grijpen haar vast.

Het Stekelvarken loopt op Raaf af.

Raafs vuist belandt op de kaak van een andere geselbroeder. Hij hoort gekraak en een grommende kreun. Opnieuw haalt hij uit, maar het Stekelvarken grijpt zijn pols. Hij schopt en mist. Een andere geselbroeder pakt zijn elleboog, weer iemand slaat zijn arm om Raafs nek en trekt aan zijn haren. Raaf maait om zich heen en verliest zijn mes. Hij geeft een schop, maar zijn benen worden onder hem uit getrapt. Hij valt. Voordat hij kan wegrollen en weer kan opstaan, heeft het Stekelvarken zich op hem gestort. Hij trekt Raaf overeind en houdt hem in een onverbiddelijke greep.

Beatrijs beeft van angst en woede. Grijnzend houden de geselbroeders haar vast.

'Doe mijn bruid geen pijn,' zegt de Vader. 'Ze moet mooi zijn en gelukkig. Ze is immers mijn prinses, mijn uitverkoren maagd.'

'En deze? Moet deze ook mooi zijn en gelukkig?' vraagt het Stekelvarken grimmig. Een ruk. Pijn schiet door Raafs elleboog.

'Deze?' De Vader stapt naar voren en kijkt Raaf aan. Zijn rode oog lijkt groter dan anders en zijn blauwe is samengeknepen tot een smalle spleet. 'Nee, deze niet. Deze verdient wat anders. Hij kwam bij ons met leugens en heeft ons bestolen. Hij verdient wat dieven toekomt.' De Vader glimlacht. 'Maar wie zijn wij om hem te straffen? Hij is immers de hoeder van de hoorn. En trouwens, ik ken je broer. Job heet hij toch? Hij kwam naar ons toe in Coevorden en bracht ons een bijzonder geschenk. Een hoorn.'

'Ú had het relikwie al die tijd. Ú lokte de heer van Coevorden naar de kapel en vermoordde de monnik. Dat was u!' roept Raaf woest.

'Ja, dat was ik,' antwoordt de Vader tevreden. 'Als die vetzak, die heer van Coevorden, direct naar de kapel was gegaan, hadden we hem daar opgewacht. In plaats daarvan kwamen eerst de monniken, die prevelende dwazen.'

Raaf kijkt de Vader vol afkeer aan.

'De edele heren denken zo machtig te zijn als de paus. Pfah!' De Vader spuugt op de grond en vertrapt zijn speeksel. 'Die Bastaard van Ruynen dacht dat ik zijn vuile klusjes wel voor hem zou opknappen en het relikwie voor hem zou vinden. Dacht hij dat ik hem zoiets waardevols zou geven als het relikwie, de macht over leven en dood? Ik fluisterde hem in dat broeder Momme, die vazal van de bisschop, meer wist van het relikwie. Dat hij bij het oude klooster was gezien. Trouwens, het relikwie was míjn geschenk. Je broer heeft het mij immers gegeven.' De Vader lacht toonloos.

'Wat heeft u met Job gedaan?' schreeuwt Raaf.

'Zie je, als je mij niet had bestolen, dan had ik hem misschien nog wel laten gaan,' antwoordt de Vader. 'Het is merkwaardig, jullie lijken niet op elkaar, maar toch is er een gelijkenis. Het duurde even voordat ik erachter kwam. Je broer zat veilig opgeborgen in het oude klooster, je kent de plek wel. Ik was op hem gesteld. Hij gaf me immers het relikwie en wilde een van ons zijn. Maar toen hij doorhad hoe waardevol zijn geschenk was, wilde hij het terug. Nu is hij zelf een afscheidsgeschenk voor de Bastaard van Ruynen. Jammer...' gaat de Vader peinzend verder. 'Mijn bruid is uitverkoren, maar dat geldt niet voor jou. Dus wat zal ik met je doen? Ik heb nog vragen. Hoe wist je me te vinden, bijvoorbeeld? Dat soort vragen.' Hij glimlacht. 'Nee, ik ben niet nieuwsgierig genoeg om je daarvoor in leven te houden. Zeg me wat voor nut je hebt en ik dood je later.'

'Dood hem en ik dood mezelf,' roept Beatrijs.

Alsof een pijl zich in zijn rug boort, schiet de Vader overeind. 'Wacht eens... Heb je haar aangeraakt, jij kleine smeerlap? Heb je haar aangeraakt zoals een man een vrouw aanraakt?'

Het Stekelvarken draait Raafs arm omhoog. Woedend perst hij zijn kiezen op elkaar.

'Ja, hij heeft me aangeraakt,' bijt Beatrijs de Vader toe. 'Hij heeft me aangeraakt, ik ben geen maagd meer en je hebt niks meer aan me. Dood ons dus maar.'

Onderzoekend kijkt de Vader haar aan. Dan glijdt zijn blik naar Raaf en ontspant zijn gezicht. 'Je liegt, ik kan het zien. Het verlangen is niet geblust en er is ook geen honger naar meer. Het vuur tussen jullie heeft dus nog niet gebrand,' zegt hij. 'Ik weet al hoe je me kunt helpen,' zegt hij tegen Raaf. Hij kijkt naar Beatrijs en glimlacht. 'Prinses, als je probeert te ontsnappen, dan doden mijn mannen je vriendje. We zullen hem niet gelijk zijn keel doorsnijden, maar beginnen met een oor. Na zijn oren volgt alles waar hij er ten minste twee van heeft. Maar daarna... Je weet wel wat het laatste is wat we van hem afsnijden. Hier, pak dit.' Hij gooit haar een bundel toe.

Het Stekelvarken legt een strop rond Raafs nek. Hij geeft een ruk aan het touw. Kokhalzend hapt Raaf naar adem.

Beatrijs verdwijnt met de bundel onder haar arm tussen de struiken.

'Laat ons niet te lang wachten, of je vindt je vriend aan een boom,' roept de Vader haar na.

Wanneer Beatrijs even later weer tevoorschijn komt, draagt ze een witte japon, net als de maagd in de codex. Alleen de bloemen in het haar ontbreken.

De Vader knikt goedkeurend. 'Nu kunnen we gaan.'

Raafs handen zijn voor zijn buik vastgebonden. Een koord is rond zijn polsen geknoopt en vastgemaakt aan zijn riem, zodat hij zijn armen niet kan optillen. Het touw rond zijn nek schuurt bij elke stap.

De Vader loopt voorop, Beatrijs volgt onwillig. Soms kijkt ze om, langs de geselbroeders die Raaf als een geit aan het touw meesleuren. Steeds dieper gaan ze het bos in. De bomen groeien dichter op elkaar en de boomkruinen verstrengelen tot een baldakijn van bladeren.

De geselbroeder voor Raaf zet zijn lompe voeten op broze twijgjes en roestige bladeren. 'Kijk,' zegt hij opgewonden, 'die krassen in de boom, die worden door de eenhoorns gemaakt. Zo geven ze berichten aan elkaar door. Let op of je bosbessen ziet, want dat eten ze graag: bosbessen, frambozen en aardbeien.'

'En muntblad,' zegt de geselbroeder die naast hem loopt. 'Muntblad en honing. Daarmee moet je jezelf inwrijven, zei die oude monnik.'

'Draag geen kleren van leer of bont en neem geen vlees mee.'

'Precies, draag geen wapen en geen touw waarmee je het dier kunt vangen. Blijf uit de rook, drink geen wijn, want ze hebben een hekel aan sterke geuren. Ga te voet en neem geen honden mee, alleen een maagd.'

Ze volgen een oud hertenspoor, ziet Raaf. Op de grond liggen stukjes schors. Hij kijkt omhoog. Eekhoorntjes rennen over een tak. Ineens herinnert hij zich een dag kort na de dood van zijn moeder. Vol hulpeloze woede en verdriet probeerde hij konijnen en eekhoorns te vangen. Ongeduldig lag hij verborgen tussen de struiken, maar hoelang hij ook wachtte, geen konijn, geen eekhoorn en geen vogel kwam in zijn buurt. Het bos leek leeg. Toen werd zijn woede te groot. Hij sloeg, schreeuwde en schopte en leerde dankzij zijn kapotte vuisten dat woede het niet wint van een boom. Zelfs niet van een konijn of een eekhoorn. Hij begon te snappen wat elk dier al weet; wat zelfs een boom weet, of het water. Want het water volgt altijd de gemakkelijkste weg; de boom groeit naar de zon en buigt naar de wind. Niets is sterker dan de kracht van de natuur. Die vanzelfsprekende kracht is overal en je kunt er nooit van winnen, slechts een deel ervan zijn. Raaf hoeft zijn ogen maar te sluiten om de kracht van de natuur om zich heen te voelen. Dit is het Woud van de Griffioen, waar ook de eenhoorn leeft. Woede en wanhoop zijn hier zwakte.

'Mijn bruid, het is zover,' hoort hij de Vader zeggen. 'De eenhoorn wacht.'

Een haag van stekelige braamstruiken groeit als een muur rond de open plek. Achter de haag ligt een verend tapijt van mos en hagelwitte bloemen. Her en der staan jonge twijgen met afgeknabbelde toppen. De bladeren van de bomen rondom de plek filteren het zonlicht in duizend tinten groen, geel, rood en bruin. Het is alsof de lichtstralen door de gebrandschilderde boogramen van een kathedraal vallen.

Een loper van licht leidt naar een stralend witte steen in het midden van de open plek, die Raaf doet denken aan het altaar in Biscoppesberge, maar dan niet ontheiligd door het kwaad en besmeurd met het bloed van een dode. Voor de steen stroomt een zilveren beekje. Het glinsterende water vormt een kom, waaraan zijstroompjes ontspringen.

Dit moet wel de magische plek in het oosten zijn waar de Bastaard het over had, denkt Raaf. De plaats waar de Vader naartoe ging om het relikwie voor zijn eigen kwaad te gebruiken. Hij snuift de geur op. Hij ruikt de schimmel van het bos en de aarde. Het ruikt naar wijn.

Het touw trekt zich strak rond zijn nek. 'Terug jij,' roept een geselbroeder.

Zonder het te hebben gemerkt is Raaf de open plek op gelopen, aangetrokken door de schoonheid ervan.

'Maak haar gereed,' commandeert de Vader. 'Maar niet hier. Niet op deze heilige plaats.'

Met vlammende ogen kijkt Beatrijs de Vader aan. 'Wat je ook van me wilt, ik doe het niet. Dat zweer ik!'

'O, maar dat doe je wel, want het is je bestemming,' zegt de Vader. 'Laat me je lieve, zachte huid eens voelen.' Met een knokige wijsvinger streelt hij haar blote arm. 'Natuurlijk doe je wat ik zeg. Anders hangen we je vriend aan een boom. Jij bent de enige reden dat hij nog leeft en de enige die hem in leven kan houden. Zie je, jullie doen allemaal wat ik wil, net zoals Van Ruynen deed. Het gaat om angst. Angst om dood te gaan of een ander te zien sterven. Die dwaas vertelde me waar ik de eenhoorn kon vinden en hoe ik hem kan doden. Hij zei het me alleen omdat hij dacht dat de hoorn van het dier zijn leven zou redden. En de monnik in de kapel verraadde de kracht van het relikwie, dat ouder is dan de wereld zelf. Zo oud, dat het nog maar een vonk heeft van het magische vuur. Maar de eenhoorn leeft nog en zijn kracht is écht. Angst om te sterven? Met zijn hoorn heers ik over leven en dood! Over de Grote Dood die ik de rivieren af laat drijven. Mijn bruid, met jouw hulp dood ik de eenhoorn, want alleen een maagd kan hem lokken.'

'Nooit!' roept Beatrijs. 'Ik zal u nooit helpen zoiets te doen!'

De glimlach van de Vader verandert in een kwaadaardige grimas. 'Je huid, mijn liefje, je maagdelijke huid. Jouw vlees is mijn mantel van onschuld.'

Ineens beseft Raaf wat voor iets gruwelijks de Vader van plan is.

Hij ziet de put in het spookdorp voor zich en wat er op de bodem lag.

'Nee, niet doen! Laat haar gaan,' schreeuwt hij. Hij stort zich naar voren, maar het touw rond zijn nek trekt hem achteruit. Hij worstelt zich op zijn knieën. De geselbroeders trekken het touw aan. Raaf hapt naar adem.

'Jij mag toekijken terwijl we haar gereedmaken,' zegt de Vader. 'Neem haar mee!' In zijn hand blinkt een zilveren mes.

'Nee!' schreeuwt Raaf wanhopig als de mannen een spartelende Beatrijs meeslepen. 'Laat haar gaan. U weet niet of het werkt. U weet het niet!'

'Ik zal haar wassen, zodat de eenhoorn geen bloed ruikt. En met de hoorn zelf zal ik hem doden. Al zijn kracht zal van mij zijn. Ik breng de dood en heers over het leven!' Het gezicht van de Vader is rood aangelopen. Het is alsof hij schreeuwt, maar zijn stem klinkt hees en zacht.

'Raaf!' gilt Beatrijs.

'Nee!' Raaf vecht tegen de strop. Het touw snoert zich strakker rond zijn hals. De kwaadaardig fonkelende blik van de Vader, de grijnzende geselbroeders, Beatrijs in haar witte jurk, de bomen en de struiken, alles en iedereen zwemt in een zee van licht en donkergroen. Hij weet dat hij niet moet vechten, want het touw zal hem wurgen. Hij weet het, maar zijn lichaam luistert niet. Hij vecht niet tegen het touw, maar tegen zichzelf en zijn eigen wanhoop.

'Hij schreeuwt te veel,' zegt de Vader. 'Knoop hem op.'

RUITERS VAN DE OPENBARING

RAAF SNAKT NAAR ADEM.

Het touw is om zijn hals gesnoerd, rond een tak geworpen, loopt weer omlaag en is vastgemaakt aan zijn polsen. Zijn handen zitten met een koord aan zijn riem gebonden. Als de pijn hem niet had gewekt, dan was hij gestikt. Staand onder de tak en met de strop rond zijn nek had hij zich met zijn eigen gewicht gewurgd.

Wat misschien nog gebeurt, denkt hij in paniek.

Zijn benen zijn slap als gesmolten was. Als hij door zijn knieën zakt, dan stikt hij. Hoe komt hij los als zijn hoofd in een strop zit en zijn handen zijn vastgebonden? Sommige dieren knagen hun eigen poot af om zich uit een strik te bevrijden, maar hij kan niet eens zijn hoofd buigen. Of wel?

Raaf tilt zijn handen iets op, waardoor het touw rond zijn hals losser komt te zitten. Hij kijkt omlaag. Piepend haalt hij adem. Nu tilt hij zijn handen zo hoog op, dat het touw pijnlijk tussen zijn benen snijdt.

Bij zijn polsen is een knoop in het touw gelegd. Hij strekt zijn duimen en probeert ze onder het touw te haken. Zijn handen tintelen. Zijn benen beginnen te trillen.

Met zijn duimen komt hij net niet onder de knoop. Het koord bij zijn riem dan...

Raaf leunt voorover tot hij geen lucht meer kan krijgen en probeert zijn pinken achter het koord te haken. Het zit te strak.

Nee, hij moet Beatrijs redden!

Met een ruk trekt hij zijn handen omhoog. De pijn vlamt tussen zijn benen. Maar het touw rond de tak beweegt, een heel klein stukje. Weer geeft hij een ruk, opnieuw schiet de pijn door zijn lijf en opnieuw voelt hij aan de kleine schokjes rond zijn nek hoe het touw een stukje langs de tak boven zijn hoofd schuift. Telkens weer doet hij hetzelfde en net als hij denkt dat hij flauwvalt van de pijn, geeft hij een laatste ruk en voelt hij het schors van de boom tegen zijn rug.

Door al het trekken is het touw iets losser komen te zitten. Hij gaat op zijn tenen staan. Met ingetrokken schouders en iets gebogen hoofd schuurt hij omlaag langs de boom. Het touw haakt achter het ruwe schors. Hij draait opzij en merkt niet dat het bloed langs zijn hals druipt. Nog eens beweegt hij op en neer. Hij heeft hooguit een duimlengte speling, maar telkens zit de strop een klein stukje losser. Als hij zijn handen hoog optilt en op zijn tenen staat, kan hij bijna zijn kin onder het touw steken.

Opnieuw...

De strop zit nu zo los rond zijn nek, dat hij erbij kan met zijn mond. Hij zet zijn tanden in het touw, schudt, zakt door zijn knieën en het touw glijdt over zijn voorhoofd.

Met een smak belandt Raaf op zijn rug. Hijgend blijft hij liggen. Dan bijt en trekt hij om zich te bevrijden. Hij scheurt het koord bijna van zijn polsen. Met een kreet komt hij overeind. Beatrijs!

De Vader zal Beatrijs vermoorden! Hij zal haar villen zoals het meisje bij de put is gevild. Hij zal haar huid omhangen. Hij zal naar de open plek lopen en de eenhoorn opwachten. Het dier zal hem ruiken, háár ruiken, en naar hem toe komen. Zodra de eenhoorn zich naar hem over buigt, zal de Vader het relikwie in zijn hals drijven!

Hij rent.

Raaf staat tegen de wind in en snuift de lucht op. Waar is Beatrijs? Waar zijn de geselbroeders? Ergens waar de eenhoorn ze niet kan ruiken. In groeiende paniek kijkt hij om zich heen. De magische plek is verlaten. Hij hurkt achter de haag van braamstruiken en luistert.

Geritsel, beweging, rechts van hem...

De Vader loopt de open plek op. In zijn hand heeft hij het relikwie. Hij houdt het met gestrekte arm voor zich uit. De blanke hoorn schijnt, de gouden windingen schitteren. Het relikwie lijkt te leven door het licht.

De Vader draagt geen kleren. Zijn rug is wonderlijk genezen en heeft geen littekens meer. En zijn borst...

Rijc God!

De huid van zijn borst hangt slap en met twee halflege zakken om zijn lijf. Lang haar is als een pruik over zijn hoofd getrokken. Zijn spinachtige benen zijn tot onder zijn knieën bedekt met vel. De Vader draagt geen kleren, geen leer of bont. Hij draagt een mantel van roze huid!

Zelfs als hij zijn tong had afgebeten, had Raaf nog geschreeuwd.

'Beatrijs!'

Hij springt overeind en stormt naar voren. Hij rent over de open plek en stort zich op de Vader. Met een kreet scheurt hij de huid van diens lijf.

De Vader schreeuwt verrast.

Raaf krijgt een trap tegen zijn hoofd, maar hij merkt het niet. Handen grijpen hem bij zijn nek, maar hij voelt het niet. Beatrijs! Een klap en Raaf valt achterover. Een schop en hij rolt opzij. Hij komt overeind. Iets raakt zijn been. Hij valt weer en sleept zich over de grond. Vuisten en voeten raken hem overal. In zijn buik, tegen zijn schouder, in zijn zij, in zijn rug, weer tegen zijn hoofd... Hij duwt zich omhoog, krijgt opnieuw een trap. Knieën drukken zijn bovenarmen tegen de grond en vingers klemmen rond zijn polsen. Ze dwingen zijn vuisten omlaag tot scherpe steentjes door het vlees van zijn knokkels dringen.

Raaf trapt maar raakt lucht. Hij geeft een kopstoot en schampt een kin. Een van zijn armen komt vrij. Zijn vingers voelen een riem, dan een mes. Hij wil het in de zij van zijn vijand steken. Een knie raakt zijn gezicht. Nog voor hij de pijn voelt, stroomt het bloed uit zijn mond. De geselbroeder dwingt zijn hand opzij, draait zijn pols, grijpt het mes en drijft de punt door Raafs open palm. Schreeuwend ligt hij aan de grond genageld.

'Hij is voor mij!' Wijdbeens staat de Vader over hem heen, een voet vlak bij zijn bebloede hoofd. Raaf graait naar zijn enkel, maar de Vader zet een voet op zijn pols. 'Eerst zorg ik dat je weer pijn voelt, dan breek ik elke vinger waarmee je me hebt aangeraakt. En dat is pas het begin...' Hij trekt het mes uit Raafs open palm. Met een zuigend geluid komt het los uit het vlees, waarna het bloed begint te stromen.

Raaf wil de Vader in zijn gezicht spugen. 'Beatrijs,' snikt hij.

Hij ligt met zijn wang op het gras en verwondert zich over de hagelwitte bloempjes met elk zoveel blaadjes als vingers aan zijn kapotte hand. Als een tweede mes zich door zijn andere handpalm boort, voelt hij de pijn niet eens. Hij ziet de schittering van de heldere beek en hoewel hij zeker vijf passen van het water ligt, kleurt het roze van zijn bloed.

Iets... Een gewaarwording...

Langzaam draait hij zijn hoofd.

Voorbij de beek, waar de bosrand begint, staat een dier uit mist geboren. Het is hoog als een paard, met azuurblauwe ogen. Zijn lange manen drijven op de lucht; zijn hoorn wijst naar de hemel. Het is een magisch wezen, zilvergrijs en glinsterend. Het staat daar, tijdloos, even maar, een nevel. In dat korte moment van eeuwigheid, die oogopslag zonder einde, voelt Raaf zich verbonden met een oeroude liefde. Geduldig, trots en zonder oordeel.

Dan…

Vier hengsten breken briesend door de struiken. Hun voorbenen zweven door de lucht, gevolgd door hun machtige hoofden. De dieren dragen donkere kappen; alleen hun rollende ogen zijn zichtbaar. Hun stomende adem doet het doek wapperen. Donkere dekkleden hangen als lijkwaden over hun lijven. Ze zijn gescheurd en gerafeld. Het voorste dier is wit, een arabier. Het tweede is rood, het derde zwart en het vierde vaal. De mannen op hun rug dragen grijze pijen. Aan hun zijde hangen lange zwaarden. Nog voor de hoeven de grond raken, trekken de ridders hun zwaarden uit de schede. Zonlicht blikkert als bloed op de kling. In vliegende galop stormen ze vooruit.

De Vader richt zich op. Hij houdt de hoorn als een wapen voor zich, de punt van zich af. 'Keer om, want ik ben de Gesel Gods,' schreeuwt hij als een waanzinnige. '*Flagellum Dei!*'[15]

Het zwaard van de voorste ruiter raakt hem met de platte kant tegen zijn hoofd. De Vader stort ter aarde. Nog voor hij stilligt, werpen de andere geselbroeders zich op de grond, het Stekelvarken als laatste. Sidderend en biddend drukken ze hun gezichten in het mos.

Het einde der tijden, de Vader moet dood, denkt Raaf verward. Met zijn kapotte hand trekt hij het mes los dat hem aan de grond hield gepind. Hij komt overeind op zijn knieën.

Het relikwie ligt op de grond, het wapen dat de eenhoorn had moeten doden. Met bloedende handen pakt hij het op. Zijn bloed kruipt langs de spiralen van de hoorn. Hij tilt het relikwie boven zijn hoofd en richt de punt op de borst van de Vader. De borst die

15. 'Gesel Gods!'

is bedekt met de huid van Beatrijs. Ontelbare beelden flitsen door zijn hoofd. Hij ziet bergen, een vallei, een schip, een stad, een kathedraal... Met een kreet die nauwelijks nog van hemzelf is, stoot hij de hoorn omlaag.

Nog voor de punt de Vader doorboort, valt de grond onder hem weg. Raaf zweeft door de lucht. Met een klap die de adem uit zijn longen perst, belandt hij op de rug van een van de paarden. Het dier komt met een galopsprong los van de aarde. Door de lucht rolt de donder van zijn hoeven.

WONDERBAARLIJK WEERZIEN

'OVERAL BLOED. WAT HEBBEN ze met je gedaan?' vraagt Beatrijs huilend. Met haar tong maakt ze haar vingers nat en ze veegt het bloed bij zijn ogen weg. Voorzichtig tilt ze zijn pols op. Ze houdt zijn gehavende hand tegen haar wang. 'Je bent veilig,' snikt ze, 'ze zijn nu weg.' Zacht kust ze hem op zijn gescheurde onderlip. 'Je wilde me redden...'

Raaf ligt op de schoot van een engel. Maar als hij in de hemel voorbij de sterren is, waarom doet alles dan zo'n pijn? Hij glijdt met zijn tong langs zijn tanden. Gelukkig, hij heeft ze nog allemaal. Een zoute smaak kleeft aan zijn verhemelte.

'Beatrijs...' mompelt hij met dikke lippen. 'Je leeft nog. Maar de Vader droeg je huid...'

'Dat was ik niet,' zegt ze zacht, bang dat haar stem zijn oren pijn zal doen. 'Het was het andere meisje, dat zichzelf in het klooster heeft gedood. Ik weet niet eens hoe ze heette of waar ze vandaan kwam. We hebben het elkaar nooit gevraagd.' Haar stem stokt. 'De Vader zocht het ritueel om de eenhoorn te doden. Zo noemde hij het vreselijke dat hij wilde doen: het "ritueel". Om die reden was hij in het klooster. Hij heeft het dankzij Père-Cheval nooit gevonden en daarom twijfelde hij. Hij vermoedde dat de eenhoorn bij volle maan moest worden gedood, maar het was nog niet zover. Dus gebruikte hij eerst het meisje. Hij gebruikte haar... huid.'

'En de Vader? Is hij dood?' vraagt Raaf. Hij ziet hem liggen, geveld door het zwaard van een van de Vier Ruiters. De woede waarmee hij de hoorn omlaag dreef is verdwenen. Was dat het, woede? Kreunend drukt hij een hand tegen zijn voorhoofd. Hij voelt... woede, angst, hoop, liefde en nog heel veel andere dingen. Veel te veel. Het is alsof wat hij voelt niet van hém is. Niet alléén van hem, tenminste.

'God hebbe de ziel van de Vader, maar als ik me niet vergis zal de duivel hem wel voor zijn,' klinkt een bekende stem.

'Broeder Momme!' Raaf wil overeind komen, maar Beatrijs duwt zijn hoofd zachtjes terug op haar schoot.

'Natuurlijk ben ik het,' antwoordt broeder Momme. 'Ik heb toch gezegd dat ik je zou volgen, hoeder van de hoorn. En ja, de Vader is dood. Ze hebben zijn lichaam meegenomen.'

'Ze?' vraagt Raaf.

Broeder Momme wijst.

'De Vier Ruiters!' roept Raaf.

De ruiters uit zijn droom zitten rechtop in hun zadel. Hun paarden dragen donkere kappen en gescheurde dekkleden. Een deel van de hals is onbedekt, waardoor de kleur van hun vacht is te zien. Naast het zwarte paard ligt de Vader. Zijn linkerarm is bijna van de romp gescheiden.

'Het zijn ridders van de bisschop van Münster,' zegt broeder Momme. 'Hij stuurde ze naar ons om het relikwie te halen. De Orde van de Hoorn is toch nog levend. De ridders hebben je gered.'

'Ik snap het niet,' zegt Raaf verward. Zijn gedachten kolken van de beelden die door zijn hoofd flitsten op het moment dat hij de Vader wilde doden. Hij negeert ze. Met twee vingers streelt Beatrijs zijn voorhoofd. 'Hoe heeft u me gevonden? En de monniken in het klooster dan? Hun verhalen over de ruiters van de Openbaring...'

'Angst maakt dingen groter dan ze zijn. En in werkelijkheid zijn het al vreeswekkende ridders. Kruisridders, net als Père-Cheval. Ik vermoed dat de bisschop ze erop heeft uitgezocht. Net als de kleur van hun paarden.'

'Kruisridders, net als Père-Cheval, zei u?' vraagt Raaf. 'U kent hem? Leeft hij dan nog?'

'Hij leeft nog. Tobias heeft me aan hem voorgesteld,' antwoordt broeder Momme.

'Tobias,' roept Raaf opgetogen. 'Is hij hier?'

'Van top tot teen!' klinkt de stem van zijn vriend. Grijnzend komt de dwerg aangelopen.

Beatrijs houdt Raaf niet langer tegen. Ze helpt hem rechtop te zitten, maar laat hem niet los.

'Waar was je?' zegt Raaf blij. 'Beatrijs en ik hebben op je gewacht. Even dacht ik dat je ook de siecte had.'

Met een schuldige blik kijkt Tobias naar Raafs blauwe oog en kapotte lip. 'Het spijt me. Ik kon Père-Cheval niet achterlaten zonder te weten of hij nog leefde of dood was. Dus ging ik terug en vond ik hem. Hij zat daar met een dromerige glimlach op zo'n enorme boomstronk. Zijn baard was verschroeid en hij leek wel een gewoon mens. En toen gebeurde het dus...'

'Gebeurde wat?' vraagt Raaf.

'Broeder Momme en de Vier Ruiters verschenen.'

'Kort nadat jullie van Coevorden waren vertrokken, vertelde Van Ruynen ons over de Vader en het relikwie,' legt broeder Momme uit. 'Kennelijk had hij bedacht dat zijn kansen niet zo groot waren om in zijn eentje de hoorn in handen te krijgen. Hij stuurde zijn soldeniers achter de Vader aan en de heer van Coevorden zond een paar van zijn eigen mannen mee.'

'Boele en Benne...' zegt Raaf.

'Ja, en nog een stel. Ik had gezegd jullie te volgen, maar voordat ik kon vertrekken doken de ridders van de bisschop op,' vertelt broeder Momme. 'Na een poosje zetten we de achtervolging in, maar de regen hield ons tegen.'

'En wij waren verdwaald,' zegt Tobias.

'Wij ook. Althans, we raakten het spoor kwijt,' gaat broeder

Momme verder. 'De weg naar Münster kennen de ridders wel, maar de Vader en zijn geselbroeders kozen een ander pad, net als jullie,' zegt broeder Momme. 'Uiteindelijk vonden we de soldeniers. Boele vertelde ons wat er was gebeurd. Het enige wat we toen nog hoefden te doen, was de rivier waar jullie in waren gesprongen stroomafwaarts volgen. We zagen de rook van het brandende klooster en vonden Tobias.'

'Eén ding snap ik niet,' zegt Raaf met een van pijn vertrokken mond. 'U volgde de Vader omdat u wist dat hij het relikwie had. Waarom reed u dan de rivier langs op zoek naar ons?'

Broeder Momme glimlacht. 'Ik geloof in wonderen en ook dat je ze soms een beetje moet helpen. Ik geloof in jou, Raaf, daarom ben jij de hoeder van de hoorn. En zie: door jou te vinden, vond ik de Vader en het relikwie.'

Ineens kijkt hij ernstig. 'Raaf, het gaat allemaal erg snel, dat weet ik, maar het is nu tijd.' Hij steekt zijn hand uit. 'Het relikwie?'

Raaf kijkt de monnik vragend aan. Plotseling beseft hij dat hij het relikwie nog altijd stevig vasthoudt. Hij heeft het niet meer losgelaten, ook niet toen hij bewusteloos was en op het paard werd meegevoerd. 'Nee,' fluistert hij.

'Raaf, de ridders moeten de hoorn hebben. Daarvoor zijn ze gekomen,' dringt broeder Momme aan. 'Dat is ook mijn opdracht: zorgen dat het relikwie terug in Münster komt.'

'U snapt het niet,' kreunt Raaf. 'Als ik het relikwie niet voor volle maan aan de Bastaard geef, dan zal hij mijn broer vermoorden.'

Broeder Momme kijkt verrast. Maar als hij weer begint te praten, klinkt hij vastberaden. 'Deze ridders vertrekken niet zonder het relikwie,' zegt hij. 'Het is hun heilige opdracht ermee terug te keren. Ze zijn er ver voor gereden. En Raaf, ze hebben je leven gered. Dat van jou en van dit mooie meisje.'

'Heb ik een keuze?' vraagt Raaf.

Broeder Momme knikt. 'Je kunt de juiste keuze maken – of wachten tot de ridders het voor je doen. Ik weet niet waarom ze het relikwie niet al van je hebben gepakt, maar ik weet wel wat hun plicht is.'

Raaf kijkt naar de vier ridders. Zwijgend en bewegingloos zitten ze te paard. Hun vizieren zijn gesloten, hun hand houden ze aan het heft van hun zwaard. Job... Zijn ogen vullen zich met tranen.

'Nee,' fluistert hij. 'Nee!'

Broeder Momme kijkt hem fronsend aan.

Raaf doet zijn ogen dicht. Het relikwie... De eerste keer dat hij de hoorn vastpakte, bij de Tafel van de Reuzen, zag hij de Vier Ruiters. Ze waren geen droom, ze waren écht. Op de magische plek in het woud gebeurde opnieuw iets vreemds. Hij had visioenen van verre landen, gezien door andere ogen dan de zijne. Raaf haalt een paar keer diep adem en denkt aan niets. Dan sluit hij zijn bebloede vingers stevig rond het relikwie.

De beelden razen zijn hoofd binnen. Met een gedempte kreet zakt hij in de armen van Beatrijs.

Hij loopt tussen reusachtige bergen in een ver en vreemd land. Hij is bang, verdrietig en vastberaden. Hij staat in een koepelvormige kamer vol kleuren en tapijten; aan de muur hangt een met goud versierde hoorn. Dat ding is een fortuin waard, meer dan hij in zijn leven zal bezitten. Kon hij maar... Hij is in een stad, nee, op een boot, of in een zaal, ergens in een dor land... Hebzucht, angst, liefde en spijt overspoelen hem. Hij is een timmerman, een monnik, een dief, een handelaar... Hij is een leven, tien levens, honderd levens, en hij is ze allemaal. Hij wordt geboren, leeft en gaat dood, telkens weer. Hij is iedereen die ooit het relikwie in handen had, ook zichzelf. Hij ziet zichzelf met Beatrijs en Tobias en broeder Momme. Hij ziet zichzelf vroeger en nu en...

...dan ziet hij wat de meeste mensen wordt bespaard: zijn toekomst – en zijn dood.

Ouwe Kwaai sluipt op hem af. Ze buigt haar kop. Haar stinkende adem slaat in zijn gezicht. Ze opent haar muil om hem te verscheuren...

'Nee!' Raaf spert zijn ogen wijd open.

Zijn hart klopt zo snel, dat zijn borst uit elkaar lijkt te springen. Hij denkt aan de eenhoorn in het woud. Beatrijs kijkt bezorgd op hem neer. Hij voelt weer die oeroude liefde, zonder oordeel, en wordt rustig. Nu hij zijn toekomst heeft gezien, weet hij ondanks zijn angst ook wat hem te doen staat. Zoals hij onbedoeld alles heeft gedaan wat nodig was om het visioen van de Vier Ruiters tot werkelijkheid te maken.

'Broeder Momme, ik móét de hoorn naar huis brengen,' zegt Raaf vastberaden. 'Ik moet er een leven mee redden en dat is het leven van Job.'

'Eylaes,' zegt broeder Momme hoofdschuddend. 'Dat kan niet.'

'Het relikwie is niet heilig of heidens, zoals de abt denkt,' gaat Raaf verder. 'Het is ook geen relikwie van het kwaad, wat broeder Hubertus zei. Het is gewoon een hoorn. Maar in handen van het kwaad gebeuren er vreselijke dingen mee. Het is als... als...'

'Het is als een mes in de handen van een moordenaar,' raadt Tobias.

'Ja! Begrijpt u het dan niet?' fluistert Raaf tegen broeder Momme. 'Het relikwie is niet goed of slecht. Maar het is besmet met angst, haat en hebzucht, onder andere die van de Vader. Macht over leven en dood wilde hij. Ook dát kwaad zit nu in de hoorn. Ik moet iets goeds doen met het relikwie. Ik moet er Jobs leven mee redden. Omdat hij mijn broer is en omdat ik van hem hou. Broeder Momme...' Raaf kijkt de monnik recht in de ogen. 'Ik heb mijn eigen toekomst gezien. Ik weet wat er met me gebeurt als ik dit doe. U gelooft in wonderen? Gelooft u dan in mij!'

Broeder Momme blijft onbeweeglijk. Hij leest iets in Raafs blik wat de anderen niet kunnen zien. De blik herinnert hem aan een jongen zo oud als Raaf, die een leven koos waartoe hij leek te zijn uitverkoren. Aan zichzelf. 'Wacht hier,' fluistert hij dan. Hij draait zich om en loopt naar de ridders.

'Wat is er met je?' vraagt Beatrijs. Voorzichtig strijkt ze een haarlok weg bij zijn ogen.

'Het is je broer Job, nietwaar?' zegt Tobias.

Raaf knikt. 'De Bastaard vermoordt Job als ik hem niet voor volle maan het relikwie breng. Ik moet het doen, maar hoe lukt me dat nu nog op tijd?'

Beatrijs en Tobias kijken hem bedroefd aan. Raaf draait zijn hoofd weg.

'Er is een manier,' klinkt plotseling de stem van broeder Momme. 'Je bent vlak bij de kust. Vanuit Greifswald nemen jullie een schip. Het is een Hanzestad, schepen genoeg, en reizen over zee gaat sneller dan over land. Zeker met dit hier.' Van onder zijn pij pakt hij de buidel vol munten die de geselbroeders samen met het mes van Raaf hadden afgenomen. 'En dit,' zegt hij, 'zal jullie pelgrimsteken zijn. Het bewijs dat jullie deze heilige plaats hebben bezocht.' Hij loopt naar Raaf en speldt iets op zijn tuniek. Dan zet hij een stap naar achteren en knikt. 'Zoek een schip dat je naar Hamburg of Bremen brengt. Voer je taak uit, hoeder van de hoorn. De bisschop zal moeten wachten.'

Raaf kijkt naar zijn borst. Broeder Momme heeft hem een karmozijnrood teken met een witte hoorn opgespeld.

'Zoals ik al zei,' zegt broeder Momme, 'is de Orde van de Hoorn nog springlevend. Ik heb met de ridders gesproken. Gezegd wat je mij zei. Een van de ridders schenkt je zijn mantelspeld.'

De ridder op het zwarte paard tilt zijn vizier op en onthult een bebaard gezicht. Hij glimlacht en steekt zijn hand op. '*Viel Glück*, veel geluk,' roept hij. De drie ridders naast hem trekken hun zwaard en steken het hoog in de lucht. Dan buigen ze hun hoofd.

'Waar is dat goed voor?' vraagt Raaf verbaasd.

'Snap je het niet? Jij bent de hoeder van de hoorn,' zegt Tobias eerbiedig.

De pijn verbijtend komt Raaf overeind. Hij richt zich op in zijn volle lengte. Tobias en Beatrijs ondersteunen hem. Raaf heft zijn hand in een laatste groet.

Hij gaat naar huis, zijn dood tegemoet.

V

Qurtubat[16], 954 na Christus

De Jood Izaak vluchtte uit Constantinopel. Daarvoor hield hij zich eerst vier dagen schuil in een vervallen woonhuis, waar hij ook de hoorn had verborgen. De avond van de vierde dag sloop hij naar de haven. De vrijgeleide van de kalief bleek zijn redding. Een Arabische kapitein wilde hem de stad uit smokkelen. Hij deed het uit zijn heilige plicht aan Allah. *'Er is geen God dan Allah en Allah is de Allergrootste!'* Kennelijk wisten al meer mensen over Izaaks opdracht de hoorn van de berg Ararat naar de kalief te brengen.
Ze voeren naar Palermo, waarna het een snelle reis was naar Qurtubat al-Wadi al-Kabir, zoals de hoofdstad van het kalifaat voluit heette. Qurtubat, de rijke stad aan de grote rivier.
Het nieuws van de hoorn was Izaak inmiddels over zee vooruitgesneld. De grote kalief zelf ontving hem in Medina Azahara, de paleisstad die nog in aanbouw was. Izaak verbaasde zich over de pracht van de Moorse kunst en over het feit dat de kalief zomaar een Jood ontving. De kalief vroeg hem naar zijn vriend Abdelghani Ibn Mahfoudi en naar de ontdekking die de jonge arts had gedaan. Izaak vertelde dat zijn vriend dood was, maar dat zijn wijsheid leefde. De vreselijke ziekte waarvan de Arabische kooplui na hun reizen hadden verhaald, kon met zijn kennis en met de magie van de hoorn worden genezen. De handelsroutes konden openblijven.
De kalief was blij met het goede nieuws en onder de indruk van de hoorn. Hij was nog tevredener over het feit dat hij de ongelovigen voor was geweest en de hoorn nu

16. Córdoba, stad in Spanje

in zijn bezit had. Twee spionnen uit Rome werden opgepakt: Umberto Barone en Giacomo Vespazi. Ze waren op zoek naar wat ze het relikwie noemden en werden in de paleiskelder gewurgd.
De kalief liet het relikwie met goud bekleden. Wijnranken en andere tekenen van voorspoed sierden de hoorn. Ook de kennis van de jonge arts werd in het goud geschreven. De hoorn vulde zich met eerzucht, hebzucht en trots. Izaak werd rijkelijk beloond. In Qurtubat leefde de Jood in gezondheid en rijkdom tussen moslims, christenen en geloofsgenoten. Nog tot op hoge leeftijd dacht hij aan zijn vriend Abdelghani Ibn Mahfoudi, die zijn leven had gegeven om het geheim van de zwarte zweren te ontdekken. En tot op de laatste dag van zijn bestaan vroeg hij zich af of de hoorn bij toeval was gevonden. Welke macht hield zich erin schuil?

Uit: *Het Boek van de Hoorn*, Vijfde Deel

DEEL III

—

HOEDER VAN DE HOORN

VENI CREATOR SPIRITUS

'VENI CREATOR SPIRITUS.'[17] Zodra de priester de laatste woorden roept, steekt de wind op. Hij maakt een kruisteken en mompelend komen de zeelui overeind. Met een minzaam knikje neemt hij de koperstukken in ontvangst die de *schipheer* in zijn hand drukt. Schommelend over de loopplank verlaat hij de *kogge*, met in zijn zog de twee knaapjes met het altaar.

De wolken drijven uiteen, de zon verschijnt en zilveren vonkjes sprankelen op de grijze golven. Het vierkante zeil van de kogge gaat omhoog en traag glijdt *Der Alte König* de haven uit.

Een donkere rimpeling trekt over het water. Net zo'n rilling loopt over Raafs rug. Hij is niet eerder op zee geweest en heeft nooit zo'n enorme watervlakte van dichtbij gezien. Beatrijs voelt zijn onzekerheid en pakt zijn hand. Tobias staat een paar passen verder op een ton. Hij wuift naar de lege kade. Naar de huizen en de torens van Greifswald, waar ze twee dagen moesten wachten voordat er een schip naar Hamburg ging.

Onmiddellijk na het afscheid van broeder Momme en de vier ridders vertrokken ze naar Greifswald. De ridders hadden Raaf en Beatrijs eerder van de magische plek in het woud tot dicht bij een klooster gebracht, het klooster Hilda. Vanaf het klooster leidde

17. 'Kom, Heilige Geest.'

een goed begaanbaar pad zonder zijwegen naar de stad. Het was een paar mijl lopen, waarbij Raaf moest steunen op de schouder van Tobias. Bij elke stap verbeet hij de pijn. Hij wilde Beatrijs niet ongerust maken. Het relikwie droeg hij in een reistas die broeder Momme hem had geschonken.

De karmozijnrode speld met de witte hoorn opende de stadspoort en de deuren van de herberg. De buidel met geld gaf ze een eigen slaapruimte met zes dubbele bedden die met gordijnen van elkaar waren gescheiden. Beatrijs sliep aan een kant van de ruimte, Raaf en Tobias aan de andere. De herbergier werd goed betaald, maar kreeg niet te veel. Volgens Tobias zou de man hebberig kunnen worden en gaan denken dat hij zijn gasten kon uitschudden alsof ze dekens waren.

Raaf sliep en droomde vrijwel de hele dag en nacht.

Opnieuw liep hij tussen hoge bergen door, of klom hij op een ladder en trok hij de kostbare hoorn van de muur. Hij lag eenzaam in een bed en was bang voor wat er na de dood zou komen. Zo'n goed leven had hij immers niet geleid. De dromen hadden geen volgorde; alles leek op hetzelfde moment te gebeuren. Zelfs in zijn slaap wist hij dat het relikwie hem de dromen gaf. Dat maakte ze draaglijk. Alle, behalve die ene. In die ene droom kneep hij zijn ogen stijf dicht en bad hij dat Ouwe Kwaai snel een einde aan zijn leven zou maken. Hij beschermde zijn gezicht tegen de kaken van het monster en hoopte dat de pijn kort zou zijn. De droom over de ruiters was waar geworden, die over Ouwe Kwaai werd dat ook, wist hij. Tussen haar kaken zou hij zijn dood vinden.

Hoe de droom eindigde kwam hij niet te weten.

Met een ruk schoot hij wakker, zijn ogen wijd geopend.

Beatrijs zat naast hem aan bed. Ze depte zijn voorhoofd, troostte hem met haar stem en deed kruiden op de wonden van zijn handen. Op dat moment deed ze hem zo sterk denken aan zijn moeder, dat zich weer een nieuw gevoel in Raafs hart nestelde. Alsof dat hart een warme kookpot is, die eindeloos gevuld kan worden met het heerlijkste van de wereld. Zijn moeder, herinnerde hij zich, kende de magie van elk kruid in het bos en als hij zijn knie of elleboog had opengehaald, deed ze er onder het fluisteren van oude woorden met haar vinger een geheimzinnig smeersel op dat ze in een stenen potje bewaarde. Dan hield de pijn op en voelde hij zich weer beter. Waarom had ze niet zo'n smeersel om haar eigen verdriet te genezen, dacht Raaf. Hij glimlachte, want sinds de droom waarin hij het moeras in waadde en met de stem van zijn moeder zijn eigen naam leek te roepen, wist hij dat het goed met haar was.

'Wat ben je stil,' zegt Beatrijs. Ze draagt een wollen wambuis, een broek en een mantel. Haar lange haren zijn verstopt onder een grauwe muts, waardoor ze op een jongen lijkt. Dat is ook de bedoeling. Het was een idee van Tobias. Zo reizen ze veiliger.

Der Alte König brengt ze tot Lübeck, een reis van twee dagen. Vanaf daar is het nog eens twee dagen over land tot Hamburg, waar ze een groter schip zullen moeten vinden. Als alles goed gaat en er geen onverwachte dingen gebeuren, kan Raaf op tijd thuis zijn om Job te redden.

Als...

Raaf wrijft met de rug van zijn hand over zijn kaak. Hij grimast, want in de zoute lucht prikken de wonden. Vooral zijn handen doen zeer, hoewel de meswonden wonderbaarlijk snel genezen. Dat is te danken aan de kruiden van Beatrijs. Hij buigt en strekt zijn vingers om te voorkomen dat zijn handen stijf worden.

'Ik ben nog nooit op zee geweest,' antwoordt hij haar met een geruststellende glimlach. 'Daarom ben ik stil.'

'Ik ook niet,' zegt Beatrijs. Ze kijkt hem onderzoekend aan. 'Volgens broeder Momme zijn we op tijd terug om je broer te redden. Ben je ongerust om hem?'

Raaf knikt. 'Tien dagen is niet veel tijd. Ik zag vannacht de maan. Ze is alweer bijna haar halve dikte.' Hij klopt op de reistas aan zijn schouder. 'Ik heb het relikwie, maar wat is het waard als ik niet bijtijds thuis ben?'

'Raaf, Bea- Thijs, het wemelt hier van de zeerovers!' Tobias is van zijn ton gesprongen en komt naast ze staan.

Het vrolijke gezicht van zijn vriend doet Raaf zijn eigen sombere toekomst vergeten. 'En als er zeerovers zijn, waarom kijk je dan zo blij?' vraagt hij.

'Omdat ik weet wie *Der Alte König* is,' antwoordt Tobias.

'Het schip,' zegt Beatrijs.

'Nee, de schipheer. Hij heeft drie zonen en die varen allemaal onder zeeroversvlag. De oude koning hoeft voor zeerovers niet bang te zijn en wij dus ook niet,' vertelt Tobias opgewekt. 'En kijk,' hij wijst naar het vierkante zeil boven hun hoofden, 'we hebben de wind in de rug en zijn op weg naar huis. Reizen zonder een stap te hoeven verzetten, wat wil je nog meer? Voor ons is er geen beter schip.'

Met de wind in de rug zeilen ze tussen twee kustlijnen door. Terwijl de ochtend voorbij glijdt, maakt het land aan één zijde plaats voor een watervlakte. De zee is zo eindeloos als de lucht en, wanneer de zon verdwijnt, al net zo grijs.

Raaf geniet van de wind en de rust en het feit dat hij bij Beatrijs is. Het voortdurend schommelen en kraken van de planken onder zijn voeten geeft hem een wee maar niet onprettig gevoel. De dromen die door zijn hoofd jagen, komen langzaam tot rust. Wanneer hij over het water staart, flitsen de vreemde beelden niet langer achter zijn ogen. Wat hem nog onrustig maakt is de tijd. Of beter: het gebrek eraan.

'Rostock,' roept de schipheer aan het einde van de eerste dag.

De wind is gaan liggen en de zon zakt rood in zee. In plaats van koers te zetten naar de havenarm, brengt de *koggenstuerre* het schip voorbij de stad naar de kust. Het enige wat ze van Rostock zien, zijn de torens. Ze slapen aan dek. De maan glanst aan de hemel vol sterren. Al weet hij de reden niet, Raaf is blij dat ze de stad mijden. Zo gaat de reis sneller.

'De vuren!'

Halverwege de tweede dag stijgt in de verte een dunne sliert rook op. De kustlijn is onafgebroken groen en strekt zich uit tot voorbij de horizon.

De rust aan dek is in één klap voorbij. De mannen rondom de schipheer staan wild te gebaren. Ze wijzen naar de kust, dan naar voren en terug naar zee.

De schipheer roept iets naar de koggenstuerre. Het zeil boven hun hoofden klappert, de kogge keert zijn kont.

'Lübeck is hier, Hamburg is daar. Jullie moeten weg,' zegt de schipheer zodra hij voor Raaf staat. Hij knikt naar de kleine sloep die midscheeps los gesjord wordt.

Verbaasd staren ze hem aan.

'Maar we hebben betaald,' protesteert Tobias. 'U zou ons naar Lübeck brengen.'

'Is dat Lübeck?' vraagt Raaf aan de schipheer. Hij wijst naar de rookpluim in de verte.

De schipheer knikt. 'Het is gevaarlijk,' zegt hij. 'Jullie moeten hier aan land.'

'Naar Hamburg, is dat ver? We móéten naar Hamburg,' zegt Raaf, die alleen maar aan de tijd denkt die over is om thuis te komen.

'Twee dagen of minder,' antwoordt de schipheer. 'Ga van boord of keer met ons om. Wij gaan terug.'

Twee dagen... Daarna, vanaf Hamburg, zijn er nog maar zes of zeven dagen over, rekent Raaf.

De mannen bij de sloep werpen hun dreigende blikken toe. Wat de reden ook is dat ze niet verder naar Lübeck varen, de schipheer heeft geen keuze, beseft Raaf. En zij evenmin. Ze moeten van boord.

MÖLLN

'WAT HEBBEN WE MISDAAN?' vraagt Beatrijs verontrust.

Nat van de zeemist staan ze aan land. Het roeibootje verdwijnt naar de kogge, die ongeduldig op de golven ligt te wachten.

'Vrouw aan boord,' zegt Tobias. 'Of dwerg. Het een of het ander zal wel ongeluk brengen. Maar zag je die blik in hun ogen? Boos en doodsbang leken ze. Nog een geluk dat ze ons netjes naar de kant hebben geroeid in plaats van ons als slachtafval in het water te kieperen.'

'Het was de rook,' raadt Raaf. 'Zodra ze die zagen, wilden ze ons van het schip af hebben en omkeren.'

'Een sliertje rook en ze zetten ons overboord? Misschien is het een vuurbaken en zijn ze toch bang voor zeerovers. Die ouwe is weinig beter dan zijn zonen,' antwoordt Tobias. 'We hebben hem betaald, maar toch zullen we moeten lopen. Welke kant wees hij op naar Hamburg? De rivier langs?'

Raaf pakt de reistas met het relikwie van zijn schouder. 'Die rook, dat is Lübeck,' zegt hij. 'Op de kaart staat welke kant we op moeten.'

Hij trekt een perkamentvel uit de tas. 'Hier zijn we,' zegt hij zonder zich iets aan te trekken van Tobias' verbaasde blik. 'En daar moeten we naartoe.' Hij wijst naar het stuk land dat zich uitstrekt naar het noorden en de twee zeeën van elkaar scheidt. 'Ook al waren we doorgevaren naar Lübeck, uiteindelijk hadden we te voet moeten gaan. Misschien maakt het in tijd niet eens zo veel uit.'

'Die heb je uit de codex gescheurd!' zegt Tobias.
'Ik dacht dat we hem nog wel konden gebruiken...'

Een verlaten weg leidt naar een brug met daarachter een gesloten poort. Het is de eerste keer die dag dat het pad hen rechtstreeks naar een stad voert. Hutten, huizen en mensen meden ze. De weg naar Hamburg hoefden ze niet te vragen en oponthoud wilden ze voorkomen.

Over de grond drijft een vreemd soort mist, die van binnen uit de stad traag over de muren naar buiten kolkt.

'Weten jullie wat ik denk?' zegt Tobias, peinzend opkijkend naar de stadsmuur. 'Hier was de schipheer bang voor, voor dit soort mist of rook.'

'Waarom?' vraagt Beatrijs. 'Omdat het vies ruikt?'

'Luister,' zegt Raaf, 'horen jullie dat?'

'Wat?' vraagt Tobias.

'Dat, die stilte. Hoor je mensen of honden of hanen? Hoor je karren kraken en zie je de wieken van de molens draaien?'

'Eh, nu je het zegt, nee,' antwoordt Tobias.

'Eng,' huivert Beatrijs.

'Staan blijven!' Uit een schietgat boven de poort steekt een bol hoofd. De poortwachter is scheel en zijn tanden staan net als zijn ogen twee kanten op. 'Geen stap dichterbij,' roept hij. 'Hé, jij bent geen kind. Jij bent een dwerg!'

Beledigd legt Tobias zijn hoofd in zijn nek. 'Er groeit haar uit je neus,' roept hij. 'Hoe heet het hier?'

'Mölln,' antwoordt de poortwachter met een stem als van een loeiende koe. 'En niemand komt de stad in. Het gastenverblijf is dicht, dus jullie kunnen maar beter rechtsomkeert maken naar waar je vandaan komt.'

'Wat is er gebeurd? Waarom is het hier zo stil?'

'Stil?' brult de poortwachter. 'Vinden jullie het hier stil?'

Raaf zet zijn handen als een toeter voor zijn mond. 'We kennen hier iemand,' roept hij. 'Hij heet Tijl!' Want Tijl, die Meester Kackadoris, zei immers dat hij naar Mölln ging.

'Dat is fijn, maar dan zijn jullie te laat, want Tijl is dood,' loeit de poortwachter terug.

'Dood? Maar dat kan niet,' roept Raaf.

'Kan niet? Onze Tijl Uilenspiegel was er heel wat te slim af, maar de Grote Dood hield hij niet voor de gek. Weet je wat hij met Bernhard onze minnezanger heeft uitgehaald toen die nog leefde? Bernhard at elke dag drie gebraden mereltjes om zijn zangstem zuiver te houden. Op een dag had hij ruzie met Tijl. Hij zei dat Tijl een toontje lager moest zingen, wat die natuurlijk niet deed, hetgeen jullie wel begrijpen als je hem kent. Tijl heeft toen in plaats van mereltjes eksters laten braden. Sindsdien heeft Bernhard een stem als een kraai.' De loeiende poortwachter hinnikt van het lachen en even dreigt zijn dikke hoofd vast te komen zitten in het schietgat.

'Maar Tijl heeft Raaf beter gemaakt! Hij had de siecte en Tijl heeft hem genezen. Hoe kan hij dan dood zijn?' roept Beatrijs ontzet.

De poortwachter kijkt ineens een stuk minder vriendelijk. 'De siecte, zeg je? Nou, zoals ik al zei: Tijl Uilenspiegel is dood. Ga weg van de stad, welke dan ook!' Het hoofd verdwijnt.

'Wacht. Zeg ons hoe we in Hamburg komen,' roept Raaf.

Maar er komt geen antwoord meer.

'En nu?' vraagt Beatrijs. Ze pakt Raafs hand en kijkt hem aan.

'We gaan nog altijd naar Hamburg,' antwoordt Raaf vastberaden. 'We komen van de kust, dit is Mölln, dus naar Hamburg is nog een halve dag.'

'Het spijt me dat jullie vriend dood is,' zegt Tobias.

'Hij heeft Raaf van de siecte genezen,' zegt Beatrijs bedroefd.

'Die Tijl moet wel een heilige zijn, dat hij voor zo'n wonder kan zorgen,' mompelt Tobias. 'En zie je die poort? Ik weet niet wat daarachter aan de hand is, maar jullie krijgen mij niet die stad in. Voor geen goud. Hoor je dat!' roept hij ineens met luide stem naar boven. 'Voor geen goud!' Stampvoetend loopt hij weg.

Die nacht kruipt Beatrijs tegen Raaf aan. Ze slaapt en is zich er niet van bewust hoe dicht haar lichaam bij het zijne is. Tobias ligt opgerold bij een beendikke boomwortel op een bed van mos. Hij snurkt onrustig.

Raaf luistert naar de ademhaling van Beatrijs, slapen kan hij niet. Ze kreunt zachtjes en draait van hem weg. Hij trekt zijn mantel op tot onder zijn kin en legt een hand onder zijn hoofd. Het relikwie in de reistas drukt tegen zijn zij.

De maan is op haar halve dikte en schijnt helderder dan de vorige avond. Het bos baadt al in het spookachtige licht van een maanjacht. In zijn dromen zag hij zijn dood, maar hij zag niet hoe hij Jobs leven redde. Moet hij het relikwie gebruiken om de toekomst nog een keer te zien? Zodat hij weet wat hij moet doen? Aarzelend gaat zijn hand naar de reistas. Nee, dat zou de dromen weer wekken. En er is nog tijd. Wat zegt Tobias ook alweer? *...al wijst Onze-Lieve-Heer de weg, we kiezen hem uiteindelijk toch zelf...*

DE SNAVELDOKTERS

'DUIVELS! HELLEGEBROED!'

Raaf schiet overeind. In het maanlicht staat Tobias als een dolle met een stok te zwaaien. Zijn vriend is omringd door mansgrote kraaien met zwarte mantels tot op hun enkels. Rond hun armen en benen tinkelen belletjes.

Raaf is direct klaarwakker. Hij springt op, maar een stok maait hem neer. Beatrijs gilt. Een steen vliegt door de lucht en raakt een snavel. De lange bek bedekt de ogen van de vogelman. Als een blinde loopt hij luid tinkelend rond. Hij struikelt over Raaf, een tweede steen raakt de zijkant van zijn hoofd. Raaf komt overeind. Tobias schopt een van de vogelmannen tegen zijn knie, een ander deinst achteruit. Hij wil zich omdraaien, maar Beatrijs gooit opnieuw een steen. Die treft de vogelman in de nek. Met een sprong door de lucht en een zwiep van zijn stok slaat Tobias hem tegen de grond. Raaf stort zich op de nog hinkende vogelman. Zijn elleboog stoot tegen de plek waar een oor zou moeten zitten en ook hij gaat tegen de vlakte.

Hijgend kijken Tobias en Raaf elkaar aan. 'Is alles goed met je?' vragen ze allebei op hetzelfde moment aan Beatrijs.

Ze knikt. 'Met mij wel, maar met die rare vogels op de grond gaat het minder.' De steen in haar hand laat ze vallen.

'Ik hoorde belletjes,' zegt Tobias, 'toen zag ik deze kraaien.'

'Wie zijn het?' vraagt Beatrijs. 'Wát zijn het?'

'Vogelmannen,' antwoordt Raaf.

‘Meer man dan vogel,’ merkt Tobias op. ‘Kijk maar.’

Een van de vogelmannen ligt met zijn masker half over zijn hoofd op de grond. Tobias trekt de snavel weg.

‘Die ken ik,’ zegt Raaf zodra hij het gezicht ziet. ‘Het is een geselbroeder!’

‘En hij is heel erg lelijk. Moet je die neus zien!’ zegt Tobias. ‘Heb je die er zelf af gebeten?’ vraagt hij aan de bewusteloze man op de grond.

‘Hij was in het dorp waar ik het goud van de Vader afpakte. Hij was er samen met een ander,’ zegt Raaf. ‘Ze waren nieuw.’

‘Dan zit zijn vriend misschien achter een van de andere maskers verstopt,’ zegt Tobias. ‘Zoek iets om ze mee vast te binden.’

Even later zitten hun drie overvallers netjes naast elkaar tegen een boom. Met een paar snelle knopen heeft Raaf hun handen achter hun ruggen gebonden. Zonder snavel zijn de vogelmannen een stuk minder angstaanjagend. Moedeloos kijkt een van de ontmaskerde geselbroeders naar een punt ergens ver voorbij de boomtoppen. De tweede lijkt verdrietig, de derde is boos. ‘Jullie mogen ons niet zomaar neerslaan en vastbinden,’ klaagt hij.

‘Nee, want we zijn geneesheren,’ protesteert de ander. ‘Maak ons los!’

‘*Snaveldokters* die ons bij het eerste ochtendlicht overvallen?’ merkt Tobias spottend op. ‘Hoelang houden jullie ons al in de gaten?’

‘We kunnen je genezen van je dwergenziekte...’

‘Wat dachten jullie? Wilden jullie ons bestelen of vermoorden? Bandieten zijn jullie!’ roept Tobias.

‘Je ziet toch dat dat niet zo is?’ antwoordt een van de mannen. ‘Waarom zouden we anders onze snavels en kleren dragen?’

‘Om schrik aan te jagen en niet herkend te worden. Alleen waren jullie te stom om die rare bellen af te doen toen jullie ons wilden beroven. Zijn die kleren gestolen?'

'Natuurlijk niet.'

'Ik herken jullie,' zegt Raaf. 'Jullie zijn geselbroeders. Jullie waren ook in het Klooster van Kennis.'

Ongerust kijken de mannen elkaar aan.

'Zoeken jullie de Vader?' vraagt Tobias. 'Of heeft hij jullie in de steek gelaten?'

'De Vader zou ons nooit in de steek laten,' antwoordt een van de geselbroeders.

'Ah, dus jullie zijn wie ik dacht!' roept Tobias triomfantelijk.

'Ik praat niet met dwergen,' zegt de geselbroeder nors.

'Maar je vrienden misschien wel,' zegt Tobias. 'En ze zullen vast naar huis willen nu ze weten dat de Vader dood is.'

'Wát, de Vader dood?'

'Morsdood,' zegt Tobias. 'Of hij moet nu het eeuwige leven hebben in de hel, maar dan is hij voor mij nog steeds zo dood als een pier. En weet je wie hem heeft gedood?' vraagt hij.

De mannen schudden het hoofd.

'Mijn vriend hier, Raaf. Hij heeft met hem gevochten en toen kwam de Dood op een zwart paard en die heeft jullie Vader meegenomen.'

'De Vader zou ons nooit in de steek laten!' roept opnieuw een van de geselbroeders.

'Nee? Heeft hij dat dan niet al eerder gedaan?' vraagt Tobias. 'Toen het klooster was afgebrand? Ja, kijk maar niet zo verbaasd. Raaf hier is de hoeder van de hoorn en hij weet die dingen.'

'We hadden geen keus,' zegt een van de geplukte vogelmannen op huilerige toon.

'Ay, de Vader stuurde ons naar de stad, maar we hadden geen geld en ook geen eten. En toen werden onze broeders ziek en gingen ze dood. We kwamen drie mannen tegen en die droegen deze kleren om ze te beschermen tegen de Grote Dood. Ze gingen naar Hamburg. Maar we hebben ze niet gedood, we hebben ze alleen maar neergeslagen.'

'Jullie wilden ons beroven,' zegt Tobias.

'Ja, maar we wisten niet wie jullie waren. De hoeder van de hoorn en zo...'

'En de bruid van de Vader,' mompelt een van de geselbroeders, die Beatrijs heeft herkend.

'En met die kleren aan en die snavels op jullie kop beroven jullie onschuldige mensen?' vraagt Tobias verontwaardigd.

Raaf glimlacht. Deed Tobias niet precies hetzelfde toen hij nog de ridder zonder hoofd was?

'Nee, helemaal niet! Maar zo kunnen we veilig elke stad in. We dachten dat de Vader dat ook wel wilde weten, omdat zijn gebeden ons toch niet zo goed beschermen als we dachten. Maar nu is hij dood...' De man lijkt te willen huilen. 'Heb genade. Ik wil naar huis!'

Naar huis... Raaf wil hetzelfde. Maar als de ontvangst in Hamburg morgen net zo hartelijk is als eerder in Mölln, is de kans klein dat ze bijtijds een schip vinden – als ze de stad al in komen. De poorten zijn dicht om de Grote Dood buiten de stad te houden, maar om Jobs leven te redden moeten ze wel naar binnen.

'De mannen die jullie hebben beroofd, gingen naar Hamburg?' denkt hij hardop. 'Trek dan die kleren uit, wíj hebben ze nodig!'

DE ZIEKE STAD

'PUNCTUARIS ET OMNI ONZIN EST,' roept Tobias in zijn zelfbedacht dokterslatijn naar de poortwachter met het rode haar. 'Laat ons binnen. We zijn hier voor de zieken.' Zijn snavel staat net boven zijn mond en rust op zijn bovenlip. Zijn anders krakende krekelstem klinkt donker en gedempt door het masker. De zwarte mantel begint bij zijn nek en slobbert tot over zijn enkels. Hij staat op zijn tenen om zich groot te maken en houdt de mantel opgetild, waardoor de belletjes voortdurend zachtjes klingelen.

Een tweede wachter, ook met rood haar, steekt zijn hoofd uit het raampje van het houten huisje boven de poort en kijkt omlaag.

'Word wakker, stelletje *slijkburgers*, en doe die poort open,' roept Tobias. 'Wie draagt de zieken weg en haalt de lijken van straat? Gaan jullie *karrenman* spelen voor de doden?'

Dat overtuigt ze. Zodra het deurtje naast de poort opendraait, stapt Tobias langs de slaperige poortwachter. Zijn te lange mantel sleept over de grond.

'We wisten dat u kwam, maar niet zo vroeg. U-u moet zich eerst melden. Dan pas mag ik...' stottert roodhaar.

'Later, later, alles op zijn tijd,' onderbreekt Tobias hem van achter zijn snavel. 'Meld jij ons maar aan. Wij hebben werk te doen!'

De drie in het zwart geklede snaveldokters stappen Hamburg binnen.

Dwalend door een doolhof van nauwe steegjes en beklemmende straatjes raken ze steeds verder in de stad verstrikt. Vuurkorven verspreiden een mistige walm. Rottend afval ligt tegen de huizen, stront stroomt door de goot. Het kadaver van een hond vormt een harige dam, waaromheen de dunne poep een bruine brij vormt, vermengd met God mag weten welke lijksappen. De stank geeft hem koppijn en Raaf trekt zijn snavel opzij. Maar die stank... De straat is besprenkeld met azijn om de rottende geur te verdrijven. De lucht ruikt wee, bitter en zuur tegelijk. Een rat schiet langs zijn voeten en verdwijnt onder de hond – misschien wel erin.

Een geestverschijning verspert de steeg. Dun, grijs haar valt tot op zijn schouders. Hij draagt een vuil nachthemd en is blootsvoets. Tot aan zijn enkels zakt hij weg in de smurrie.

'In naam van de Heilige Maagd, jullie moeten helpen,' roept hij handenwringend. 'Kom mee, kom mee.' Hij klauwt naar Tobias' veel te lange mouw en grijpt hem vast. 'Kom mee, in naam van God.'

Tobias struikelt. De man stapt achteruit en sleurt hem mee. 'Ze is ziek, heel erg ziek,' jammert hij. 'Maak haar beter!'

'Ja, ja,' zegt Tobias. '*Perpetuum pestidus pasta*. Eh, Raaf?'

Schoorvoetend volgt Raaf zijn vriend de dwergdokter het huisje in. Hij heeft de snavel weer opgezet, hoewel hij door het masker nauwelijks iets ziet. De schemer is onheilspellend en ondanks de kruiden die in de snavel zijn verborgen, dringt de stank van bederf in zijn neusgaten. Beatrijs blijft in de deuropening staan.

Achter in het kale vertrek ligt een vrouw, half weggezakt in een hoog ledikant. Haar omtrekken zijn donkerder dan de schemer.

'Niemand wil haar helpen,' jammert de man. 'Ze is ziek, u moet haar beter maken.'

Tobias gaat op zijn tenen staan. 'Kijk of ze ademt,' zegt hij tegen Raaf. 'Ze ligt te hoog voor mij.'

Aarzelend stapt Raaf naar voren. Het liefst was hij nu buiten, in de straat vol modder en vuil.

'Raaf, schiet op,' zegt Tobias. 'Dan kunnen we hier weg. Ademt ze?'

Raaf buigt zich over de vrouw. Hij ziet niets, maar die stank...

'U moet haar beter maken. Ze is ziek!' roept de man.

Raaf houdt zijn adem in en tilt zijn snavelmasker een stukje op. De vrouw in bed is mager, met holle wangen en jukbeenderen als messen. De ogen zijn glazig wit. Haar mond hangt open, de tong is zwart, haar kin rust op haar smalle borst. Haar wangen en voorhoofd zijn vlekkerig, een hand ligt verkrampt bij haar hals. Raaf doet snel zijn masker omlaag en komt overeind. 'Ze is morsdood,' fluistert hij.

De man hoort hem niet.

'Morsdood,' herhaalt hij luider.

'Heiligemariamoedervanchristus. De Grote Dood...' zegt Tobias.

'Maak haar beter,' roept de man handenwringend.

Ze deinzen weg van het ledikant en van de man. 'Ze heeft rust nodig, veel rust. U moet haar laten slapen,' adviseert Tobias. 'En hou de deur en de luiken goed gesloten. U wilt toch niet dat er frisse lucht bij komt en dat het erger wordt? *Petra posthumus adieu,* dus. Raaf, wegwezen!'

Zo snel ze kunnen vluchten ze naar buiten. Maar nauwelijks staan ze in de steeg, of een nieuwe verschrikking komt op ze af.

'Daar zijn de dieven,' klinkt het. 'Ze hebben ons beroofd!' Drie kale mannen wijzen hun kant op. Achter hen staan de poortwachters met het rode haar.

'Rennen!' roept Tobias onmiddellijk. Hij tilt zijn mantel op en gaat ervandoor. Ook Raaf snapt direct wie de drie mannen zijn: de echte snaveldokters. Ze zien er niet uit alsof ze op uitleg staan te wachten. Hij pakt Beatrijs' hand. Met luid tinkelende belletjes nemen ze de benen.

'We... moeten... verstoppen...' hijgt Tobias. 'De... kleren... Herkennen... ons...'

Ze vliegen de hoek om en Raaf rukt zijn snavelmasker af. Tobias struikelt. 'Schiet op, schiet op,' roept Raaf. Beatrijs helpt hem overeind. 'Ze halen ons in!' Achter hen klinkt geschreeuw en het gekletter van metaal.

'Ga daarheen,' roept Raaf. Hij duwt ze een zijsteeg in en draait zich om.

'Pak die knaap!' schreeuwen de kale mannen.

Raaf zet het weer op een lopen en rent van de ene steeg naar de andere. Hij voelt zich als een haas die vlucht voor de vossen. Weg van Beatrijs en Tobias, dat is het enige wat telt. Zijn vrienden zijn nooit zo snel als hij en zo lokt hij de mannen achter zich aan. Zijn achtervolgers raken steeds verder achterop. Nog even en hij is ze kwijt.

'Beet!' Een van de poortwachters duikt voor hem op. Raaf laat zich vallen, rolt door de modder en springt overeind. Snel schiet hij de steeg uit, voorbij een van de rokende korven, die zijn hijgende adem verstikt. Hij verdwijnt alweer om een volgende hoek, maar de wachters hebben hem gezien.

'Hierheen, snel,' roept plotseling een bekende stem.

Een deur staat open.

Ook Tobias en Beatrijs komen aangehold. Zodra ze bij Raaf zijn duwt hij ze naar binnen en springt achter ze aan.

'Rijc God, jíj!' roept Raaf verrast.

TERUG UIT DE DOOD

'ZE ZEIDEN DAT JE DOOD WAS!' hijgt Raaf verbijsterd.

'Padden ende slangen syn fenyn, noch vynt men tongen dye arger syn,'[18] antwoordt Tijl met een vrolijke grijns. 'Vooruit, trek die rare spullen uit. Zolang je als een vogel bent verkleed, zullen ze je willen vangen. Jouw gezicht zullen ze wel hebben gezien. Je rende zo veel rondjes, dat je jezelf op de rug kon tikken.'

'Je leeft!' roept Beatrijs stralend. 'O, Tijl.' Ze valt hem om de nek.

'Ik hoorde geschreeuw en dacht dat ze voor mij kwamen. Toen zag ik Raaf. En jij, *schoon maechdeken,* jou herkende ik aan je sierlijke lopen, zelfs in een vogelpak. Deze heer echter ken ik nog niet...' Zachtjes maakt Tijl haar handen los.

'Tobias van Montalban,' zegt de dwerg kortademig. Hij buigt met een zwierige zwaai. 'En u bent de heilige die de Grote Dood te slim af was...'

Tijl lacht, maar legt snel zijn vinger tegen zijn lippen. 'De kaalkoppen en roodhoofden zullen nog naar jullie op zoek zijn. Ze denken toch vast niet dat jullie over de muur zijn gevlogen. Kom mee naar het achterhuis, voor ze ons op straat horen.'

'Pel die kleren af en ga zitten.'

In het midden van de kamer staat een kist die als zitmeubel

---

18. 'Padden en slangen zitten vol vergif, toch zijn er tongen die nog erger zijn...'

dient. Tijl klapt de zitting open en haalt een kruik bier tevoorschijn, die als een ei op een nest van kleding en linnengoed ligt. Raaf, Beatrijs en Tobias trekken hun vogelkleren uit.

De kamer is netjes ingericht. Een plank langs de muur, daarnaast een opgeklapte tafel. In de hoek tegenover de haard staat het ledikant, waarop een dikke wollen deken ligt, keurig glad gespreid. Aan de wand tussen het voorhuis en de binnenkamer hangt een ruwhouten kruisbeeld.

'Mijn tante woonde hier,' vertelt Tijl terwijl hij de kruik rond laat gaan. 'Ze is voor de Grote Dood kwam de stad uit gegaan, wat toen nog dwaas leek. Ze nam alleen mee wat ze dragen kon en heeft zelfs haar reiskist achtergelaten. Nu leeft ze als een nonnetje in een klooster bij Rulle. Ik had nooit gedacht dat ze de *zwarte wilen* zou dragen, want ze is levenslustig als een jonge poes.'

'Maar wat doe jij hier, lieve Tijl?' vraagt Beatrijs. 'We waren zo geschrokken toen de poortwachter zei dat je dood was.'

'De mensen thuis denken dat ik dood ben en waarom zou ik ze teleurstellen als ze dat graag willen geloven?' Schelmachtig kijkt hij haar aan.

Tobias neemt verlekkerd een slok uit de kruik. Tevreden zuchtend leunt hij tegen de kist.

'Ik zal jullie een klein geheim verklappen,' zegt Tijl. 'Ik ben van Vlaanderen naar Mölln gereisd om daar mijn oude dag te vieren. Ik had natuurlijk de verhalen over de Grote Dood gehoord, maar wist niet dat het zo erg zou zijn. Toen ik in Mölln aankwam, bleek zo'n beetje iedereen die ik kende dood te zijn, behalve die een hekel aan me hebben.'

'Zoals de minnezanger die eksters at,' merkt Tobias fijntjes op, en hij laat een boer.

'Hmm, ja, zoals die,' zegt Tijl. 'Ook waren er mensen die dachten nog geld van me te krijgen, maar dat kon ik niet weten. Als ik gedachten kon lezen, dan was ik immers een tovenaar en rijk geweest. Het leek me nadat ik wat zaakjes had geregeld beter weer te verdwijnen, en dus...' Ineens tovert Tijl een zwarte buil in zijn open hand. 'Een ei, zwart geverfd,' zegt hij. 'Gekregen van een wonderdokter. *Mundus vult decipi*, de wereld wil bedrogen worden, betekent dat. Ik gebruikte elzenbast, in water geweekt, gekookt en gezeefd, waarin ik plukken wol verfde en opplakte, want galnoot was me te duur.'

Geschokt kijkt Beatrijs hem aan. 'Je dééd dus alsof je ziek was?'

'Ja. En ik verliet Mölln en ging hierheen om met het eerstvolgende schip weer naar Vlaanderen te vertrekken. Een hele reis, maar zo is het leven en in Rulle heb ik in elk geval mijn tante gezien. Tot ik vertrek blijf ik hier in haar huis. Het staat zo raar: dood zijn en dan toch rondlopen. Bijna net zo raar als rondjes rennen in een vogelpak.'

'Rulle? Ik dacht dat je daar was voor een toverbron,' zegt Beatrijs.

'Wacht eens,' roept Raaf. 'Toen in het bos... Ik dacht al dat ik niet echt ziek was. Je hebt me bedrogen!'

'Ho, ho, ik heb je genezen met boomhars en modder,' antwoordt Tijl vrolijk. 'En wat is het resultaat: Beatrijs, schoon maechdeken, bleef bij je terwijl ze dacht dat de Grote Dood je te pakken had. En was je niet blij toen je was genezen? Al was een klein gebedje aan de Heilige *Achatius* genoeg geweest.' Tijls ogen gaan naar Raafs gehavende gezicht en handen. 'Het lijkt erop dat je sindsdien meer smeerseltjes nodig hebt gehad...'

'Daar gaat weer een wonder,' zegt Tobias hoofdschuddend. Hij vergeet de kruik met bier door te geven.

'Het was gemeen van je,' zegt Beatrijs tegen Tijl. 'Ik wilde alleen... Ik wilde alleen dat Raaf bij me bleef.'

'Dat weet ik,' antwoordt Tijl. 'Maar ik meende wat ik zei. Je kon met mij mee naar Mölln. Ik liet jullie een moeilijke keuze maken. De gril van een oude Tijl Uilenspiegel die twee aardige kinderen tegenkomt.'

'Kinderen?' roepen ze tegelijk.

'Dat builenkunstje moet je me leren,' zegt Tobias. 'En als je toch zo goed bent in verdwijnen: kun je ons helpen naar huis te komen? Er is haast bij, want Raafs broer is in gevaar. En nu ik eraan denk: wijzelf ook. Het lijkt me lastig uit te leggen dat we niks hebben gestolen.'

'Tja,' zegt Tijl peinzend. 'Zolang jullie hierbinnen blijven is er weinig aan de hand. De deur en de luiken zijn dicht en zonder hun vogelpakken zullen de kaalkoppen niet snel een huis binnen durven. Hebben jullie de rook gezien? Waar de Grote Dood heerst, verbranden ze zoveel mogelijk van de zieken: kleren, meubeltjes en zo. Niet zoveel mensen gaan zomaar een vreemd huis in, maar buiten op straat herkennen ze jullie.'

'Als we onze gewone kleren aanhebben, herkennen ze ons niet,' zegt Beatrijs.

'Hmm, laat me eens denken... Er waren drie snaveldokters, onder wie een kleine,' peinst Tijl terwijl hij zich over zijn spitse kin wrijft. 'De snaveldokters zijn weg, ook de kleine, maar ineens is er een dwerg in de stad. Hoe is die binnengekomen? Door een muizenhol? Of toch over de muur gevlogen, verkleed als een vogel?'

'Je hebt ons geholpen, maar hoeft me niet boos te maken,' zegt Tobias met een hik.

'Tijl heeft gelijk. En ze hebben mijn gezicht ook gezien,' zegt Raaf. 'Mij zullen ze zeker herkennen.'

'Niet als het donker is...'

'En dat is het goede nieuws,' zegt Tijl. 'Vanavond nog zeilt er een schip. Het gaat een heel stuk over zee richting huis. En dan bedoel ik Vlaanderen, maar dat is ook de richting die jullie op moeten.'

'Maar dat is precies wat we zoeken!' roept Tobias verheugd. 'We hebben geld.'

'Er is alleen een probleem,' piekert Tijl. 'Een groot probleem...'

De schuine gevels van de huizen staan zo dicht bijeen, dat de dakranden elkaar boven hun hoofden raken. In het donker is de stad nog onheilspellender dan overdag, zeker als er af en toe van achter de gesloten luiken een eenzaam gejammer klinkt. Zieken die zijn achtergelaten of levenden die treuren om de doden? Raaf voelt een steek van wroeging als hij denkt aan de oude man en zijn vrouw. Maar wat kon hij doen?

In het licht van een vuurkorf sluipen hun schaduwen mee door de smalle stegen. Tijl loopt voorop, gehuld in een wijde mantel. Net als de anderen heeft hij de kap over zijn gezicht getrokken. Hij duwt de stof tegen zijn neus en mond om de stank minder te maken. Tot Tobias' eigen schande loopt hij hand in hand met Beatrijs. Ze lijken moeder en kind, niet meisje en dwerg.

Plotseling zijn er geen stegen meer. De geur van water verdringt de stank van de dood. Fakkels verlichten de zijkant van een kogge. De naam van het schip is weggekrast en onherkenbaar gemaakt met teer. Algen en mosselen houden de stompe romp bijeen. Een deel van de vermolmde reling is afgebroken. Over het dek sluipen grijze schimmen.

'Het schip brengt mensen de stad uit. Ze varen vanavond, dat is alles wat ik weet,' zegt Tijl. 'Laten we nou maar zorgen dat jullie aan boord komen.' Hij slaat zijn kap terug en loopt naar de man bij de loopplank.

'Eén!' De man bij de loopplank steekt een vinger op. 'Eén maar!'

'Wij allemaal, vier!' zegt Tijl.

De man schudt zijn hoofd. 'Eén,' herhaalt hij stellig met zijn vinger in de lucht.

Tijl draait zich om. 'Hier was ik dus bang voor. Er kan maar één iemand mee en de man laat zich niet ompraten. Wie van jullie gaat als ik het niet ben?'

'Wij allemaal natuurlijk,' zegt Tobias.

'Ik probeer het nog eens. Vier,' roept Tijl naar de man bij de loopplank. Hij steekt zijn vingers in de lucht.

'Aan de kant, we gaan aan boord.' Twee gestalten die net als zij hun hoofd hebben verborgen onder een diepe kap lopen gehaast voorbij. De man aan de loopplank knikt en stapt opzij. 'Eén!' zegt hij weer tegen Tijl. Zijn stem klinkt nu heel beslist. Hij keert zich half om en zwaait naar de schimmen aan boord.

'Luister, ze gaan varen en er is maar plaats voor één. Daar heb ik voor betaald en ik weet niks te bedenken om ons aan boord te bluffen. Want die kerel verstaat me niet en kan zelfs op twee handen niet verder dan tot één tellen. Wat doen we?'

'We hebben geld,' zegt Tobias. 'We kunnen voor meer betalen.' Zijn hand schiet al onder zijn mantel.

Tijl schudt zijn hoofd. 'Deze kerel is van het ergste soort dat ik ken: niet om te kopen. Hij weet precies hoeveel er meegaan en laat geen ziel méér aan boord.'

'Laten we bij elkaar blijven. Morgen bedenken we wel iets anders,' zegt Raaf.

Tobias en Beatrijs knikken aarzelend. 'Als we samenblijven en Tijl helpt ons, dan komen we ook thuis.'

'Daar ligt het schip,' klinkt het plotseling achter hen. 'Kijk of ze aan boord zijn.'

'De kaalkoppen,' fluistert Tobias. 'Snel, geef me je hand.' Beatrijs pakt zijn hand vast en ze zijn weer moeder en kind.

'Kijken jullie zelf,' zegt een van de roodharige wachters achter hun rug. 'Mij krijg je niet aan boord. Ik kijk nog op de kade en dan is het klaar.'

'Raaf, alleen jouw gezicht hebben ze gezien...' fluistert Tobias.

'Tobias heeft gelijk,' zegt Beatrijs zacht. 'Alleen jou hebben ze gezien. Ze zullen je herkennen.' Ze brengt haar gezicht dichter bij het zijne. 'Raaf, je wilt mij niet alleen laten, maar je mag Job niet in de steek laten. Weet je nog wat je tegen broeder Momme zei? Je moet het relikwie naar huis brengen en er een leven mee redden. Als je dat niet doet, zul je het jezelf nooit vergeven – en mij ook niet.' Vastberaden kijkt ze hem aan.

'Je hebt vijf redenen om nú aan boord te gaan en drie ervan hebben een kale kop,' zegt Tijl dringend.

'Vraag die daar of ze iemand hebben gezien,' klinkt het achter ze.

'Schiet op,' fluistert Tobias, 'voor ze hier zijn. Tijl helpt ons wel de stad uit.'

'Als ik ga, hoe zien we elkaar dan terug?' vraagt Raaf ongerust.

'Ik breng Beatrijs naar Coevorden. Daar zien we je,' antwoordt Tobias.

'Ga,' zegt Tijl. 'Neem mijn plek op het schip. Ik zorg voor je vrienden. Ga!' Hij geeft Raaf een duw.

'Wacht,' zegt Tobias. 'Zonder dit is het relikwie niet compleet.' In zijn hand ligt de gouden versiering met de eenhoorn en de maagd. Het zogenaamde medaillon van de dwergen van Montalban. 'Dat ze later niet van me zeggen dat ik het relikwie heb ontheiligd.'

Raaf pakt het goud aan. Zonder zijn vrienden nog aan te kijken, loopt hij weg.

De man bij de loopplank laat hem voorbij. 'Eén,' knikt hij.

Zodra Raaf aan boord van de kogge is, draait hij zich om en kijkt omlaag naar de kade.

Beatrijs, Tobias en Tijl staan hand in hand. Ze wuiven niet. De kaalkoppen en de poortwachters lopen boos gebarend weg.

Met een sissend geluid glijden de trossen het water in.

Het dodenschip vaart uit.

Mist en leegte

KRAKEND WRINGT HET SCHIP zich de duisternis in. Het gele boeglicht is een verdwaald zieltje drijvend op het donker. Wind is er nauwelijks. Als Raaf maar iets van zeelui en schepen zou hebben geweten, dan had hij beseft dat geen zinnig mens bij nacht zeilt.

Door het donker zweeft het ijle gehuil van een zuigeling. De haartjes op Raafs arm komen overeind. Hij huivert van de plotselinge kou. De kade is niet meer te zien, net zomin als de omtrekken van de stad. Daar ergens staat Beatrijs. Ze is veilig bij Tijl en Tobias, troost hij zich.

Stapje voor stapje loopt hij over het dek, zijn hand op de hoge reling. Een kille nevel sproeit in zijn gezicht. Hij glijdt met zijn tong over zijn lippen: bitterzout. Hij zoekt een plek om te zitten. Zelfs wanneer hij zich kleinmaakt en achter de reling hurkt, omhult de nevel hem als mist in de herfst. Dus loopt hij weer naar het middendek. Bij de mast gaat hij zitten.

'*Mennä!*'[19]

'Hè?'

De man trekt hem overeind en geeft hem een duw.

'Niet bij de mast,' klinkt een stem. 'En niet op het voor- of het achterdek. Alleen op het midden.' Twee ogen glanzen in het donker.

---

19. 'Ga!'

Raaf gaat zitten. 'Wat is dit voor schip? Waar gaan we heen?'

'Weg uit de hel,' zegt de stem.

'Waarheen? Naar Coevorden?'

'Ergens waar we veilig zijn. Ga slapen.' De ogen verdwijnen.

Raaf gaat liggen. Hij staart naar de lucht die zo donker is als de zee. Hij luistert naar het kraken van het schip, het ruisen van de golven, het zuchten van de schimmen en het ijle gehuil. Hij had bij Beatrijs en Tobias moeten blijven. Zijn hand glijdt naar de reistas met het relikwie. Had hij Beatrijs achtergelaten als hij niet in zijn droom had gezien dat ze weer samen zouden zijn? Maar in zijn dromen zag hij ook zijn eigen dood tussen de kaken van Ouwe Kwaai.

Met het dichtvallen van zijn ogen, dooft het boordlicht.

Kou wekt hem. Of is het een geluid? De nevel is veranderd in een donkere mist. Raaf kan nog maar net het dek voor zijn voeten zien. Om hem heen klinkt jammeren. Het geluid is zo onheilspellend als het gekreun van het zacht schommelende schip. Twee mannen stappen uit de mist. Ze dragen een kleine zak. Even later hoort Raaf een plons.

Raaf heeft honger en moet plassen. Rillend komt hij overeind. Hij loopt naar de reling en kijkt om zich heen. Overal hangt de mist. Soms denkt hij verre lichtjes te zien. Hij voelt zich alleen. Waarom zijn ze uit elkaar gegaan? Is Beatrijs veilig?

Plotseling is er een luid gekrijs. 'Help! Ze hebben hem vermoord!' Achter zich hoort hij voetstappen. Overal aan dek klinkt schreeuwen en huilen.

'Moordenaars! Moordenaars!'

'Hij heeft de ziekte! De dood is aan boord!'

'Help dan toch!'

Raaf drukt zich tegen de reling. Een schim springt tevoorschijn. Hij schudt de mistflarden als rook van zich af, waarna het grijs hem weer opslokt. Alleen het schreeuwen en huilen dringt door de dichte sluier. Opnieuw een plons, dan buldert een stem: '*Lopettaa!*'[20]

Uiteindelijk slokt de mist ook alle geluiden op.

De ochtend is asgrauw. Raaf droomde dat hij in het koude vagevuur was beland. Opgesloten in een eeuwige mist, omringd door schimmen zoals hijzelf. Wat hij die nacht hoorde, was dat een droom? De verre plonsen, waarna de stilte zich weer als een handschoen rond het geluid sloot? Hij zuigt het vocht van zijn mouw en spuugt. Zout. Zijn been tintelt. Te lang heeft hij in dezelfde houding gezeten. Zijn voet voelt levenloos. Hij leunt op de reling tot het gevoel in zijn voet terugkeert. Waar zouden ze zijn?

Het water klotst tegen de boeg. Verder boven zee trekt de mist zich terug. Sluiers worden opzij getrokken en onthullen de leegte daarachter. Maar de zee is niet helemaal verlaten...

Een kolkend geruis schrikt hem op. Op een steenworp afstand van het schip komt de zee als een bel omhoog. De enorme watermassa begint te groeien, lijkt zich te willen losmaken en stroomt weg wanneer uit de diepte daaronder een nieuwe vorm verschijnt. Raaf grijpt de reling met twee handen vast. De vorm maakt zich los uit het water. Het is geen golf, het is een... zeewezen.

Raaf buigt voorover en kijkt vol ongeloof.

Het wezen draait naar hem toe. Het is wit, breder en hoger dan een paard. Op zijn reusachtige voorhoofd staat een hoorn, lang en recht, eindigend in een punt.

Nog verder leunt Raaf voorover. Hij strekt zijn arm, wil de hoorn aanraken. Staat op zijn tenen, buigt diep over het water...

'*Kelleluak kakortok!*' Een hand grijpt hem bij zijn schouder en

---

20. 'Stoppen!'

trekt hem terug. 'Kelleluak kakortok!' wijst de man naast hem lachend.

'Eenhoorn!' schreeuwt Raaf terug. 'Eenhoorn!'

'Kelleluak kakortok!' schatert de man.

'Nee, nee! Het is de eenhoorn! Hij is echt, ik heb hem gezien!'

HET DODENSCHIP

HET IS EEN DROOM. Natuurlijk is het een droom. In de zee leven vissen, geen eenhoorns. De eenhoorn in het Woud van de Griffioen was echt, al leek die te zijn gemaakt van mist. Maar hij heeft de hoorn op zijn voorhoofd toch gezien? *Van elk dier dat op het land leeft, bestaat er een in de zee,* zei Père-Cheval. En de man dan die als een zot zijn vreemde bezwering riep? Hij heeft de eenhoorn ook gezien. Hij weet het. Hij móét het weten.

Op de tast dwaalt Raaf over het schip. Het dek is zo verlaten als de zee. De mist is dunner, maar de wind blijft nog altijd weg. Achter de mast is het hoge achterschip. Bij de trap is een luik. Een afschuwelijke stank drijft omhoog en grijpt hem als een onzichtbare hand bij zijn keel. Hij deinst naar achteren. Kreunt de boot of zijn het mensen die kermen?

Een man sleept een zak over het dek. Hij sjort hem naar de reling, hijst hem op de rand en duwt.

Als Raaf zich over de reling buigt, ziet hij de zak nog drijven. Verder achter het schip ziet hij er nog een. Overal zakken. Beweegt er iets in de zak of zijn het de golven? Met een huivering beseft Raaf wat er in de zakken zit. De Grote Dood is aan boord geslopen en de lijken vluchten van het schip. Moet hij wachten tot de eenhoorn weer uit de golven opduikt? Of tot hij zelf in een zak overboord gaat?

De lucht is warm en zijn ogen prikken wanneer hij de trap afdaalt. De stank is het ergst; de geur van poep, braaksel en bederf. Eenmaal beneden kijkt hij op als vanaf de bodem van een graf.

Hij staat in de gewelfde buik van het zeemonster. Aan de kromme balken bungelen lege hangmatten. Met zijn hand voor neus en mond schuifelt hij dieper de buik in.

Op de grond liggen mensen. Ziek? Dood? Zien ze hem?

'Kelleluak kakortok?' fluistert hij. Hij stapt over de lichamen. Vingers klemmen zich rond zijn enkel, maar hun greep is zwak. Raafs afschuw slaat om in boosheid. Waarom liggen ze hier en doen ze niks? Wachten ze tot ze in zakken in zee worden gegooid, misschien nog wel levend? Zijn ze hier dan alleen maar om dood te gaan? 'Kelleluak kakortok!' schreeuwt hij.

Licht vlamt op voor zijn voeten. Een man verschijnt uit het niets, een hand grijpt zijn voet. '*Varo!*'[21]

Voor hem gaapt een vierkant gat. Bijna was hij door het open luik gevallen.

De man lacht. Zijn mond is een haaienbek met scherp gevijlde tanden. Rond de mond en ogen kringelen blauwe lijnen. Zijn lippen zijn donker geverfd. Beide oren zijn doorboord. De gaten in zijn lellen zijn groter dan zijn ogen. Er hangen koperen ringen in, die zo zwaar zijn dat de oren zijn uitgerekt. Lachend trekt de man zijn muts af. Over de kale schedel kringelen de lijnen die vanaf zijn gezicht omhoog kruipen. Hij buigt voorover en wijst. Midden op zijn hoofd is een hoorn getekend. 'Kelleluak kakortok,' zegt hij met zware stem.

'Eenhoorn?' vraagt Raaf.

De man knikt en lacht. Hij zet de lantaarn neer, hurkt en laat zich zakken in het gat waaruit hij opdook. Hij pakt de lantaarn op, lacht weer en verdwijnt.

---

21. 'Kijk uit!'

Raaf volgt hem omlaag door het gat, dieper het schip in. Beneden wacht de man hem op. Ze staan in een klein ruim met een bodem die naar het midden afloopt. Langs de zijkanten staan vaten en kratten en liggen stapels netten. Overal hangen speren en messen, zo lang als de arm van een volwassen vent en elk met een breed, krom lopend blad.

'Kelleluak kakortok,' zegt de man met het getekende gezicht. Aarzelend legt hij zijn hand op Raafs schouder. De lantaarn in zijn hand werpt een kleine kring van licht vooruit, als een omgekeerde schaduw.

Ze lopen voorbij de trossen touw en de lege zakken. De schedel van een zeedier kijkt vanaf de wand op ze neer. Uit de schedel steekt... een zaag? Wat een monster, denkt Raaf.

De man wijst.

Raafs mond valt open. Want voor hem, bijeengebonden op de grond, liggen manslange hoorns. Hele stapels, meer dan hij kan tellen. Minstens twee keer twee handen vol.

'Kelleluak kakortok.' De man laat zijn lantaarn zakken en glimlacht verdrietig. Hij wijst naar boven. Dan op zichzelf. '*Sairas.*'[22]

Raaf knielt en raakt een van de hoorns aan. In de zee leven eenhoorns, heel veel eenhoorns. En de mensen op dit schip hebben ze allemaal gedood!

Het monster kreunt. Het schip begint te hellen.

'*Tuuli!*'[23] roept de man. Hij loopt met de lantaarn naar het luik, klimt omhoog en verdwijnt.

Raaf blijft alleen achter in het ruim. Dit zijn jagers, bedenkt hij. Jagers op zee. En hun prooi is de eenhoorn.

Raaf knippert tegen het schelle licht. De wind heeft de mist ver-

---

22. 'Ziek.'
23. 'Wind!'

jaagd. Het dek is verlaten. Hij loopt naar de reling en kijkt.

Een hand grijpt hem bij zijn schouder. Geschrokken draait hij zich om.

'*Maa*,'[24] zegt de man met het getekende gezicht. Hij duwt zijn vinger tegen Raafs borst en wijst naar de zee. Onverwacht pakt hij Raafs been en tilt hem op. Voordat Raaf zich kan verzetten, slaat de man een touw rond zijn enkel. De rand van de reling drukt tegen zijn ruggengraat. Achter hem, onder hem, kolkt de zee.

'Laat me los!' schreeuwt Raaf. Woest schopt hij naar de man.

Maar de man geeft hem een duw. Raaf zweeft door de lucht. Hij ziet de mosselen en de algen, de kromme planken van het schip. Een klap, dan kou, dan donker. Wild slaat hij om zich heen. Hij moet naar boven, maar zijn mantel en de reistas met het relikwie trekken hem omlaag. Dan... Iets houdt hem tegen. Het touw! Blind graait hij ernaar. Ondersteboven zweeft hij in het water. Het touw schiet omhoog en trekt hem mee. Een ton! Hij slaat zijn armen eromheen.

'*Hyvästi*,' hoort hij roepen vanaf het schip. 'Vaarwel!'

---

24. 'Land.'

VI

Münster, 1300 na Christus

In de vele jaren na Izaaks dood groeide Qurtubat uit tot de grootste stad van Europa na Constantinopel. De Aljaima-moskee verrees en de paleisstad van de kalief werd afgebouwd. De stad kreeg de grootste bibliotheek ter wereld, met boeken zo veel als de stenen van de stadsmuur.

Zoals de jonge arts Abdelghani Ibn Mahfoudi bijna vierhonderd jaar eerder had voorspeld, verspreidde de kennis van Qurtubat zich ook onder de ongelovigen. Ze schreven boeken en bouwden kathedralen, maar de kennis van de hoorn bleef verborgen. De hoorn was de trofee van de kalief. Als versiering kwam hij in een zijvertrek van de nieuwe moskee te hangen.

Katholieke legers veroverden Qurtubat. Joden en moslims vluchtten. Mansur, een houtbewerker die zich al vele jaren had verbaasd over het vreemde voorwerp in de moskee, nam de bijna manslange hoorn van de muur en zaagde hem af tot hij niet groter was dan een zwaard. Een deel van de gouden versiersels liet hij omsmelten door zijn zwager, Salem, om zijn vlucht uit de stad te bekostigen. Alleen de gouden draden en het voetdeel met de versierselen bleven bewaard. Mansur droeg de hoorn in een doek onder zijn kleren toen hij de stad verliet.

Aan het eind van zijn leven verkocht Mansur de hoorn aan een koopman uit Münster, Godfried Wilhelm von Bentheim. Het was een relikwie met bijzondere krachten, vertelde hij. Het was de hoorn van de eerste eenhoorn, die ver weg in de bergen was gevonden. Dat moest wel de plek zijn waar de Ark van Noach was gestrand. De koopman liet het goud bewerken. De eenhoorn en de maagd werden afgebeeld. Toen ook de koopman vrijwel al zijn dagen op deze aarde had geteld en wist dat het einde naderde, schonk hij de hoorn aan het prinsbisdom Münster, in ruil voor een eeuwigheid aan gebeden. Een reliekschrijn werd gemaakt, waarin de hoorn werd gelegd, strak gewikkeld in vellen geolied perkament. De hoorn was gevuld met ziekte, dood, hebzucht en ijdelheid.

Uit: *Het Boek van de Hoorn*, Zesde Deel

WALDO VAN SAKSEN

MET EEN ZUIGEND GELUID DUWT Raaf zich omhoog uit het slik. De zee stroomt wit schuimend langs zijn kuiten. Achter hem wiebelt de ton op de golven. Iets is aan de zijkant gebonden. De ton wentelt als een tol. Raaf waadt ernaartoe.

Verbaasd kijkt hij omlaag. Langs de ton is een hoorn vastgemaakt. Een van de vele manslange hoorns uit het ruim van het schip. De hoorn heeft zich met de punt in het slik geboord.

Het kost Raaf moeite de knoop rond zijn enkel los te krijgen. Als hij op één been staat verliest hij zijn evenwicht en anders moet hij het touw onder water los zien te maken. Wanneer het hem na veel draaien en trekken eindelijk is gelukt, sleept hij de ton dichter naar de kustlijn.

Hij waadt door de modder en valt languit op de grond. Na een paar keer de geur van het gras te hebben opgesnoven, gaat hij overeind zitten. Hij gordt de reistas los, trekt zijn natte kleren en laarzen uit en legt ze naast zich neer. Het verband rond zijn handen is weg, de wonden zijn geheeld. Er kraakt iets tussen zijn kleren. Het perkament met de kaart. Hij legt het vel naast zijn kleren in het gras. Dan gaat hij achterover liggen en staart naar de lucht.

Hij moet uitzoeken waar hij is. Het dodenschip is door de zeearm van de stad Hamburg naar open water gezeild. Als er al oevers waren, dan lagen ze verborgen in de mist. Toen het dodenschip de zeearm uit was, kon het maar twee kanten op: omhoog of westwaarts naar het lint van eilanden. Zou hij op een van die eilanden zijn? Als ze naar de eilanden zijn gevaren, dan moet hij naar het zuiden lopen. Hoeveel tijd is er voorbijgegaan? Een dag of meer? Hij weet het niet. Er is geen tijd te verliezen!

Raaf draagt de reistas over zijn schouder en de lange hoorn als een boog op zijn rug. Waarom heeft de man met zijn getekende gezicht hem overboord gegooid? Om hem te redden? Hij moet hebben geweten dat er land was en om die reden smeet hij hem van het dodenschip. Net als Raaf zag hij de eenhoorn op de golven, daarom liet hij hem ook zien wat er in het ruim lag. De hoorn aan de ton was een geschenk.

Raaf loopt zo snel hij kan. De maan is vrijwel helemaal vol, zodat hij ook 's avonds en 's nachts kan lopen. Rusten doet hij niet.

Hij heeft de zee al ruim een dag achter zich gelaten als er plotseling een grijs meer voor hem ligt. Een kraag van riet en pluimloze lisdodden verdwijnt aan weerszijden in de verte. Een moervos vlucht weg.

Tegen de oever van het meer ligt een roeiboot getrokken. De achterkant is verdwenen, alsof een enorme vis er een hap uit heeft genomen. Wanneer Raaf naar het bootje is gelopen en de boord vastpakt, breekt het hout tussen zijn vingers. Hij hoort geplons en gespartel. Het bootje zit barstensvol vissen. Vol grote, dikke, zilverbruine vissen!

Nog geen uur later zit hij voldaan op de grond. Naast hem liggen de afgekloven graten van wat kort daarvoor nog drie dikke, glanzende vissen waren.

'Hé, cnape!' Het is de eerste stem die hij hoort sinds het dodenschip.

Een man met goud krullend haar roept hem toe vanaf het riet. Op zijn rug draagt hij een korf, zo een als Tijl had. Een *merseman*. Hij zwaait. Aarzelend steekt Raaf zijn arm op. Dan gaat hij wat rechter zitten en houdt hij de stok met de vis eraan uitnodigend omhoog. Op de platte stenen in de gloeiende as liggen er nog twee. Genoeg om te delen. Bovendien, denkt hij, een merseman kan hem de weg wijzen.

Met verende pas loopt de man op Raaf af. Hij draagt een grof genaaide lappenmantel van allerlei kleuren stof. Op zijn hoofd staat een bruine monnikskap, waarvan de punt is afgeknipt en waardoor zijn gouden krullen steken. Hij heeft een geel vlasbaardje, dat niet dicht genoeg is om zijn ronde kin te verbergen.

'Gegroet, jonge vriend,' zegt de merseman zangerig. 'Blij eindelijk iemand te ontmoeten die gastvrijer is dan een regenbui. Ik ben Waldo van Saksen, *gezel* van het Praagse gilde der *goliardi* en marskramer, maar dat laatste uit armoe,' zegt hij met een lichte buiging. 'Riemen, gerei en garen en allerhande andere waren.'

'Ik ben Raaf. Eet u mee? Er is genoeg.' Hij steekt de stok met de vis weer omhoog.

'Heel graag.' Zijn ogen gaan naar het karmozijnrode pelgrimsteken op Raafs mantel, dan naar de hoorn. 'Enne... voor de voorzichtigheid: is dat een soort lans daar naast je?'

Raaf schudt zijn hoofd. 'Dat is een hoorn. Eet mee. De vis is nog warm.'

Twee vissen later veegt Waldo van Saksen voldaan zijn handen af aan het gras. 'Tot ik jou tegenkwam had ik spijt dat ik hiernaartoe was gegaan. Het is hier...' misprijzend kijkt hij om zich heen, 'verlaten.'

Raaf kijkt rond. Hij ziet het wuivende riet, de glinstering van het meer daarachter en aan alle andere zijden het open land, met hier en daar bomen. Door het land loopt een weg die achter de bomen en het water verdwijnt.

'Nee, dit is geen plek voor mensen zoals wij,' gaat Waldo van Saksen verder. 'Vertel eens, wat doe jij hier?' vraagt hij nieuwsgierig. 'Kom je hier vandaan?'

‘Nee,’ antwoordt Raaf kortaf, en hij gooit zijn visgraten in de as. ‘Ik ben op weg naar Coevorden.’

‘Coevorden... Ah.’ De blik van de man gaat weer naar de hoorn.

‘Het is van de eenhoorn,’ zegt Raaf, die zijn blik ziet. ‘Het is een geschenk.’

‘Zo, een geschenk...’ De merseman kijkt naar Raaf en het pelgrimsteken, dan weer naar de lange hoorn. ‘Wel, dat is toch tenminste fantastisch,’ zegt hij. ‘Vertel, hoe ben je daaraan gekomen? Ik bedoel, een eenhoorn...’

‘Het is een heel verhaal,’ zegt Raaf. ‘Kunt u zeggen waar ik ben en hoe ik zo snel mogelijk in Coevorden kom? Dan zal ik alles vertellen.’

En daarmee bezegelt Raaf het lot dat het relikwie hem voorspelde.

'Zonder jou was ik dood geweest.'

HOOG BOVEN ZIJN HOOFD KLINKT de schreeuw van een valk. Raaf zoekt de lucht af en ziet een kleine stip in traag dalende cirkels steeds groter worden. Zijn blik gaat naar de eenzame figuur verderop in het veld.

De hele dag, avond en nacht heeft hij gerend, gelopen en weer gerend, zo lang hij kon. De vissen gaven hem kracht, de woorden van Waldo van Saksen gaven hem hoop. Een dag, langer niet, zou het nog duren voordat hij Coevorden bereikte. Zonder die merseman, die gezel der goliardi, zou hij nooit zo snel de weg hebben gevonden. Maar is het ook snel genoeg?

Eerst staat de verre figuur nog bewegingloos, een arm in de lucht alsof hij naar een wolk wijst. Dan laat hij zijn arm zakken. 'Raaf? RAAF!' schreeuwt hij, en hij begint te lopen.

Het is Benne, het valkenjoch.

Hijgend staat Benne voor hem stil. Zijn gezicht is rood van de inspanning. 'Ra-haaf...' puft hij. 'Je... be-hent... het... echt. Ik... moest... re-hennen. De... valk...'

Raaf lacht. Hij is meer dan een leven lang weg geweest en de eerste die hij bij thuiskomst ziet is Benne. Alsof die hem hier stond op te wachten. Van opluchting schieten er tranen in zijn ogen.

'Je bent écht terug,' zegt Benne zodra hij op adem is gekomen. Zijn ogen gaan van Raafs gebarsten laarzen met witte zoutplekken naar zijn hoofd met vuil, verwilderd haar. Alleen het pelgrimsteken op zijn mantel onderscheidt hem van een vagebond.

Bennes ogen blijven erop rusten. Vreemd genoeg dan pas ziet hij wat Raaf op zijn rug draagt. Zijn ogen beginnen te stralen. 'Ik wist wel dat de verhalen over jou waar zijn. Ga mee. Je moet me alles vertellen.' Benne is blij, nerveus, nieuwsgierig en opgewonden tegelijk. Maar plotseling komt er een vreemde blik in zijn ogen.

'Is het waar wat ze zeggen?' vraagt hij op fluistertoon. Hij bestudeert de grond tussen hun voeten en wiebelt met zijn tenen. 'Want broeder Momme zegt dat je de Vader en het relikwie hebt gevonden en dat de Vier Ruiters je hebben meegenomen. Merthe uit de keuken lachte broeder Momme uit. Weet je dat zij en Boele nu zijn getrouwd?'

'Broeder Momme is hier? Zo snel?' vraagt Raaf hoopvol. Broeder Momme kan hem helpen Job te redden – als zijn broer nog leeft.

'Ja, hij is op het kasteel. Of eigenlijk is hij alweer vertrokken, gisteren al,' antwoordt Benne. 'Er waren ook twee geselbroeders. Ze zeiden... Ze zeiden...'

'Wat zeiden ze?' vraagt Raaf.

'Zezeidendatjedezwartezwerenhebtgehadendatjenietdoodkangaanendathetkomtomdatjedehoedervandehoornbent.'

De woorden vliegen zo snel uit zijn mond, dat ze over elkaar heen struikelen.

Raaf trekt een scheef gezicht. 'Straks zeggen ze nog dat ik de Vader ben in de huid van Raaf!'

Nu kijkt Benne bang. 'Nee toch?' fluistert hij. 'Zo is het toch niet?' Hij slaat een kruis.

'Natuurlijk is het niet zo,' antwoordt Raaf. 'De zwarte zweren waren niet echt en de Vader is dood, maar dat heb ik niet gedaan. En jij...'

Benne kijkt hem aan. 'Ja?'

'Jij hebt mijn leven gered. Bij de rivier, toen Eenoog ons wilde vermoorden.'

'Ja, best dapper was dat van me,' zegt Benne trots. 'Maar wel stom dat ik met ze was meegegaan, hoewel ik er nu blij om ben. De Bastaard van Ruynen wist opeens heel zeker dat de geselbroeders de hoorn hadden. En toen de heer van Coevorden het hoorde, stuurde hij zijn soldaten mee. En ik ging ook,' vertelt Benne. 'Wat waren ze kwaad toen bleek dat ze het verkeerde spoor hadden gevolgd! Je had hun gezichten moeten zien toen broeder Momme zei dat ze naar huis terug moesten.'

'Zonder jou was ik dood geweest,' zegt Raaf.

'Jij kan niet dood,' zegt Benne stellig. 'Maar weet je wat,' roept hij met een stralend gezicht. 'Ik red je weer als je zorgt dat de valk terugkomt. Ga mee naar het kasteel. Wat zullen ze opkijken als ik je meebreng. Ik durf te wedden dat de heer van Coevorden je na het verhaal van broeder Momme zelf zal ontvangen. Merthe geeft je eten. Je kunt schone kleren aantrekken en...'

'Is Tobias al terug?' onderbreekt Raaf hem.

'De dwerg? Nee, nog niet, maar...'

Raaf verstaat de rest van zijn woorden niet. Tobias en Beatrijs zijn er nog niet. Ze moesten zich eerst verborgen houden voor de kaalkoppen en de poortwachters, dan veilig de stad uit komen en vervolgens moesten ze nog een lange en gevaarlijke reis naar huis maken. Hij had ze niet in de steek mogen laten, maar hij moest wel. Toch? Hij bijt op zijn onderlip. Er is nu niets wat hij voor ze kan doen.

'Ik ga niet naar het kasteel,' zegt Raaf. 'Ik moet verder.'

'Verder?' herhaalt Benne teleurgesteld. 'Maar je bent er net. Je moet eten en drinken en...'

Raafs maag rommelt.

'Weet je, als je niet mee wilt komen, blijf dan hier,' zegt Benne. 'Je rust uit, ik haal eten voor je en dan ga je verder. Goed?' Hij zegt het alsof hij al jaren een herberg drijft en reizigers verzorgt.

Raaf knikt, want plotseling voelt hij hoeveel honger hij heeft en hoe moe hij is. Een vermoeidheid die hij tot dan toe heeft verdrongen.

'Fijn, mooi, blijf hier, ik ben zo terug!' roept Benne opgewekt, en hij draait zich om.

'Wacht, je vergeet wat...' Raaf vouwt zijn handen tot een toeter, legt ze voor zijn lippen en houdt zijn tong achter in zijn mond. 'Ieee-ieee... Ieee-ieee...'

'Kleren van mijn broer. Jullie zijn even groot. Trek ze maar aan,' klinkt de stem van Benne, die is teruggekeerd van het kasteel. 'Ze ruiken nog naar de honden, maar zijn een stuk schoner dan wat je draagt.'

Raaf schrikt wakker.

'Hij is eindelijk weggelopen, mijn broer,' kletst Benne verder. 'Niemand kan de honden van de Bastaard nu nog in bedwang houden. Zijn kleren zullen je passen.' Hij pakt Raafs arm. 'Kijk wat ik nog meer voor je heb. Merthe stopt me in de kookpot als ze merkt wat ik uit de keuken heb meegenomen.'

Even later kijkt Raaf dankbaar op. Het spekvet loopt van zijn kin en druipt op het stuk roggebrood. In de kom die Benne voor hem heeft meegenomen zit zelfs nog een half konijn gegaard met wortels en uien. Dankzij de kleren die hij aanheeft, voelt hij zich anders. Gewoner. Beter. Zichzelf. De geur van de hellehonden die in de kleren hangt, is eigenlijk heel warm en prettig. Zal die geur straks het laatste zijn wat hij ruikt, of is het de stinkende adem van Ouwe Kwaai?

'Mijn broer is weggelopen omdat de Bastaard steeds gekker wordt. En hij let niet meer op, zo kon mijn broer ontsnappen. Nu hij ziek is, is hij ook bang. Hij draagt zelfs een *franciscaans habijt*,' zegt Benne terwijl hij de kom van Raaf overneemt en gulzig de restjes opeet.

'De Bastaard is ziek?' vraagt Raaf.

'Doodziek, daarom draagt hij het habijt,' zegt Benne. 'Hij denkt dat als hij erin doodgaat en wordt begraven, hij dan niet naar de hel hoeft. Maar, en dat zegt Merthe, het kwaad dat als een gaarpotje in hem sudderde is allang opengebarsten als een zweer. Daar helpt geen habijt meer aan.'

Wanneer Raaf zijn eten opheeft en ze afscheid hebben genomen, staart hij Benne na, die weer naar het kasteel loopt. Zal hij hier ooit nog terugkomen? En belangrijker, zal hij Beatrijs en Tobias terugzien zoals zijn droom beloofde?

Raaf duwt de struiken opzij en haalt de hoorn tevoorschijn. Hoe lang deze ook is, hij lijkt nog minder te wegen dan eerst, gewichtloos bijna. Nu hij van Benne weet welke kant hij op moet, kan hij nog voor het donker bij de Bastaard zijn. Dan kan hij...

Het geluid van paardenhoeven maakt een einde aan zijn plannen.

Mannen komen razendsnel over het pad aangereden. Ze zijn nog te ver om te herkennen, maar hij weet zo wel wie het zijn. Hij heeft ze immers in zijn droom gezien. Het zijn de soldeniers van de Bastaard.

Plotseling voelt hij zich heel bedroefd. Het einde komt sneller dan hij had gehoopt...

De dampende paardenlijven sluiten hem in en drijven hem naar achteren terwijl hij de hoorn als een lans voor zich houdt. Zijn blik kruist die van Eenoog. De soldenier schopt zijn hakken in de zij van het paard en vliegt naar voren. Voordat Raaf kan wegduiken, grijpt Eenoog hem met zijn harige knuist bij de nek.

'Daar ben je weer,' fluistert Eenoog in zijn oor. Zijn stem is hees van wrede blijdschap. 'Onze vriend de merseman heeft dus niet gelogen. Gelukkig voor hem, anders was hij zijn mooie gouden krulletjes kwijtgeraakt – samen met zijn hoofd. En jou bespaar ik een laatste wandeling, maar bedank me later maar. Dit zal wel de beroemde hoorn zijn? Oef, die is zwaar. Neem dat ding mee,' roept hij tegen de man naast zich. Hij buigt zich weer over Raaf, pakt hem met twee ijzeren vingers bij de keel, net onder zijn kaak, en draait zijn hoofd. 'Ouwe Kwaai wacht op je.'

DE WRAAK VAN OUWE KWAAI

ROND HET LAND VAN DE BASTAARD ligt een sloot vol groen, slijmerig water. In het midden drijft een rat, waarboven een zwerm muggen hangt als raven boven een kadaver. Dode wilgen met opengebarsten buiken en dorre takken staan langs de steile oever. Ze wijzen naar elkaar en naar het groene gif dat aan hun wortels vreet. Af en toe beweegt er iets in het water. Een rilling, een kronkeling, een bel van openspattend leven.

Stapvoets rijden ze over de brug; het geluid van de hoeven galmt hol op het hout. Ze gaan onder een poort door van mosbegroeide stenen. Aan één kant van de brug staat een stenen engel zonder ogen. Het hoofd hangt omlaag en de vleugels zijn gebroken. Aan de andere kant staat een wildeman met een knots. Het beeld is zo verweerd dat het ook Sint-Joris of een andere heilige kan zijn, met een zwaard dat is afgestompt door de wind en de regen. Achter de brug loopt een pad van grind en schelpen naar een versterkt woonhuis. Paarse distels en venijnige netels groeien manshoog in de tuin. Van achter het woonhuis klinkt het helse huilen van de honden.

'Bilo, waar is hij? Waar is de hoeder van de hoorn? Heeft hij de hoorn bij zich zoals de marskramer zei? Breng hem bij me!'

Aan het eind van het pad staat de Bastaard. Hij leunt tegen de deurpost en draagt een donker gewaad: het habijt van de franciscaner monnik.

Eenoog duwt Raaf van het paard. Met een pijnlijke smak belandt hij op de grond. De soldenier glijdt uit het zadel en trekt hem overeind. 'Vooruit, mijn meester wacht,' blaft hij.

Raaf schrikt wanneer hij de Bastaard ziet. De ogen van de man glanzen koortsachtig van onder zijn zwarte kap. Zijn vel is als perkament over zijn schedel getrokken. Zijn lippen zijn bloedeloos dun. Als hij zijn mond opendoet, ontbloot hij zwart tandvlees en een tong die donker is als van een slang.

'Ik heb de verhalen gehoord. Zijn ze waar?' lispelt de Bastaard. 'Heb je de hoorn, de échte? Is dat hem?' Hij wijst met bevende arm.

'Ja heer, het is waar,' antwoordt Raaf met gebogen hoofd. 'Ik breng u het relikwie en de lans van de eenhoorn.' De soldeniers hebben hem zijn reistas niet afgenomen. Hij haalt hem van zijn schouder.

Een van de soldeniers grist de tas uit zijn hand.

'Dan is het gelukt...' De stem van de Bastaard zakt tot een bijna onhoorbare zucht. 'De Vader heeft het relikwie gebruikt om de eenhoorn te doden. Al zijn kracht is van mij... Schiet op, breng hem bij me. Nee, niet de jongen, maar de hoorn, stelletje dwazen. Wacht, de hoeder van de hoorn moet hem aan mij geven, vrijwillig, zoals de eenhoorn zijn hoofd buigt.'

Met een woedende blik geeft Eenoog de lange hoorn aan Raaf. 'Heer, het relikwie?'

'Domkop,' zegt de Bastaard. 'In de hoorn schuilt de ware macht die de Vader zocht. Een macht die nog veel sterker is dan de kracht van het relikwie.'

Raaf pakt de hoorn aan en houdt hem als een staf in zijn hand. De punt wijst naar de hemel. Over het blanke been valt het rode waas van de zon. Het donkere hemelbloed stroomt omlaag langs de spiralen, zoals het gouddraad zich wikkelt rond het relikwie. Het licht raakt zijn vingers. Hij voelt zijn toppen tintelen.

'Dus je hebt de eenhoorn gezien. Was hij groot en glanzend? Wit en met hemelblauwe ogen?'

'Ja,' antwoordt Raaf. 'Maar hij had ook donkere vlekken op zijn hoofd. Heer, mijn broer?'

'En de Vier Ruiters? Je stond tegenover ze? En de Vader is dood? Is dit allemaal waar?'

'Ja, heer. Het is allemaal waar. Heer, mijn broer?'

'Je liegt!' schreeuwt de Bastaard plotseling. 'Jij kunt de hoeder van de hoorn niet zijn! Je hebt geen adellijk bloed, zoals ik. Je bent niks!' Ineens verdwijnt zijn boosheid, zo snel als die verscheen. Een glimlach rimpelt zijn gezicht. 'Maar je brengt me wel het relikwie en de heilige hoorn. Heb je het bloed van de eenhoorn ervoor vergoten? Nee, natuurlijk niet. Wie het bloed ook maar aanraakt of op zijn lippen proeft, is voor eeuwig vervloekt. Zoals de Vader, die oplichter. Ik wees hem de weg en hij bedroog me. Vooruit, geef me de hoorn!'

'Heer, mijn broer!'

'Stil, cnape. Deze hoorn zal me genezen. Ik zal hem vermalen en zijn poeder drinken. Aan mijn handen kleeft geen bloed. En de hoorn is míjn heilig relikwie. Ik breng leven – en dood!'

De Bastaard laat de deurspijl los en wankelt naar voren. Hij graait naar de hoorn en leunt erop om niet te vallen. 'Geef me die tas, de tas met het relikwie,' zegt hij tegen de soldenier naast Raaf.

'Heer, wat doe ik met deze... hoeder?' vraagt Eenoog, verwachtingsvol grijnzend.

De Bastaard trekt de hoorn uit Raafs hand. 'Gooi hem bij de honden.'

Eenoog grijnst nog breder. Hij grijpt Raaf bij de haren. 'Je hebt het gehoord. Ouwe Kwaai verwacht je. Ze heeft vast trek in een lekker hapje.'

'Heer, u hebt het beloofd,' fluistert Raaf. 'Het relikwie in ruil voor mijn broer...'

'De belofte van een heer aan... jou? Denk je dat zo'n belofte iets waard is?' Met trillende vingers streelt de Bastaard de hoorn. Hij fluistert ertegen en giechelt vol verrukking. 'Je bent veel te laat om je broer te redden.'

'Nee, heer! Het is nog geen volle maan geweest. U hebt het beloofd!'

Eenoog drukt de punt van zijn mes in Raafs zij.

Woorden zijn als rook... Het is alsof Père-Cheval weer achter hem staat. Maar uit de mond van de Bastaard stijgt een giftige damp op.

De Bastaard kijkt op. 'De geselbroeders brachten je broer bij me. Weet je wat hij tegen me zei? Hij zei me dat jíj het relikwie had gevonden. Het duurde wel heel lang voordat hij het vertelde, maar toen het eenmaal zover was, praatte hij maar al te graag. Je hebt ons allemaal bedrogen. Eén keer ben je aan mijn honden ontsnapt, maar nu zal Ouwe Kwaai van je vlees genieten.'

'Lopen!' commandeert Eenoog. 'En als je spartelt, prik ik dieper.'

Het relikwie heeft tegen hem gelogen. Hij ging zijn dood tegemoet om Job te redden, maar is te laat. Raaf voelt zich verraden. Door het relikwie, door de Bastaard, maar vooral door zichzelf. Hij heeft Job in de steek gelaten! *Iets is altijd wel iemands schuld en die iemand is altijd een ander,* vertelde Tobias eens. Maar dit is zíjn schuld, die van hem en niemand anders.

De Bastaard steunt bij elke stap zwaarder op de hoorn. Het relikwie houdt hij in zijn hand.

Zodra de honden hem ruiken, barsten ze los in een woedend gehuil. Ze werpen hun magere lijven tegen de ijzeren spijlen van de kooi en vallen aan met klikkende kaken. Waren de spijlen van hout geweest, dan waren ze tot splinters gebeten.

De Bastaard draait zich om naar Raaf. Eenoog trekt hem dichter tegen zich aan. De punt van het mes dringt in zijn zij. 'We zullen zien of de hoeder van de hoorn écht aan de dood kan ontsnappen,' zegt hij. 'Dat krijg je ervan als er leugens worden verteld.'

Raaf spuugt en probeert zich los te trekken, maar Eenoog rukt zijn arm naar achteren. 'Rustig, anders wordt je vlees te taai.'

'En?' vraagt de Bastaard ongeduldig. 'Gaan we Ouwe Kwaai nog voeren?'

Eenoog sleurt Raaf mee en schopt de klink van het deurtje. De beesten in de kooi beseffen dat ze vlees krijgen. Grommend trekken ze zich terug van de spijlen. Als op een teken verschijnt Ouwe Kwaai. Ze sluipt haar hol aan de achterzijde van de kooi uit.

'Kijk eens, liefje,' zegt de Bastaard nauwelijks hoorbaar. 'Ik heb een hapje voor je.'

Eenoog duwt Raaf het hok in en smijt meteen het deurtje achter hem dicht.

Languit belandt Raaf op de grond. De aarde stinkt naar pis en bloed. Angstig kijkt hij op. De honden vormen een cirkel om hem heen. Ze loeren naar hem, grommen en kwijlen. Dit is de droom die hij had, het visioen van zijn dood. De kreten uit het bos galmen in zijn hoofd. Hij ziet de monnik voor zich die hem het relikwie gaf en herinnert zich de moed waarmee hij op de honden af liep. Wie was hij? Nu ligt hij hier zelf, in de modder. Het zou hem niet meer moeten kunnen schelen. Job is ook dood. Waar wachten de honden op? Grommend staan ze rondom hem, jankend van ongeduld.

Plotseling stappen de beesten opzij. Raaf kijkt recht in de valse ogen van Ouwe Kwaai. Met een holle rug sluipt het beest naar hem toe. Ze buigt haar kop. Haar stinkende adem slaat in zijn gezicht. Ze opent haar muil. Kwijl druipt tussen haar gele tanden door. Raafs hart springt van angst bijna uit zijn borst. Hij kan geen adem meer halen. Hij knijpt zijn ogen dicht. De gehavende snuit van Ouwe Kwaai komt nog dichterbij. Raaf voelt haar natte neus en haar klamme adem tegen zijn wang. De droom, zijn dood...

Maar dan...

Een kleverige lik schuurt over zijn hals en wang. Voorzichtig loert Raaf door de spleetjes van zijn ogen. Ouwe Kwaai tilt haar kop op, draait zich om en gaat met haar vier poten gespreid beschermend voor hem staan. Eenoog en de Bastaard staren hem van buiten de kooi aan. Hun ogen zijn groot van verbijstering en ongeloof.

De kleren die ik draag, denkt Raaf. De kleren van Bennes broer. Ze ruiken naar... hond.

Heel langzaam komt hij overeind. De dieren hebben geen belangstelling meer voor hem. Ze loeren en grommen naar de Bastaard, die in zijn zwarte habijt giechelend de hoorn streelt.

Raaf zet een stap naar het deurtje van de kooi, dan nog een. Ouwe Kwaai volgt elke beweging, ook die buiten de kooi. Raaf kijkt door de spijlen naar Eenoog en de Bastaard. Job is dood, mijn broer is dood, denkt hij. Dan, zonder nog te aarzelen, trekt hij de klink omhoog.

De honden storten zich naar voren, nog maar net op tijd stapt Raaf opzij. Ze werpen hun lijven tegen het deurtje en springen de kooi uit. Eenoog graait naar zijn zwaard, zwaait met zijn mes en valt achterover. De honden springen over hem heen. De Bastaard staat nog onbeweeglijk. Met een hand zoekt hij steun aan de hoorn, de andere met het relikwie tilt hij op naar de aanstormende honden. 'Met de kracht van de hoorn gebied ik...' De eerste hond vliegt hem naar de keel. De Bastaard valt achterover. Schreeuwend verdwijnt hij tussen de kaken en de klauwen van de beesten.

Ouwe Kwaai sluipt de kooi uit. Langzaam stapt hij op Eenoog af. De wapens liggen naast de soldenier, maar hij pakt ze niet. Hij is verstijfd van angst. Nog voor Ouwe Kwaai bij hem is, begint hij woest te schreeuwen. Dan neemt het monster een sprong...

Als Raaf even later uit de kooi stapt, zijn de beesten verdwenen. Achter het woonhuis klinkt het geschreeuw van de soldeniers. Voor zijn voeten liggen de resten van de Bastaard en van Eenoog. Wat haar, wat kleren, wat botten en wat vlees, verspreid tussen het heksenkruid, waarvan de witte bloempjes rood zijn gekleurd. En in het midden ligt het relikwie, besmeurd met bloed. En staat de lans van de eenhoorn, ongerept.

Raaf knielt bij het verscheurde lijk van Eenoog. Hij pakt het mes op en veegt het lemmet schoon aan het gras. Nee, hij heeft zich niet vergist die dag dat de Bastaard en de heer van Coevorden hun tenten hadden opgezet. Die dag dat Eenoog zijn keel zo strak dichtschroefde, dat hij dacht te stikken. Want toen zag hij hetzelfde als nu. Hij houdt het mes in de lucht. In het ijzer staat de enige letter gekrast die hij met zijn hart en zijn hoofd kent. De eerste letter van zijn naam: de 'R' van Rafaël. Eenoog kan maar op één manier aan dat mes zijn gekomen. Het was immers verdwenen toen zijn vader werd gevonden. Degene die hem heeft vermoord, moet het hebben meegenomen. En dat kan maar één iemand zijn geweest: dezelfde die hem in het klooster dacht te herkennen en daarom dwong om mee te komen. Degene die de grijze ogen van zijn vader zag, de donkere haarlok, zijn gelaat: stil als water, hard als steen. Degene die hem schijnbaar zonder reden haatte: Eenoog.

Vanuit het diepst van zijn buik persen de woede en het verdriet zich omhoog. Raaf schreeuwt. En zo hard hij kan geeft hij een trap tegen iets wat kort daarvoor nog een mens was.

HET WONDER VAN ALLEDAG

BROEDER HUBERTUS VERWACHT HEM. Hoewel de lijnen van zijn leeftijd in zijn gezicht staan gegroefd, zijn de scherpe trekken van zijn ziekte als met een warme steen gladgestreken. *Sint-Vitus* heeft zijn gebeden verhoord.

'Je bent veilig teruggekeerd...' zegt hij als Raaf voor hem staat.

Raaf let niet op de blikken van de monniken die zich een voor een onder de galerij verzamelen. Ze hebben gehoord van de hoeder van de hoorn, van het relikwie en van de magische lans die hij bij zich draagt. Want iedereen die hem zag met het wapen van de eenhoorn en zijn karmozijnrode bedevaartsteken, rende naar het klooster om de broeders van het wonder te vertellen.

'Eerwaarde, ik breng u het relikwie en deze hoorn,' zegt Raaf bedroefd. 'Het is de hoorn van een reusachtig zeedier, niet van de eenhoorn.'

Broeder Hubertus knikt, maar houdt zijn handen voor zich gevouwen. 'Elk dier dat op het land leeft, heeft zijn evenbeeld in zee. Heeft Père-Cheval die kennis dan niet met je gedeeld?'

Raaf knikt. 'Ja, u kent hem?'

Broeder Hubertus legt een hand op zijn schouder. Niet om steun te zoeken, maar om die te geven. 'Je ziet er moe uit, Rafaël. Maar je moet moed houden. Broeder Momme was hier. Ook je vriend Tobias van Montalban en een jonge vrouw waren in het klooster. Ze zijn helemaal uit Hamburg gekomen.'

'Tobias en Beatrijs! Zijn ze hier nog? Is alles goed met ze?'

'Ze zijn al weg,' antwoordt broeder Hubertus. 'En ja, alles is goed met ze.'

'Eerwaarde... Dank u. Voor het nieuws, bedoel ik.' Raaf voelt weer iets van blijdschap nu hij weet dat zijn vrienden in elk geval veilig zijn.

Broeder Hubertus knikt en knijpt zachtjes in Raafs schouder. 'Kom met me mee. We wandelen even door de tuin.'

Met de hoorn in zijn hand en broeder Hubertus leunend op zijn schouder loopt Raaf door de kloostertuin. Ze wandelen tussen de graven door tot ze bij de steen zijn. Daar staan ze stil.

'Kijk, hier staat je naam geschreven. Het stond al in de steen voordat je geboren werd,' zegt broeder Hubertus. '*Hij zal de zeven zonden kennen. En de zeven deugden. Drie keer zal hij zijn gedoopt: in zuiverheid, verderf en verlossing. En zijn naam is Rafaël, gelijk de aartsengel.* "God heeft genezen", dat is de betekenis van je naam.'

Raaf kijkt naar het meisje naast de eenhoorn. Beatrijs...

'Eerwaarde, u gelooft in wonderen. Maar toen in de kapel, dat waren niet de Vier Ruiters. Het waren de geselbroeders die broeder Lucius hebben vermoord. De Vier Ruiters waren niet echt. Het spijt me.'

Broeder Hubertus knikt ernstig. 'De dood van broeder Lucius heeft me veel verdriet gedaan. Hij was als een broer voor me, zoals Job dat is voor jou. Het was ons lot om in de kapel te zijn op het moment dat het Kwaad kwam. Het heeft mijn hart en mijn geest geopend om het wonder te kunnen zien. Misschien was ik er zonder dat blind voor geweest en had ik ook jou niet herkend als de hoeder van de hoorn. En ja, de Vader was een instrument van het Kwaad en wie hem dacht te gebruiken, werd zelf bedrogen. Ik zal je een groot geheim vertellen.' De oude monnik buigt zijn hoofd. 'Voor je staat een dief.'

'Eerwaarde?'

Broeder Hubertus glimlacht. 'Je naam is voorspeld, net als de komst van het Kwaad en de Vier Ruiters. Maakt het uit welke vorm het Kwaad heeft of wie de ruiters zijn? Iedereen zocht het relikwie, maar niemand anders dan jij mocht het krijgen, omdat jij de hoeder bent.'

Raaf schudt zijn hoofd. 'Nee eerwaarde, dat ben ik niet. Tobias zei een keer dat je geen harnas nodig hebt om een echte ridder te zijn, maar ik heb niet wat nodig is om de hoeder van de hoorn te zijn. Een monnik in het bos had het relikwie. Hij offerde zich ervoor op. Hij was de echte hoeder, niet ik.'

'Ja, en hij kwam uit Münster. Ikzelf gaf hem het relikwie dat wij in het klooster bewaarden. Dat was kort voor hij stierf.'

Raaf staart de oude monnik aan. 'U kende hem?'

'Ik kende hem heel goed, want ook ik leefde ooit in Münster,' zegt broeder Hubertus. 'Een halve eeuw geleden schonk een koopman ons een relikwie. Het was de hoorn van een heilig dier, met goud beslagen door de moslims, maar versierd met Christus' eigen symbolen. Waarom zou een relikwie zo kostbaar en zorgvuldig zijn versierd? In oude geschriften ontdekten we dat er in Constantinopel over zo'n zelfde hoorn was gesproken. Ook vonden we uit dat de heilige vader Paus Leo IV bijna vierhonderd jaar geleden opdracht gaf dezelfde hoorn te zoeken. Een jaar later stierf de Heilige Vader en werd het relikwie door de Kerk vergeten. We waren jong en dwaas. We dachten dat we, omdat we het verleden van het relikwie hadden ontdekt, ook als enige waardig waren het te bezitten en te beschermen. Het had genezende krachten en die macht mocht niet worden misbruikt, vonden we. Dus deden we iets vreselijks: we lieten het relikwie stelen. Maar ruiters van de bisschop haalden de dief in en doodden hem. Het was het eerste bloed dat om het relikwie werd vergoten. Bloed dat ook aan onze handen kleefde.' Broeder Hubertus klinkt bedroefd. 'Ik was de ruiters gevolgd en ontsnapte met de hoorn. Ik sprong in het water, zwom weg en ben nooit meer naar Münster teruggekeerd. Het relikwie lag sindsdien verborgen in het oude klooster, samen met de spijt over wat ik heb gedaan. Toen ik hoorde dat de bisschop uit angst voor de Grote Dood na vijftig jaar de hoorn opeiste, was ik opnieuw dwaas. De bisschop geloofde dat een relikwie waar monniken een diefstal voor plegen, wel erg machtig moet zijn. En hij had ontdekt dat het hier ergens was verborgen. Het relikwie is heilig en heidens, net zoals de kerken en kloosters die zijn gebouwd met de stenen van de tempels. Is er een betere plek te bedenken? Een van mijn broeders uit Münster kwam naar me toe en ik stond de hoorn aan hem af. Ik dacht dat het mijn plicht was. En alles wat toen volgde, zag ik als mijn schuld. Tot ik jou herkende.'

Raaf schudt zijn hoofd. 'Broeder Momme liet me het relikwie houden, zodat ik Job kon redden. Het was gevuld met vreselijke dingen. Door er een leven mee te redden en het mijne ervoor op te geven, kon ik het van het kwaad verlossen. Ik heb alles alleen maar erger gemaakt. De moordenaar van mijn vader heeft zijn verdiende loon gekregen, maar mijn broer is dood. Hier.' Hij geeft zijn reistas aan broeder Hubertus. 'Het relikwie zit erin. Ik wil het nooit meer aanraken of zien.'

'Ben je er bang voor?' vraagt broeder Hubertus.

Raaf schudt zijn hoofd. 'Nee, niet meer. Het is te laat om nog bang te zijn. Maar het is een relikwie van het kwaad. Het heeft niemand ooit iets goeds gebracht. Dat zag ik in mijn dromen en dat heb ik zelf gemerkt. Het is allemaal voor niks geweest.'

Broeder Hubertus lacht zachtjes. 'Is het werkelijk allemaal voor niets geweest, Rafaël? Verwacht je bij een wonder dat de zee opensplijt of de hemel zich met engelen vult? Als je elke dag als een nieuw wonder aanvaart, dan zijn zelfs de wonderlijkste dingen alledaags. Misschien deden wij wel allemaal wat het relikwie van ons wilde. Het heeft mij in elk geval gebracht waar ik nu sta. En heb jij uiteindelijk ook niet meer gevonden dan je zocht? Draag je behalve verdriet nu ook geen vrede en liefde in je hart? Pak het relikwie vast en geef het dan aan mij.'

Raaf aarzelt. Hij vertrouwt het relikwie niet. Hij vertrouwt zichzelf niet. Maar wat heeft hij te verliezen? Hij haalt diep adem en steekt zijn hand in de reistas. Hij voelt de gouden draden rond het relikwie. Dan pakt hij het vast.

Niets.

Geen droom, geen visioen. Slechts het gewicht van het relikwie. Verbaasd haalt hij het uit de tas. Het goud van Tobias pakt hij ook. In Hamburg heeft hij het zonder nadenken in de reistas gestopt, omdat het voor hem al elke waarde had verloren. Hij draait het relikwie om en ziet gaten in de onderkant. Hij drukt het goud ertegenaan en het versmelt met het relikwie. Nog steeds gebeurt er niets.

'Zie je, Rafaël, je hebt je taak volbracht. Het relikwie heeft zijn kwade kracht verloren,' zegt broeder Hubertus. 'Ook ik ben ervan verlost. En zie je mijn broeders daar staan in de galerij, zo nieuwsgierig als kleine kinderen?'

Raaf knikt. 'Ik zie ze.'

'Kijk dan nog eens goed. Vooral naar de jongeman bij de houtblokken. Broeder Momme heeft hem hier gebracht en we hebben zijn wonden verzorgd. Hij is ook jouw broeder, zie je dat dan niet?'

Dan ziet Raaf naar wie broeder Hubertus wijst. Zijn keel zwelt en vult zich met tranen.

'Job!' snikt hij.

VII

Coevorden, 1350 na Christus

De heilige hoorn die de handelaar Godfried Wilhelm von Bentheim kort voor zijn dood aan het bisdom Münster schonk, gaf zijn geheim niet prijs. Want verdwaasd door zijn mystiek en verblind door zijn goud, zagen de monniken de ware tekens niet. Het relikwie was besmet door het menselijke kwaad. Wie het aanraakte voelde de kracht van de zonde. De monniken dachten de hoorn te bestuderen, maar in plaats daarvan aanbaden ze hem. In zijn geheim lag zijn schoonheid en daarom bleef zijn geheim bewaard. Zolang het geheim van de hoorn bestond, bestond hun broederschap. De monniken noemden zich de hoeders van de hoorn en de jongste van hen was Rafaël.
Hij was ook de laatste.
Rafaël reisde met Tobias. Samen zochten ze het relikwie dat de Grote Dood had gebracht en ook weer uit de *Christianitas* kon verdrijven. De Grote Dood strekte zijn vinger uit naar Rafaël en met zijn donkere nagel tekende hij een gruwelijke zweer. Als vuil viel de ziekte van hem af. In het Woud van de Griffioen stond Rafaël tegenover het Kwaad en zag hij de Vier Ruiters van de Openbaring. Op de golven van Atlantis bood de eenhoorn hem zijn hoorn aan. Rafaël droeg het relikwie aan zijn zijde en de lans van de eenhoorn op zijn rug. Zo verscheen hij onder de broeders van het klooster aan de Reest. Dit is de boodschap die hij bracht: het relikwie was de lans van de eerste eenhoorn en lag op de schoot van de Heilige Maagd. Het was de hoorn van al het Goede, maar raakte besmet door het Kwaad. Wie niet zuiver is van aard, zal aan de eigen zonde te gronde gaan.
Zijn taak is volbracht.

Uit: *Het Boek van de Hoorn*, Zevende Deel

EEN LAATSTE GEHEIM

RAAF KIJKT NIET OP ALS HIJ DOOR Sandkop loopt. Hij ziet niet dat Blinde Bertram de deur van zijn hut opent en glimlachend zijn gelaat naar de zon opheft. Hij merkt ook de blikken van de pastoor bij het hinkelveld niet.

Zou het waar zijn wat die rare dwerg allemaal over Rafaël zei toen hij door Sandkop kwam, peinst de pastoor. Wel als je die marskramer met zijn gouden krullen mag geloven, Waldo van Saksen. Hij vertelde honderduit over de wonderlijke avonturen van de hoeder van de hoorn. Rafaël draagt een karmozijnrood pelgrimsteken. Hij heeft de lans van de eenhoorn bij zich en zijn handpalmen zijn doorboord. Rafaël zou ook de legendarische Tijl hebben ontmoet, de Uilenspiegel. Hij wist goed te verbergen dat hij nooit van die naam had gehoord. Van een pastoor wordt toch verwacht dat hij ten minste net zo veel weet als een gewone merseman. Waarom zouden de verhalen niet een klein beetje waar zijn? De jonge monnik uit het klooster heeft hem immers ook al zoiets over Rafaël verteld. De cnape had dan vreemde ouders, slechte mensen waren het niet. Misschien is het wel waar dat Rafaëls moeder per ongeluk is verdronken en dus geen doodzonde pleegde. En zijn vader was een stroper, maar wie hier is dat niet? Hij is er zwaar voor gestraft – te zwaar. Dat de hoofdman zijn oog verloor was een dom ongeluk, niet meer dan dat. Hij stapte tegen het houten vingerkootje dat het touw van de val gespannen hield. De strak gebogen tak zwiepte omhoog en doorboorde zijn oog. Zijn wraak was vreselijk, maar wat was ertegen te doen? Zijn heer Van Ruynen was niet alleen een gevaarlijk man, hij kon ook vrijgevig zijn. Een dorp moet ergens van bestaan. Nou ja, het is gegaan zoals het ging. Gods wegen en zo. De broer van Rafaël, Job, heeft gekozen voor het klooster aan de Reest. Dat is mooi, dat helpt. Als de bisschop de verhalen over Rafaël hoort, kan hij misschien geld vragen om zijn kerkje op te knappen. Hij zal beginnen met een Heilige Mis voor de vader en de moeder van Rafaël, dat is wel zo verstandig.

Hoe dichter Raaf in de buurt van de stropershut komt, hoe langzamer hij loopt. Onder het struikgewas ziet hij een lege strik, die hij daar lang geleden zelf heeft gezet. Hij snuift de lucht op en ruikt thuis. Alles is hetzelfde gebleven. Alles... behalve hijzelf.

'Raaf!'

Beatrijs staat tussen de bomen. Haar witte kleed reikt tot haar enkels. Het zonlicht valt in warme stralen op haar haren, waardoor het is alsof ze schijnt. Ze is een engel van licht. Haar armen vallen bloot terwijl ze op Raaf af rent. Snel zet hij de hoorn neer, die broeder Hubertus hem liet houden. Hij pakt haar middel en ze draaien rond tot ze duizelig zijn. 'Ik wist dat je vandaag zou komen, ik wist het,' herhaalt ze keer op keer.

'Stop, hou daarmee op! Kom en begroet je grote vriend!' Grijnzend staat Tobias voor de hut, zijn handen in de zij. 'De hoeder van de hoorn is teruggekeerd, maar zijn trouwe *ghesellе* laat hij wachten.'

'Tobias!' Raaf laat Beatrijs los, bedenkt zich, pakt haar hand en trekt haar mee.

'Ik dacht dat de hoeder van de hoorn inmiddels zacht fluweel zou dragen en een blinkend zwaard. Alleen de verhalen zijn dus veranderd, maar jij niet,' grapt Tobias. 'Welkom thuis. Ik hoop niet dat je het erg vindt dat we bij je zijn ingetrokken? Na onze reis met Tijl verdienden we wel wat rust. Het duurde nog twee dagen voor we uit Hamburg weg konden, en toen zijn we naar Kampen gevaren. Tijl ging verder naar Vlaanderen. Vreselijk, al dat water. Je broer Job vond het goed dat we hier kwamen. Hij gaf ons zelfs planten en kruiden mee uit de kloostertuin. We hebben het wat gezelliger gemaakt. En de pastoor liet eten brengen. Hij denkt dat je hem rijk zult maken: de heilige Rafaël van Sandkop of zoiets. Ik heb ook een oventje gebouwd. Het is heel bijzonder, van ijzer, gemaakt met mijn oude harnas. Maar als je wilt, plant ik het onkruid achter het huis weer terug. En Beatrijs gooit weer modder in de hut.'

'Nee, laat maar,' lacht Raaf. 'Het is goed zoals het is. Heel goed zelfs.'

'Och, je weet toch wel dat je broer veilig is?' vraagt Tobias voorzichtig.

'Ja, ik heb hem in het klooster gezien,' antwoordt Raaf. 'Samen met broeder Hubertus.'

'Mooi. Zei hij ook dat je een held en een soort heilige bent? Ik heb daar eens even goed over nagedacht. Wat jij moet doen is je mond houden. Dan blijf je hier wonen en als er iemand komt omdat hij van de hoeder van de hoorn heeft gehoord, dan knik je wijs en blijf je stil. Begrepen? Ondertussen vertel ik iedereen hoe dapper je bent. Ik zeg natuurlijk niet te veel. Nee, net genoeg om te zorgen dat ze af en toe een geitje komen brengen, wat kippen en wat schapen.'

De luiken van de hut zijn wijd geopend. Koele lucht stroomt door de ruimte. De vloer is bestrooid met vers zand. De bloemen en kruiden aan de balken verspreiden een zoete geur. De twee ledikanten die apart stonden, zijn tegen elkaar aan geschoven. Raaf ruikt het verse stro.

Ook rond de hut zijn Tobias en Beatrijs bezig geweest. De verwilderde tuin is verdeeld in kleine perkjes peterselie, kervel, ooievaarsbek, ijzerhard en andere kruiden om te koken en te genezen. Brandnetels en distels zijn uitgetrokken en langs de bosrand is het struikgewas gekapt. Het slachtblok is weg. Waar Raafs geheime bergplaats was, bloeit bazielkruid met witgele bloemen.

'We vonden een gat met wat oude rommel,' zegt Tobias. 'Als ik erin zou vallen lukt het me nooit meer om eruit te krabbelen, dus heb ik het dichtgegooid.'

'En toen vonden we ook nog dit,' zegt Beatrijs. Ze geeft Raaf een van de dunne stukken leer die rond de hoorn waren gewikkeld, de dag dat Raaf het relikwie tegen zijn borst kreeg gedrukt.

'Perkament. Het was helemaal kreukelig en we hebben het moeten drogen. Ik heb nog pijn in mijn ogen van het turen,' zegt Tobias. 'Wat denk jij ervan?'

Verbaasd pakt Raaf het vel aan. Het is dun van ouderdom. 'Ja, het is perkament, zoals in de Kamer van Kennis,' zegt hij verrast. Langs de rand lopen de bijna onzichtbaar kleine gaatjes, waartussen de lijntjes werden getrokken om te schrijven. Hij had het nooit herkend of geweten als hij niet bij Père-Cheval in het vreemde klooster was geweest.

Raaf houdt het perkament boven zijn hoofd naar de zon. Vaag ziet hij de letters die ooit met inkt en een scherpe veer zijn getekend. Veel woorden en afbeeldingen zijn weggekrast, overschreven, gewist door zon en regen. Onleesbaar voor hem en onleesbaar voor wie kan lezen. 'Het is écht oud,' mompelt hij. Dan knijpt hij zijn ogen wat samen. Hij trekt het leer strak tussen zijn handen, brengt zijn gezicht dichterbij en tuurt naar de vage tekens en lijnen. Het perkament was nat en gekreukt, maar deze lijntjes... 'Ik weet het niet,' zegt hij.

'Wat?' vragen Tobias en Beatrijs.

'Weet je nog de codex in het klooster?' vraagt Raaf. 'En de rare tekens in het goud van het relikwie?'

'Ja?'

'Hier staan ze ook, het lijkt wel... Père-Cheval zei dat het Arabisch was,' zegt Raaf.

'Laat eens kijken,' zegt Tobias. 'Pijn in mijn ogen had ik toch al.' Hij pakt het perkament.

'Daar, in het midden,' wijst Raaf.

'Hmm, hoogst belangwekkend, maar volgens mij zijn het gewoon scheurtjes,' zegt Tobias. 'Van ouderdom. Die krijg jij later ook in je gezicht. Hé, weet je wat we van Tijl hebben gekregen?' Als een kleine jongen holt Tobias de hut in. Een paar tellen later staat hij weer buiten. Hij heeft een stok in zijn handen.

Raaf laat zijn hand met het perkament zakken. Hij herkent het ding direct en moet lachen. 'De wichelroede van het hart!'

'Zou die het echt doen?' vraagt Beatrijs.

'Bij mij in elk geval wel,' zegt Tobias met een vette knipoog.

Vergeten bungelt het oude perkament in Raafs hand. Zonnestralen schijnen door de kleine scheurtjes in het leer. Het zijn afdrukken in spiegelbeeld, te iel om met het blote oog te lezen. Lang geleden en ver voorbij het rijk van Pape Jan zijn de echte tekens in de hoorn gekerfd. De hoorn die op wonderbaarlijke wijze in de bergen is gevonden. Perkament werd strak rond de hoorn gewikkeld en de tekens drukten zich in het dunne leer.

Heel even lijken de geheimzinnige symbolen op te lichten, de enige Arabische woorden die nog leesbaar zijn:

De Dood heeft duizend dienaren,
en ze rijden op de rug van de rat.

RAVENHORST

VELE DAGEN LATER RIJDT EEN MAN te paard de open plek voor de stropershut op. De kap van zijn habijt is diep over zijn hoofd getrokken. De punt van een zwaard steekt onder zijn pij uit en tikt zachtjes tegen de flank van zijn rijdier.

Raaf zit op een boomstronk voor de hut. In plaats van zijn gebruikelijke ronde langs de strikken en fuiken te maken, vlecht hij wilgentenen. De Reest zit vol vis en paling en het klooster kan volgens Job wel wat nieuwe fuiken gebruiken. Bovendien voelt Beatrijs zich al een paar dagen wat misselijk en hij blijft liever bij haar in de buurt.

'Broeder Momme!' roept hij. Acuut laat hij de wilgentenen vallen.

Broeder Momme slaat zijn kap terug en lacht. 'In hoogsteigen persoon en erg dorstig,' zegt hij met luide stem. Zijn ogen dwalen naar de lans van de eenhoorn, die als een trofee boven de deur van de stropershut hangt.

Op het horen van de naam komt Beatrijs naar buiten. Ze veegt haar handen af aan haar schort en lacht. 'Welkom, lieve Momme. Wat fijn je te zien! We dachten dat je in Utrecht was.'

'Dat was ik ook. Tot ik een bericht kreeg van een of andere pastoor uit een vaag gehucht: Sandkop. Ooit van gehoord? Hij vroeg mijn bisschop om een bijdrage aan zijn kerk. Hij had het over een soort heilige hoeder die op die plek was geboren. Zo komen er verhalen in de wereld. Het leek me een zaak die mijn volle aandacht waard was. Zeker omdat ik hier nog wat losse eindjes heb te regelen. En onze ridderlijke vriend Tobias, waar is hij?' vraagt broeder Momme terwijl hij zich van het paard laat glijden. Breed lachend loopt hij op Raaf en Beatrijs af.

'Naar Damme. Op bezoek bij zijn grote vriend Tijl. Die wil leren zes ballen in de lucht te houden, want daarmee kan hij altijd zijn brood verdienen,' antwoordt Raaf.

'Dat is goed te horen. Maar luister nu. Ik wil jullie wat vragen...'

'Rust toch eerst uit, lieve Momme. Ga zitten. Ik haal eten en drinken,' zegt Beatrijs uitnodigend.

'Hmm, alsof ik dat kan weigeren. Maar ik moet zo snel mogelijk weer weg, naar het kasteel. De heer Reinold verwacht me.'

'Dat kan. Zodra je hebt gegeten en gedronken,' zegt Beatrijs. 'En ondertussen zeg je wat je op je hart hebt.'

'Goed. Raaf, we hebben een klein probleem...' Broeder Momme strijkt zijn pij glad en duwt zijn zwaard opzij. Dan gaat hij naast Raaf op de boomstronk zitten. 'Ik zie dat je het heilige voorwerp nog hebt?'

'De hoorn, bedoelt u? Ja, broeder Hubertus vond dat ik hem moest houden,' antwoordt hij.

'Dat vind ik ook. Hij is veel geld waard.'

Raaf haalt zijn schouders op.

'Ik wil je niet opzadelen met mijn zorgen, maar dit gaat jou ook aan, Raaf. Het probleem is namelijk dat je hier in een stropershut woont en nog steeds vallen en fuiken zet. Dat heb ik tenminste gehoord. Eylaes, dat gaat niet. Het is verboden.'

'We moeten eten,' antwoordt Raaf.

Broeder Momme doet alsof hij hem niet hoort. 'En dan is er nog de kwestie van de dood van de Bastaard. Een hele opluchting voor iedereen, maar niet voor de bisschop.'

Bezorgd schudt Raaf zijn hoofd. 'Het was een ongeluk. Zijn eigen honden...'

Broeder Momme wuift zijn woorden weg. 'Tot slot is er nog de pastoor. Het blijkt dat de Bastaard een gulle gever was en aangezien die er niet meer is, klopt de pastoor nu bij ons aan. De Bastaard had geld en verleende jachtrechten. De bisschop stond dit oogluikend toe. Maar goed, de Bastaard is er niet meer en wat doen we nu met al deze problemen? Dus heb ik hem een oplossing voorgesteld. Ik kwam op het idee door het verhaal van de dwerg die ridder werd.'

Raaf schuift ongemakkelijk op zijn plek.

'Een waanzinnig verhaal natuurlijk. Stel je voor, dan zou Tobias vermomd als ridder zonder hoofd mensen hebben beroofd. Nee, onzin natuurlijk,' zegt broeder Momme ernstig. 'Dat soort banditisme bestaat niet. Maar ik bedacht: als een dwerg een ridder kan worden en een stropersjoch wordt hoeder van de hoorn, waarom zou de hoeder van de hoorn dan niet de rechten van de Bastaard van Ruynen krijgen?'

Raaf kijkt hem verbaasd aan.

'De hoeder van de hoorn kan niet stropend door het bos dwalen, dat snapt iedereen,' zegt broeder Momme. 'Het gaat niet alleen om geloof, maar ook om geloofwaardigheid. En jij hebt een zekere waardigheid op te houden. Of we moeten iedereen vertellen dat de hoeder van de hoorn een verzinsel is, maar dat doet het aanzien van de bisschop weinig goed. Het bezit en de rechten van de Bastaard krijg je als hoeder van de hoorn in leen. Ik weet zeker dat de heer van Coevorden geen bezwaar maakt. Raar genoeg denkt hij dat het ongeluk van de Bastaard en de dood van de Vader iets met jou te maken hebben. Hij is er op zijn eigen manier dankbaar voor.'

Beatrijs heeft alles gehoord. Verbijsterd staat ze voor de stropershut.

'Het is ongebruikelijk, dat weet ik,' zegt broeder Momme, 'maar dit zijn ongebruikelijke tijden. "Ravenhorst" of "Ravenkop", zo stel ik voor dat het gaat heten. En lieve Beatrijs, sta daar niet zo. Geef me nu mijn eten en drinken, want hoe fijn ik het hier ook met jullie vind, ik heb nog andere verplichtingen.'

'Broeder Momme, waarom doet u dit?' vraagt Raaf wanneer de monnik is uitgegeten.

'Tja, net als onze broeder Hubertus geloof ik in wonderen,' antwoordt hij. 'Wat zegt hij ook alweer? Alle dagen zijn een wonder en de wonderlijkste dingen zijn alledaags? Maar soms moet je die wonderen een handje helpen.'

Raaf denkt aan zijn droom met de Vier Ruiters. Een droom die werkelijkheid werd, net als de andere dingen die hij zag. Het relikwie liet hem de levens van anderen zien, die met hun angst en hebzucht weinig verschilden van hemzelf. Tot hij Beatrijs vond en het relikwie alleen nog wilde om Job te redden. Het bevrijdde het relikwie van zijn kwade kracht. Het relikwie heeft zijn leven veranderd, meer dan hij ooit kon vermoeden. Het zijn bijna te veel wonderen om waar te zijn.

'Broeder Hubertus gelooft in de kracht van het relikwie. En u?' vraagt Raaf.

Broeder Momme kijkt naar de lans van de eenhoorn boven de deur van de stropershut. Hij glimlacht. 'Als het geloof in iets maar sterk genoeg is, geeft het vanzelf kracht. Al is het geloof in jezelf.'

Raaf knikt. Broeder Momme heeft gelijk, weet hij. Het relikwie kreeg kracht, goed en slecht, omdat de mensen erin geloofden. Het was een dolk om de eenhoorn te doden of een hoorn om de Vier Ruiters te wekken. Het kwaad van het relikwie was het kwaad dat in de mensen zelf zat. Geloof ergens in en het wordt echt.

Langs de bosrand drijven de witte wieven naar elkaar toe. Ze versmelten tot een nieuwe vorm, zilvergrijs en glinsterend. Plotseling staat er een paarlemoeren dier tussen de bomen. Het is het puurste, het edelste en het machtigste van alle wezens. De eenhoorn kijkt hem aan. Tijdloos, even maar, een kort moment van eeuwigheid.

Raaf ziet hem niet. Hij ziet alleen Beatrijs en voelt een oeroude liefde.

De Dood heeft duizend dienaren, en ze rijden op de rug van de rat.

De Grote Dood of haestige siecte (later Zwarte Dood of pest genoemd) duurde van 1347 tot 1351. Tientallen miljoenen mensen stierven aan de ziekte, een derde van alle Europeanen. Wie ziek werd hoestte bloed op, kreeg het benauwd en stikte na twee dagen: de longpest. Of de zieke kreeg zwarte bulten, hoofdpijn, woedeaanvallen, koorts en zwarte vlekken, waarop de dood door uitputting volgde: de builenpest. Het duurde meer dan vijfhonderd jaar voordat de vermoedelijke dader van de ziekte werd ontdekt: de *Yersinia pestis*, oftewel de pestbacterie. De pestbacterie leeft in de rattenvlo en deze springt na de dood van zijn gastheer over op de mens. De beet van de vlo brengt de pestbacterie in het bloed. Praten en hoesten kan de ziekte hierna verder verspreiden. Daarom: vlooien zijn de dienaren van de dood en ze rijden op de rug van de rat.

VERKLARENDE WOORDENLIJST

Achatius: martelaar, aangeroepen tegen hoofdpijn
baertscherre: barbier
beenlingen: wijde kniekousen
benedictijn: monnik van de orde van Sint-Benedictus
bilo: bij Lode, god van het vuur
brink: open plek voor het verzamelen van vee
burggraaf: iemand die door de landsheer is aangewezen om een bepaald gebied te besturen
capertje: hoofddeksel
Christianitas: Europa
cnape: kerel
codex: vellen handgeschreven perkament tot boek genaaid (zie ook: handschrift)
cornucopia: hoorn des overvloeds
derde uur: terts, rond negen uur 's ochtends
deus: god
die viant: de duivel
dolhuis: gekkenhuis
dunnevangher: stroper op klein wild
echte wijff: echtgenote
eylaes: helaas
falie: (regen)mantel voor vrouwen
Felua: Veluwe
franciscaan: monnik van de orde van de Heilige Franciscus van Assisi

gezel: iemand die lid van een gilde is, maar die nog niet de rang van meester heeft
ghesel: vriend
goliardi: reizende studenten
gouw: bestuurlijk gebied
Grote Dood: pest (ook: haestige siecte)
habijt: dagelijkse dracht van monniken (ook: pij)
haestige siecte: pest (ook: Grote Dood)
halsbreker: beul
handschrift: handgeschreven boek (zie ook: codex)
Hanze: samenwerkingsverband van kooplieden
herenbrood: tarwebrood
hovetcleet: hoofddoek
humeuren: lichaamssappen
ijsheiligen: Mamertius, Pancratius, Servatius en Bonifacius (11 t/m 14 mei). 'Het kan vriezen tot in mei, tot de ijsheiligen zijn voorbij.'
kalief: opvolger in wereldlijke zaken van de profeet Mohammed; hoofd van een kalifaat
karrenman: vuilnisman
kelleluak kakortok: Groenlands voor narwal, een zeedier
kogge: middeleeuws vrachtschip
koggenstuerre: roerganger op een kogge
malachiet: edelsteen die, verpulverd, dient als grondstof voor verf
Meester Kackadoris: kwakzalver
melkmoes: brei van onder meer melk, bonen en spekvet
merseman: koopman
miniatuur: met de hand geschilderde afbeelding in een middeleeuws boek
novice: iemand die voor de intrede in het klooster een proeftijd doormaakt

perkament: speciaal bewerkte dierenhuid waarop kon worden geschreven
pij: dagelijkse dracht van monniken (ook: habijt)
poorter: poortwachter
queeste: zoektocht naar een persoon of magisch voorwerp
refter: eetzaal in klooster
reliekschrijn/reliekkist: versierd kistje waarin heilige voorwerpen worden bewaard
relikwie: overblijfselen die voorwerp van religieuze verering zijn
rozenkrans: gebedssnoer
schipheer: schipper
schoon maechdeken: mooi meisje
scriptorium: plaats waar handschriften geschreven of gekopieerd worden
Sint-Antoniusvuur: ziekte veroorzaakt door het eten van meelkost met graanschimmel
Sint-Vitus: martelaar, aangeroepen tegen epilepsie
slijkburgers: arme inwoners van de stad
snaveldokters: dokters die pestlijders behandelen
soldeniers: huurlingen
tijns: belasting
tondel: droge, brandbare stof
tonsuur: kruinschering
trippen: houten zolen
tuniek: lang, los vest voor mannen
vlecke: gehucht
voghelaer: vogelvanger
voorde: doorwaadbare plaats
vuurslag: ijzeren staafje om, samen met vuursteen en tondel, vuur te maken
wapentuer: bewapend persoon

witte wieven: geesten van vrouwen of heksen
zwarte wilen: zwarte sluiers, deel van het habijt van de nonnen